EL CEMENTERIO DE LOS CUENTOS SIN CONTAR

EL CEMENTERIO DE LOS CUENTOS SIN CONTAR

JULIA ALVAREZ

Traducción de Mercedes Guhl

HarperCollins *Español*

EL CEMENTERIO DE LOS CUENTOS SIN CONTAR. Copyright © 2024 de Julia Alvarez Todos los derechos reservados. Impreso en los Estados Unidos de América. Ninguna sección de este libro podrá ser utilizada ni reproducida bajo ningún concepto sin autorización previa y por escrito, salvo citas breves para artículos y reseñas en revistas. Para más información, póngase en contacto con HarperCollins Publishers, 195 Broadway, New York, NY 10007.

Los libros de HarperCollins Español pueden ser adquiridos con fines educativos, empresariales o promocionales. Para más información, envíe un correo electrónico a SPsales@harpercollins.com.

Título original: *Cemetery of Untold Stories*

Publicado en inglés por Algonquin Books of Chapel Hill en los Estados Unidos en 2024

PRIMERA EDICIÓN

Traducción: Mercedes Guhl

Ilustración de las portadillas: Dolka/Shutterstock, Inc.

Este libro ha sido debidamente catalogado en la Biblioteca del Congreso de los Estados Unidos.

ISBN 978-0-06-331664-5

24 25 26 27 28 LBC 5 4 3 2 1

A los anónimos

Cuéntame un cuento.

I

Vámonos a Alfa Calenda

Alma había tenido una amiga escritora que, durante años, antes de morir relativamente joven, hablaba sin parar de una historia que se sentía obligada a escribir.

Durante los treinta y tantos años de su amistad, esta amiga se hizo bastante famosa, fue entrevistada por medios importantes, recibió premios destacados y galardones aquí y allá. Se estaba filmando una película para la TV basada en una de sus novelas, con actores tan conocidos que hasta la propia Alma había oído hablar de ellos, a pesar de que no era muy cercana a lo relacionado con las celebridades de Hollywood. Pero su amiga veía todos esos logros como algo accidental. Lo que verdaderamente importaba era una historia que no podía apresurar.

Era una historia que la tenía poseída. Podía describir a los personajes, con todo y sus nombres y pasado individual. A cada rato la impulsaban a viajar a algún lado: a un cementerio en Suecia; a un pueblo de pescadores en las costas de Liberia; a las islas más alejadas del litoral en Carolina del Sur, donde compró una casa y vivió durante un tiempo. Esos personajes tenían secretos a los cuales ella estaba atenta, y era más fácil oírlos en unos lugares que en otros. Sus voces la alcanzaban, hasta que ella perdía la conexión y sentía la urgencia de irse a algún otro lugar.

Alma había dejado de contar las muchas direcciones de residencia de su amiga, resignada a anotarlas mejor a lápiz en su libreta. «Una contadora de historias migrante, a decir verdad», le comentó Alma. A su amiga escritora le gustó esa descripción y, de ahí en adelante, la utilizaba en sus lecturas y presentaciones, para recalcar que ella no era una escritora, ni una novelista, sino una contadora de historias migrante.

Alma no estaba tan segura de que ese desarraigo fuera lo mejor para su amiga. Alguien que se dedica a la escritura necesita tener los pies bien plantados en la tierra, pues de otra manera la mecha verde que alimenta la flor puede llegar a quemarla. Pero, en lugar de señalarlo, Alma se contuvo, celebrando más bien la actitud fresca y bucólica de la otra. Su amiga podía ser feroz, erizándose a la menor señal de crítica.

Hubo un incidente —Alma asistió a esa lectura y pudo comprobarlo— durante la tanda de preguntas y respuestas. Una mujer mencionó lo difícil que se le había hecho comprender partes de los diálogos. ¿Acaso la autora en algún momento pensaba en sus lectores? La amiga de Alma le contestó con una de esas miradas asesinas. «No escribo para lectores blancos», le dijo sin rodeos. Esto fue antes de que la gente, a excepción de Toni Morrison, dijera ese tipo de cosas.

Uno de los protagonistas de esta historia sin contar era un hombre encantador, oriundo de Suecia (¿sería la razón del viaje a ese país?); un marino de brazos gruesos y nudosos como los aparejos de un barco. Kristian, cuyo nombre fue cambiando con el tiempo, para pasar a ser Kristofer, Anders, Nils, se enamora de una esclava, Clío, la protagonista, cuyo nombre no cambió a lo largo de los muchos años en que su amiga le estuvo hablando de ese libro.

Alma a veces se ponía a pensar si su amiga se le habría acercado en un principio para aprender más sobre los blancos. Si había sido por eso, ella no era la mejor opción, pues no era cien por ciento blanca, si es que acaso existía alguien que lo fuera. Su familia provenía de una isla en la que, según rezaba el dicho popular: «Todos tenemos el negro detrás de la oreja». Hasta a los de piel más clara en el lado materno de su familia, que insistían en que sus ancestros habían llegado a bordo de la Niña, la Pinta y la Santa María, de vez en cuando les salía un hijo o hija más oscurito, y le achacaban la culpa a la familia política. En el lado de su padre no era posible ocultar la mezcla racial: la matriarca con su piel más oscura y el apellido francés, Rochet, indicaba raíces en Haití; probablemente un esclavista que había decidido aprovecharse de sus posesiones.

Fueran las que fueran las razones para que su amiga se acercara a ella, Alma se sentía halagada. No le sucedía a menudo eso de que la consideraran la elegida. Era como si ese niño temperamental que empieza a berrear tan pronto alguien se le acerca hubiera decidido sonreírle a ella y tenderle los bracitos. Las dos hablaban por teléfono a menudo y se escribían largas cartas cargadas de reflexiones. Luego de que Alma se mudara a Vermont para enseñar allí, su amiga solía tomar el tren desde la ciudad todos los veranos. Antes de una de esas visitas, Alma le pidió a Luke, su novio de entonces, que sembrara unos girasoles, pues sabía que eran una de las debilidades de su amiga. Y él no sembró uno o dos, sino todo el pastizal que había detrás de la casa… una cosecha abundante de soles amarillos.

Alma llevó a su amiga a la terraza de la parte de atrás, y le presentó la vista con grandes ademanes.

—¡Tu ramo de flores de bienvenida!

Su amiga sacudía la cabeza, maravillada.

—¿Tú lo hiciste? —Alma le explicó de quién era todo el mérito—. A ese tienes que conservarlo, más te vale —contestó su amiga en tono autoritario.

Además de su buena mano para la jardinería, Luke también tenía unos tatuajes increíbles. La amiga pasó toda la tarde copiándolos en su diario.

—Son perfectos para mi Kristian —comentó.

Pero se necesita algo más que dotes de jardinería para cultivar el amor. Varios meses después, Alma descubrió que Luke plantaba sus semillas en otros campos. Cuando rompió con él, su amiga se molestó.

Con el paso de los años, Alma empezó a sentir cierta ansiedad antes de cada visita suya. Su amiga se había distanciado de la mayoría de sus amigos y también de su familia. Era desconfiada y cada vez bordeaba más el terreno de la paranoia. La vigilaban. Los federales estaban tras ella. Su hermana le sonsacaba dinero para drogas. Había retirado todos sus libros de la editorial de siempre. Relataba escenas de enojo. Alma empezó a preguntarse cuándo llegaría la hora de que la rechazara a ella.

Claro que su amiga tenía razones para ser desconfiada. Se le acercaba todo tipo de gente, con motivos que nunca estaban del todo al margen de esa cacería de celebridades que su amiga consideraba una enfermedad de la cultura. «No olvides que no somos más que el sabor literario de este mes, o quizás de este año…», le repetía a menudo. Cada vez más, las editoriales eran compradas por grandes conglomerados que también estaban involucrados en negocios con combustibles fósiles y cereales para el desayuno y medicamentos. Al igual que estos productos, sus autores tenían fecha de caducidad.

Alma la oía, pero no estaba lista aún para despreciar la fama y la fortuna. Eso era algo fácil para su amiga, que ya era una figura reconocida. «Ten paciencia y verás», le decía una y otra vez. Pero Alma no quería esperar. Ambas tenían la misma edad y Alma seguía batallando. Su amiga era el colmo de la generosidad y la llevaba como acompañante a festivales literarios a los cuales la invitaban a dar una conferencia, y la presentaba como «una de mis escritoras preferidas», aconsejándole adónde mandar sus obras o en quién confiar, en una lista que ya de por sí era muy corta, e iba reduciéndose más y más.

Al fin, Alma empezó a atraer atención, pero esto trajo una serie de consecuencias que ella no pudo predecir. Su madre estuvo en total desacuerdo con los «embustes» de su hija y amenazó con demandarla si no dejaba de publicar esas historias vergonzosas que ensuciaban el apellido de la familia (chicas desvergonzadas que sostenían relaciones sexuales o consumían drogas). Iba a desheredar a Alma y a escribir su propia versión de los hechos. Pero como Mami se negaba a dirigirle la palabra, los ultimátum le llegaron a través de sus hermanas.

Alma estaba devastada. ¿Cómo era posible que su propia madre la atacara así? Hasta los criminales más curtidos tenían madres que decían: «Será un asesino sanguinario, pero es mi hijo».

—Entonces, cámbiate el nombre —sugirió su amiga—. Siempre estás hablando de *Las mil y una noches*. Puedes ser Sherezada de ahora en adelante.

—Nadie va a poder repetir ese nombre —respondió Alma.

—Ese es su problema. No estás escribiendo para esas personas, ¿cierto?

«¿A quiénes te refieres?», Alma se calló esa pregunta para no ganarse un regaño.

—Entonces, asunto zanjado —contestó su amiga, sin hacer caso de la renuencia de Alma. Era apenas dos meses mayor que ella, pero más mandona que Amparo, la mayor de sus tres hermanas.

En un festival donde su amiga estaba dando una conferencia, Alma oyó que uno de los escritores que trabajaba con los organizadores la describía como «un hueso duro de roer». Hubiera podido considerar el comentario como algo típico de lo que sucede en esos festivales, donde invitados y organizadores se mantienen a flote a punta de alcohol para poder sortear tanta ambición e intensidad contenidas, pero a ella esa expresión le producía cierta desazón. Tanto Luke como, antes que él, Philip, su exmarido, habían dicho exactamente lo mismo de ella. La frase le parecía inadecuada. ¿Acaso lo que valía la pena no merecía un esfuerzo extra?

Había toda una serie de expresiones semejantes que a ella se le escapaban. Conocía su significado por el diccionario, pero nunca tenía esa sensación de comprensión plena que surgía cuando una palabra o un dicho le llegaban hasta el fondo. Tal vez se debía a que el inglés no era su lengua materna y por eso no tenía un arraigo muy profundo en su psique, lo cual era una idea muy preocupante para cualquiera que se dedicara a escribir.

Obviamente, Alma sabía que la expresión no era ningún elogio, sobre todo cuando un hombre se la dirigía a una mujer en quien empezaba a perder el interés. Era como un anuncio: «El fin está cerca». Su amiga no había llegado a conocer a Philip, pero tenía mucho que decir sobre los hombres en general, casi nunca positivo, y por eso fue tan extraño cuando le aconsejó que no dejara al de los girasoles.

Por su parte, su amiga nunca mencionaba ninguna relación apasionada, ni con hombres ni con mujeres. Aunque una vez sí dejó un mensaje en la contestadora automática de Alma. Estaba en París, a punto de casarse. Para entonces, ambas andaban por los cuarenta y tantos, y estaban solteras. «Quiero que seas mi dama de honor. Te mandaré más detalles». Los detalles prometidos nunca llegaron. En su siguiente encuentro (otro festival en el que ambas eran conferencistas invitadas y Alma estaba apenas asomándose a ese mundo por su propia cuenta) su amiga no hizo ninguna mención de su prometido.

—Entonces, ¿te casaste a escondidas con este hombre? —preguntó Alma.

—¿Cuál hombre? —replicó su amiga.

Alma le recordó el mensaje en la contestadora de unos meses antes.

—Un picaflor que se fue sin despedirse —respondió agitando la mano como para espantar una mosca.

¿Y qué había de esa alianza de matrimonio que llevaba en la mano izquierda?

—Es una medida de protección —contestó la otra.

«¿Protección contra qué?», nuevamente Alma decidió no preguntar.

Su amiga se tomaba la vida como el borrador de una novela. ¿Esta trama no está funcionando? Pues no hay problema. Quitemos el asunto de la boda y ajustemos la secuencia, y veamos cómo queda. Una confusión preocupante entre el arte y la vida.

En una reunión posterior, su amiga la arrinconó.

—¿Te puedo pedir una cosa? ¿Que me hagas una promesa?

—Depende del calibre de la promesa —respondió Alma en un tono bromista que su amiga no se tomó bien.

—Es un asunto serio. Si algo llegara a sucederme, prométeme que tú contarás la historia de Clío.

Alma retrocedió.

—No puedo. No sería capaz de hacerle justicia —agregó como cumplido para suavizar su negativa.

—Claro que puedes. Me has oído hablar de ella durante años.

—Una cosa es haber oído una historia y otra es escribirla. Además, no está bien que una persona cuente la historia de otra. —Como si Alma no lo hubiera hecho en sus propios escritos—. Además, no te va a pasar nada —agregó para tranquilizar a su amiga.

—Supongo que no te has enterado de que nadie sale de aquí con vida.

—Ja, ja —respondió Alma, pronunciando las risotadas, demasiado desconcertada para reír de verdad. En cualquier momento, su amiga podría terminar perdiendo los papéles y llevársela con ella.

Empezó a distanciarse un poco de ella, temerosa de esa cercanía que siempre había sido tan singular, tan desconcertante. Dejaba pasar unos cuantos días antes de responder cartas o llamadas. Ese verano no hubo invitación a Vermont. Por un lado, ya no había novio con tatuajes atrayentes ni un terreno en el campo. Y la propia Alma estaba de mudanza. Tras una tanda de libros publicados, había conseguido su puesto de profesora titular y compró una casita. Aunque su corredor de bienes raíces la clasificaba como «primera vivienda», del tipo que escogería alguien que compra su primera casa, para Alma esa modesta casita era el hogar del cual esperaba que la sacaran con los pies por delante. «Es diminuta», le recalcó a su amiga, dejando perdido en cierta vaguedad si había cuarto de huéspedes. Planeaba pasar fuera la mayor parte del verano; la duración de esa estadía y el destino también quedaron sin definir.

Alma se encontraba en el aeropuerto rumbo a la República Dominicana, la isla que aún consideraba su hogar. Sus padres habían regresado en su vejez, y era el turno de Alma de relevar a Amparo, que se había ido a vivir allá para atenderlos. En la sala de embarque, esperando su vuelo retrasado, oyó sonar el teléfono en su cartera. El nombre de su amiga apareció en letras luminosas en la pantalla. Alma se debatió entre contestar la llamada o no hacerlo. No necesitaba otro hueso duro de roer cuando tenía por delante un mes entero de cuidados a sus padres mayores que le iban a retorcer el corazón. Pero nunca había podido rechazar a su amiga. Pronto se encontraría en otro país, otro planeta, durante un mes entero, así que su amiga no iba a aparecerse ante su puerta así no más.

La amiga no la saludó, sino que se lanzó de inmediato a la historia. La tenían encerrada en un centro... no era una cárcel, pero bien podría serlo... un manicomio en alguna parte de la ciudad. Alguien de su familia había obtenido un poder notarial para internarla, alegando que su amiga representaba un peligro para su propia integridad.

—¡Puras mentiras y nada más! Tienes que sacarme de aquí. —No era una petición sino una orden.

Alma vaciló, repasando las muchas maneras en que lo había visto venir. Las señales habían estado allí: más de dos décadas trabajando en aquella novela, los personajes que se le aparecían por todas partes. Alma había escuchado con paciencia las infundadas sospechas de su amiga sobre planes descabellados para silenciarla.

Había llegado la hora de tomar partido. Alma disimuló su negativa de manera que resultara aceptable para su amiga. Al recuperarse, podía ser que al fin lograra escribir esa novela que llevaba tanto tiempo tratando de plasmar en palabras.

—Ambas sabemos —le recordó a su amiga—, que no seremos libres hasta que pongamos en el papel nuestras historias. —Citó una frase que a menudo usaba para animar a sus estudiantes atascados en la escritura—: «Al sacar lo que tienen en su interior, eso mismo los salvará. Si no sacan de dentro lo que llevan en su interior, eso mismo los destruirá».

Un silencio incómodo brotó del otro lado de la línea.

—Eso dice la Biblia —agregó Alma, sabiendo que su amiga había sido testigo de Jehová, y seguía siendo lo suficientemente creyente como para que no le gustara que le festejaran el cumpleaños.

Y luego vino lo que una madre podría decirle a su hija, o una mujer a su amante:

—Hazlo por mí. Necesito que escribas esa historia.

—Y no, no puedo hacerlo por ti. Nadie puede hacerlo.

—Ya veo —la voz de su amiga era fría como el hielo—. Estás del lado de ellos. Tú también. Y yo que pensé que jamás me traicionarías.

Alma se defendió.

—Lo hago porque me importas. ¡Te quiero!

Nunca llegó a saber si su amiga oyó esas últimas palabras. Hubo más silencio, y luego la pantalla se apagó.

Trató de llamar de nuevo, pero nadie contestó. Durante semanas y meses lo siguió intentado. El buzón de mensajes de su amiga no estaba configurado. Su antiguo teléfono fijo había sido desconectado. Alma no sabía a quién contactar. Nunca había conocido a nadie de la familia de ella. Logró comunicarse con la antigua agente literaria de su amiga, que le confesó su preocupación por la psicosis de esta. Hasta ahora venía a enterarse Alma de que existía un diagnóstico.

No le contó a la agente los detalles de esa última llamada. Se dijo que tenía que proteger la dignidad y privacidad. Pero lo que más avergonzaba a Alma era su propio fracaso. No porque no hubiera pensado en sacarla de ese manicomio, sino por haber callado durante todos esos años, a pesar de que sospechaba que su amiga no estaba bien. En el colegio católico al que había asistido de niña, las monjas llamaban a eso «pecados de omisión».

Durante los años siguientes, Alma permaneció alerta. Escribía el nombre de su amiga en motores de búsqueda. No había novelas recientes ni lecturas de sus obras ni conferencias. Había desaparecido. Era como si fuera producto de su imaginación, junto con los personajes de sus novelas.

El final no la sorprendió. La antigua agente se lo hizo saber.

La versión oficial era que su amiga había sufrido un infarto fulminante. Había diversas hipótesis sobre la causa de la muerte: una sobredosis de una sustancia u otra; un coctel letal de medicamentos; el agotamiento que le había exigido demasiado a su sistema cardiovascular. Pero Alma no creía que ninguna de esas explicaciones fuera la correcta. Lo que había matado a su amiga era esa novela que no había sido capaz de escribir ni de dejar de lado.

Se prometió que eso mismo no le sucedería a ella, cuando llegara el momento. No parecía probable. Iba a buen ritmo: un libro cada dos años, artículos, charlas… Era como si su amiga le hubiera entregado el bastón de relevo hacia la fama.

LOS AÑOS PASARON. La gran migración de la muerte comenzó. Cada mes, Alma recibía una llamada: el tío fulano o la tía mengana o el primo zutano había muerto. Luego llegó el turno de sus padres. Primero, Mami empezó a mostrar indicios de demencia. Curiosamente, la pérdida de la memoria sacó lo mejor de ella. Por primera vez desde que cualquiera de sus hijas tuviera memoria, su severa y firme madre se hizo tierna y cariñosa, invitándolas a sentarse en su regazo para jugar juegos de niñas y darles besitos y cantar canciones acompañadas de palmas. Alma por fin entendió lo que los años de escritura no habían logrado desembrollar: que su madre también necesitaba una madre.

Murió con sus cuatro hijas turnándose para acunarla como si fuera su bebé.

Papi quedó desolado. Todos los días preguntaba: «¿Y Mami?», y todos los días sufría el mismo golpe de nuevo, al enterarse de que había muerto. Las hermanas se preguntaban si él también estaría sufriendo de demencia o si era su habitual desconexión del mundo. Durante años había mantenido cierta distancia… eso no era novedad. Pero tras la muerte de su esposa, pareció hundirse en un silencio más profundo. Dejó de hablar por completo, excepto cuando tenía uno de sus arranques ocasionales y no lograban que se callara, como si tuviera únicamente un botón de *on* y *off*, y se lanzaba a recitar largos pasajes de Dante, Rubén Darío, Cervantes, o contaba incidentes específicos de su vida, cuidadosamente retocados. Y Alma nunca lograba atravesar esa barrera.

Tras la muerte de Mami, Amparo se ofreció a quedarse para gestionar el cuidado de Papi. Pero la organización y la administración nunca habían sido su fuerte. Amparo no creía en apegarse a un presupuesto de gastos, que le parecía una vida de tacañería, y en lugar de eso fue dilapidando los ahorros de sus padres. Conquistaba hombres, les compraba costosos regalos, colonias o ropa carísima, una moto, una lavadora para la madre de uno de ellos. Mordía el anzuelo de todas las historias dramáticas: mi hermana se está muriendo de cáncer, mi hermano necesita una prótesis, sus hijos no tienen útiles para la escuela. Amparo tenía un corazón de oro, pero el oro no le pertenecía y a pesar de eso lo entregaba.

«How do you solve a problem like Amparo?» pasó a ser el tema musical con el que las tres hermanas menores caracterizaban a la mayor, parodiando una canción de la película *La novicia rebelde*. ¡Amparo! ¡Qué nombre más inadecuado para alguien como ella! ¡Por favor!

Amparo estaba furiosa con sus hermanas porque no apreciaban sus sacrificios al haber entregado su vida al cuidado de su padre. «Si ustedes creen que lo pueden hacer mejor, ¡adelante!», ella mejor se iba a Cuba con su nuevo novio. ¡¿A Cuba?! ¿Quién era ese nuevo novio? Pero Amparo era una tumba. Podía callar y guardar silencio tan bien como Papi.

Entonces, el cuidado de Papi recayó en las tres hermanas menores, que vivían todas en los Estados Unidos. Por lo tanto, la solución más práctica era llevarse a su padre a vivir con alguna de ellas, o internarlo en un hogar cercano. Era cierto que les habían prometido a sus padres que nunca los llevarían de regreso a los Estados Unidos y que no los pondrían en un hogar geriátrico, pero al final, ¿cuál era la diferencia? La mitad del tiempo, Papi no tenía idea de dónde se hallaba. ¿Qué había de malo en disimular? «Vamos a Alfa Calenda», le dijeron cuando empacaron sus pertenencias, pusieron la casa a la venta y abordaron en vuelo de Jet Blue con destino a JFK. La sola mención de ese lugar de fantasía que él había inventado cuando era niño junto con su madre pareció calmarlo. Su «Shangri-la-la-land» personal, lo habían bautizado las hermanas; el lugar en el que los sueños son posibles.

Como la segunda hija, la que seguía en la línea del «hijo honorario», Alma se hizo cargo del cuidado de Papi. Aunque las hermanas rechazaban el patriarcado normal en la República Dominicana, la primogenitura y la sucesión todavía pesaban en la mente de todas. Alma tenía todas las intenciones de mantener a Papi en casa, pero ese plan pronto resultó insostenible. Su casita, con sus puertas angostas y las escaleras empinadas, no cumplía con los parámetros de accesibilidad para la tercera edad. Su padre no era de gran tamaño, pero la doblaba en peso, y casi siempre era peso muerto. No había manera de que Alma pudiera ocuparse de él sin ayuda. En su comunidad rural era costoso y difícil encontrar cuidadores que la apoyaran veinticuatro horas al día.

El hogar Sunset Manor quedaba a cinco minutos de su casa. Allí residían ancianos de Vermont, más que nada mujeres, que no sabían cómo encarar a este extranjero de piel canela, parecido a esos indios que solía haber en las tiendas de puros y cigarros. El doctor Manuel Cruz se convirtió en el preferido de las cuidadoras, una criatura exótica con su sombrero panamá, que besaba manos con galantería y soltaba flores y halagos. Las mujeres lo disfrutaban y lo consentían con doble porción de postre. A Papi el nivel de azúcar en la sangre se le disparó hasta el techo.

—Esto te gusta, ¿cierto, Papi? —le preguntaba Alma, para disipar su remordimiento.

Él la miraba irritado. ¿Acaso se daba cuenta de que sus hijas lo habían engañado? A lo mejor solo trataba de distinguir quién era ella. ¿Amparo? ¿Consuelo? ¿Piedad? Siempre lo hacía así cuando ellas eran niñas: repetía la lista de sus nombres antes de decir el de la hija en cuestión. Eso las hería. Ahora, Papi añadía más nombres a la lista. ¿Mami? (¿Se refería a la madre de ellas o a la suya propia?). ¿Belén? (Una hermana de Papi a la cual, se supone, Alma se parecía). ¿Tatica?

—¿Quién es Tatica, Papi?

Él meneaba la cabeza, pero se le veían los ojos brillantes de recuerdos.

—Anda, Babinchi —lo animaba Alma, llamándolo por el sobrenombre de infancia—. Tú sabes que me puedes contar todo lo que quieras —le acariciaba la mano con ternura.

Papi le daba unas palmaditas en la mano, como contestación. ¿Era un gesto cariñoso o pretendía acallar sus preguntas? Esos momentos de lucidez eran escasos. Alma seguía intentando. «Bendición», lo saludaba de la manera tradicional que él les había enseñado. Le hablaba de Alfa Calenda como si ella misma hubiera estado allí. Eran trucos que casi siempre lo ponían alerta de nuevo. «Tatica», intentó varias veces, y también parecía despertarlo…

—¿Alguna de ustedes sabe quién será esta Tatica? —Alma les preguntó a sus hermanas—. Papi la menciona a menudo.

—Tal vez es alguien de Alfa Calenda —dijo Piedad. Era su manera codificada de referirse a todo el trasfondo de su padre del cual ninguna de ellas quería saber más, ninguna, salvo Alma.

—¡Qué Alfa Calenda ni qué diablos! A lo mejor Papi tenía una aventura clandestina. —La imaginación telenovelesca de Consuelo tenía cierta tendencia a dejarse llevar.

Amparo, ya de regreso en los Estados Unidos luego de que su novio la dejara en Cuba, echaba humo de la furia. Así que iban a enturbiar la memoria de su padre con conjeturas ahora que él ya no podía defenderse. Tatica era el apodo de las Altagracias, que llevaban el nombre de la virgencita nacional, un nombre extremadamente común. Y no debían olvidar que una de cada trece niñas dominicanas llevaba ese nombre. En el campo, hasta el ochenta por ciento de las mujeres de una generación determinada se llamaba Altagracia, ya fuera como nombre de pila o segundo nombre. Papi estaba encomendándose a la Virgen.

—¡Por favor! —resopló Consuelo escéptica.

Solo había una Altagracia en su familia, así que de poco servían las estadísticas de Amparo: era su abuela materna, que a Papi no le caía bien. El sentimiento era mutuo. La abuela Amelia Altagracia nunca había aceptado al don nadie que su bella y voluntariosa hija había decidido desposar. No había manera de que Papi estuviera llamando a su suegra, de quien había logrado zafarse. Además, nadie nunca había llamado «Tatica» a la abuela. Ella insistía en que usaran su nombre completo. Doña Amelia Altagracia. A los estadounidenses les explicaba el significado con presunción, como si fuera un título nobiliario concedido en una isla donde no había familias de noble cuna.

Entonces, ¿quién era la tal Tatica?

Mami no debía saber tampoco. De lo contrario lo hubiera dicho. Tenía una conexión directa entre el cerebro y la lengua. Pero si Mami era como un libro abierto, el libro que era Papi ni siquiera estaba en la biblioteca. Guardaba silencio, y más desde que había regresado a los Estados Unidos. Cuando hablaba, siempre era en forma indirecta: la historia de Babinchi, que había crecido bajo dos dictadores (su estricto padre y el brutal Jefe), que se unió a una revolución para salir huyendo a Nueva York ya de joven, y luego a Canadá, donde tuvo que repetir tres años de Medicina, vendiendo su sangre para poder pagar los costos...

—¿Entonces, tú eres Babinchi, Papi? —Alma le preguntaba insistentemente—. ¿Todas esas cosas te sucedieron a ti? —Su padre le respondía con una sonrisa traviesa. Manuel Cruz, alias Babinchi, no iba a hablar.

Murió mientras dormía, y se llevó sus historias consigo.

TRAS LA MUERTE de Papi, Alma quedó a la deriva, y se lanzó a escribir un proyecto tras otro, abandonándolos cada vez que una nueva historia empezaba a tironearle la manga. No le alcanzarían los años que tenía por delante para contar todas las historias que tenía adentro.

Una noche, su amiga escritora se le apareció en sueños, pero se veía desvaída casi transparente. Su voz era apenas un susurro, su contacto una leve brisa.

—He debido entenderlo desde un principio —le dijo—. Hay historias que no quieren ser contadas. Déjalas ir.

—Pero es que no puedo —gimió Alma. La voluntad no funcionaba ante sus obsesiones.

—Entonces, quémalas, entiérralas, lo que sea con tal de deshacerte de ellas.

Alma se despertó en su casita de Vermont, decidida a desprenderse del pasado, incluso del remordimiento y la culpabilidad que le producía su amiga. Había llegado el momento de poner sus asuntos en orden, empaquetar todos sus viejos borradores y folders en cajas. *Good riddance*, ¡buen viaje!, esa era una expresión que entendía desde sus vísceras. Pronto se adentraría en el territorio de la vejez. Bueno, no el de la verdadera vejez, la decrepitud, sino la antesala de esta... sin importar que las revistas dijeran que los setenta eran los nuevos cincuenta.

Informó en su departamento que se retiraría al terminar el semestre de primavera. Luego de cuarenta y tantos años al frente de un salón, tenía demasiados déjà-vus. «¿No dije eso ya?», «¿No les enseñé hace veinte años dónde va la coma?». Las estrategias, los chistes, las anécdotas, las frases inspiradoras… todo tenía la pátina del tiempo y la aburría. Lo mismo les pasaba a sus estudiantes.

En la fiesta de despedida con los profesores, sus colegas la recordaron con comentarios deslumbrantes que la hicieron sentir como una especie de personaje escapado de la ficción. ¿Brillante? ¿Buena compañera? ¿Simpática? ¿En serio? ¿Acaso no recordaban esas evaluaciones de parte de estudiantes contrariados que no hablaban nada bien de sus cursos? ¿O los padres graduados de esa misma universidad que se quejaban de que la profesora a cargo de enseñarles lengua y literatura inglesa a sus hijos fuera «una mexicana» (dominicana… pues ni siquiera podían atinar con sus prejuicios)? Pero claro, el hijo en cuestión había aprobado el curso con una triste D, cosa que obviamente encendía la ira de los padres. Luego de la fiesta, Alma pasó por su oficina para recoger las últimas carpetas que quedaban allí y los gruesos tomos de las antologías Norton, y allí encontró a uno de los encargados de mantenimiento quitando su nombre de la puerta de la oficina. No pudo contener la risa. *Sic transit gloria mundi.*

—¿Qué dijo? —preguntó el señor.

Había una cierta justicia en esos cierres de capítulo, aunque fueran inciertos. Lo que a Alma le estaba costando mucho aceptar era que el paso de los años también se notaba en la vida creativa. Tal vez no era el caso de Yeats, que se sometía a unos tratamientos con glándulas de mono. O quizás para Milosz o Kunitz, curiosamente todos hombres —al menos los que se le venían a la mente—, que siguieron escribiendo hasta bien entrada la vejez. A los críticos les gustaba opinar sobre ese estilo de madurez, por lo general un eufemismo para disimular una desaliñada continuación de lo que habían hecho antes. El brillo de la celebridad, ahora con tintes de nostalgia, podía servir para mantener el fervor de los lectores que seguían su obra, pero Alma no quería recibir la condescendencia ni la lástima de nadie. Había llegado el momento de dejar de recriminarse por no ser capaz de terminar nada. Estaba tratando de aferrarse al equivalente literario y creativo de la belleza física, con las cirugías plásticas que agentes y editores pudieran llevar a cabo con astucia, para cortar lo sobrante y estirar lo flojo de su escritura. Todo el que trabaja sabe hacer a un lado sus herramientas llegado el momento. Incluso Próspero, ese narcisista por antonomasia.

¿Y qué fue lo que hizo él cuando dejó su magia? ¿Cómo sería el mundo sin sus torres coronadas de nubes? ¿Qué había hecho Yeats para afrontar eso, en la tienda de vejestorios usados de su propio corazón? Tal vez fue en ese momento cuando comenzó los tratamientos de glándulas de mono.

Era como si su amiga escritora le hubiera pasado otro bastón en el relevo: el del desencanto. A lo mejor Mami había estado en lo cierto: las «traiciones» de Alma, al usurpar las historias de su familia y su país, que servía como canapés y bocadillos para el deleite de lectores del Primer Mundo, volverían a rondarla.

A pesar de todo, no pensaba renegar de su oficio, que la había mantenido a flote todos esos años. Había seguido esa vocación, aunque no exactamente con los ojos cerrados: ¿quién se atrevería a hacer algo, cualquier cosa, si supiera lo que le aguarda más adelante? TMI, *too much information*, era lo que solían decir sus estudiantes, para indicar que no querían enterarse de mayores detalles que pudieran resultarles incómodos. Se había arrojado de lleno al fondo de todo lo que amaba con una seguridad que tomaba prestada de mentores y musas como su amiga, editores o agentes, que le decían que tenía la aptitud de entretejer palabras. Era lo que su madre había descrito como la lengua suelta de Alma. Había llegado el momento de callarse.

El problema era el impulso de escribir que aún sentía en su interior. Y si no lo sacaba de adentro, ¿acaso la destruiría, como había sucedido con su amiga? No es que tuviera mucho de dónde escoger. Pero había algo en lo que sí podía decidir: tras años de dar forma a sus personajes, quería cerrar el capítulo de su vida como escritora de manera satisfactoria.

Empezó a darle vueltas a la idea de regresar a la isla. Luego de todos esos años, seguía considerándola su hogar. De jóvenes, Alma y sus hermanas a menudo se referían cariñosamente a su dear DR como una especie de freno de emergencia, como los que habían encontrado en el metro recién llegadas como inmigrantes a Nueva York. En caso de que todo lo demás fracasara —matrimonios, carreras, su medicada paz mental— siempre podían regresar. A lo mejor había llegado el momento. Ir a acabar justo donde había empezado le daría a su vida una agradable simetría.

Años antes, a los veintitantos, había escrito un poema, un borrador guardado en una de las muchas cajas de obras inconclusas, que terminaba con la siguiente frase: «Solo la mano vacía está libre para aferrarse». Y luego procedió a vivir una vida de tomar y recibir, pensando que cualquier cosa que brillaba era oro, aunque obviamente conocía la diferencia. Ahora iba a seguir su propio consejo. Haría a un lado la escritura y se quedaría con las manos vacías tanto como pudiera soportarlo, dejando que los miedos y los problemas pasaran a través de ella sin alterarla. Algo nada fácil para alguien que se había compenetrado tanto con su oficio que dejarlo la hacía sentir como si ya hubiera desaparecido.

ALMA CONTRATÓ A una antigua estudiante para que le ayudara a organizar cajas y cajas de borradores. Sophie miró las que tenían la etiqueta BIENVENIDA.

—Así se dice *welcome* en español, ¿verdad? Estoy tomando clases —agregó, como si decirlo fuera un cumplido personal para Alma.

—¡Qué bueno! —respondió Alma en español, pero siguió en inglés—. Y sí, eso es lo que significa «bienvenida».

Aunque, en este caso, era el nombre de la protagonista de una novela en la que Alma llevaba años trabajando, basada en un personaje histórico: una de las esposas de un despiadado dictador en su natal República Dominicana.

—¿Has oído hablar de Trujillo?

—Creo que no.

No era novedad que los norteamericanos no supieran mucho de su islita, fuera de sus magníficas playas y los jugadores de béisbol que exportaban. Además, la parte sur del continente americano estaba plagada de dictaduras. Un dictador era más o menos lo mismo que otro. Pero Trujillo, alias el Jefe, había sido uno de los más brutales con treinta y un años en el poder.

—Eso es más que los años que tengo yo —anotó Sophie, esa manera de los jóvenes de medir las cosas—. Entonces, ¿es una historia real y no algo inventado?

Era una pregunta que los lectores le hacían a menudo. Alma estaba cansada de explicar que alguien que escribe una novela no se somete a la tiranía de lo que verdaderamente sucedió. Ella misma no siempre podía separar las hebras de la vida real, como se la conocía, de la pura invención. Su propia vida, algunas partes de ella, habían sucedido hacía tanto tiempo que a veces se preguntaba si eran producto de su imaginación. La vida de su padre, reencarnado en el personaje de Babinchi en sus cartas, abigarradas de circunstancias en las que a duras penas se había librado de caer en manos de la Policía Secreta, a veces sonaba más descabellada que ese mundo de fantasía de su infancia. «Vámonos a Alfa Calenda», solía decir

Papi para comenzar un cuento. Era un lugar que existía solo en su mente, y ahora en la de Alma, en donde había llegado a un callejón sin salida.

—¿Importa mucho si es una cosa o la otra? —Alma respondió a la pregunta de Sophie con otra pregunta. Y continuó—: Las historias se mueven entre esas oposiciones binarias.

No lo podía evitar. Era una de esas taras resultado de haber pasado más de cuatro décadas en salones de clase, donde se suponía que era ella la que sabía. Era tan fácil pontificar y tan difícil darle vida a un personaje… las palabras hechas en carne. Si sus lectores pudieran verla en un día cualquiera de escritura, vencida por los continuos e insignificantes fracasos al intentar que una frase quedara bien, o que el nombre de un personaje o su tono de voz fueran los adecuados.

La mirada de Sophie había empezado a verse vidriosa, desprovista de interés.

—De todas formas, para responder a tu pregunta: sí y no. —La Bienvenida de Alma había sido moldeada siguiendo minuciosamente la Bienvenida de la vida real, pero Alma la había dotado de todos los pensamientos, sentimientos y detalles de los cuales el personaje histórico no había dejado rastro.

—Entonces, ¿ese es el título? ¿Bienvenida? —quiso saber Sophie—. ¿La puedo pedir por Amazon?

—No la puedes pedir. Nunca terminé esa historia —contestó Alma con voz que daba a entender que era un capítulo cerrado. No le salía. A veces uno tiene que estar dispuesto a dejar las cosas atrás. Como si hubiera sido fácil. Como si el fantasma de ese libro no siguiera rondándole la cabeza.

Sophie miró los estantes.

—¿Así que todo lo que hay en estas cajas son cosas que nunca terminó?

—Más o menos, sí —Alma señaló una caja, luego otra, ofreciendo las sinopsis de las historias abandonadas—: Esta iba a girar alrededor de un torturador en la dictadura de la cual te hablé antes. Un tal señor Torres, un anciano ciego para el momento en que el lector se topa con él, que pasa su vida en Lawrence, Massachusetts. Una jovencita dominicana estadounidense se muestra dispuesta a leerle al viejo. La muchacha no tiene idea de que ese señor fue en otros tiempos un agente del SIM, que mató a su abuelo, al cual ella no llegó a conocer. Esta otra era sobre una mujer del campo en Wisconsin que insistía en que la Virgen María se le aparecía. La caja que hay al lado contiene el comienzo de una novela sobre la masacre de haitianos de 1937. ¿Has oído de ella?

Sophie negó.

—¿Qué sucedió?

—El dictador Trujillo dio la orden de asesinar a todos los haitianos que vivieran del lado dominicano de la frontera. Muchos ni siquiera sabían que estaban en ese lado. ¡La frontera entre ambos países había cambiado tantas veces! La línea divisoria se había pintado y repintado en los mapas. Algunos dominicanos de buena voluntad ayudaron a esconder a familias enteras. Pero la mayoría estaban demasiado asustados como para hacerlo. Me imagino que, en cierta forma, yo también los abandoné —admitió Alma.

—Bueno, escribir sobre ellos no hubiera servido para salvarlos —agregó Sophie con sensatez.

A pesar de eso, Alma se culpaba por el fracaso de todas estas historias. Tal vez no las había amado lo suficiente como para que llegaran a existir. O tal vez, y esta era una posibilidad que le daba aún más miedo, ella no tenía el talento ni el alcance necesario para contarlas. Pero todas se aferraban a ella, en especial sus dos últimos intentos, las historias de Papi y de Bienvenida, en las que ella había invertido mucho tiempo, muchos borradores, muchas carpetas llenas de notas. En las lecturas, Alma le contaba al público sobre la exesposa del dictador, leía pasajes breves de diálogo y descripciones de Bienvenida al crecer como una muchacha de clase alta en una ciudad fronteriza.

Alma había investigado hasta el último detalle de la vida en ese lugar desde finales del siglo xix hasta principios del xx. Monte Cristi había sido una ciudad pujante durante la infancia de Bienvenida, años antes de la masacre; un puerto importante en el que atracaban buques alemanes, holandeses y españoles para recoger su carga de tabaco, cacao, café o madera de caoba. El principal producto de exportación era algo de lo que Alma jamás había oído hablar: campeche. Antes de que existieran los tintes sintéticos, la corteza del palo de campeche se usaba para teñir telas y también para tratar la diarrea y los trastornos menstruales. Alma también había investigado eso.

En su novela, Alma decía que Bienvenida recurría a unas infusiones preparadas al hervir la corteza de este árbol, como último recurso para prevenir los abortos espontáneos. Pero esos remedios de la ficción no alteraban los hechos de la vida real: Bienvenida no parecía poder llevar un embarazo a término. Tras ocho años de matrimonio y de abortos, el dictador la desechó para casarse con su amante, que hacía poco le había dado un hijo varón. Esta nueva esposa era tan implacable como el propio Jefe, y no descansó hasta deshacerse de su rival. Bienvenida fue enviada al exilio y su nombre, borrado de los letreros de las calles, avenidas, clínicas y escuelas. De la noche a la mañana desapareció. En un viejo libro de historia sobre las primeras damas en la República Dominicana que Alma había heredado de su padre ni siquiera se mencionaba a Bienvenida Inocencia Ricardo. A modo de protesta, su padre había tachado el nombre de la otra esposa y había garabateado encima el de Bienvenida. Eso dejó intrigada a Alma.

—¿La llegaste a conocer, Papi?

Sabía de ella. Una señora gentil y bondadosa, que había salvado a una serie de disidentes al alertar a sus familias cuando iba a haber una redada, y facilitando una manera segura para que pudieran cruzar la frontera.

—¿Y ella te ayudó a huir? —insistió Alma. Tenía curiosidad por saber más sobre el primer exilio de su padre, cuando era un joven médico, primero en los Estados Unidos y después en Canadá.

—Cuando llegó la hora de marcharme, ella ya había sido desterrada.

Las averiguaciones de Alma sacaron a la luz a varias personas que aún vivían en Monte Cristi, y que recordaban a esa jovencita dulce que se había enamorado perdidamente del Jefe. Tal como su segundo nombre, Bienvenida Inocencia nunca se dio cuenta del monstruo con el cual se había casado. Hasta donde se sabe, incluso tras el divorcio y posterior exilio, ella le guardó lealtad, y culpó a los compinches del Jefe por las peores brutalidades sucedidas, incluida la masacre.

¿Cómo pudo terminar esta buena mujer en brazos del mismísimo diablo? Esa era la pregunta que afloraba una y otra vez. También era la que alimentaba la obsesión de Alma con Bienvenida. La Bella y la Bestia, tal cual.

Alma incluso había visitado el cementerio donde se decía que Bienvenida había sido sepultada en una tumba sin nombre. Cuando el régimen fue derrocado, todas las estatuas, monumentos y casas del dictador, y de cualquiera cercano a él, fueron arrasadas por las masas de víctimas enfurecidas. Bienvenida había sido enterrada sin bombo ni platillos en una tumba sin nombre para evitar que fuera profanada. Nadie sabía en dónde con exactitud.

Hablando con su padre, Alma descubrió que el padre de él, su abuelo, había tenido propiedades en las afueras de la ciudad de Bienvenida. Su esposa y sus hijos estaban cómodamente instalados en una casa grande en una ciudad del interior del país. El padre de Papi pasaba mucho tiempo fuera, administrando sus tierras, viajando de acá para allá, un viaje de dos jornadas a caballo.

—Por suerte pasaba mucho tiempo de viaje —señalaba el Papá de Alma, pero se rehusaba a comentar más al respecto. El abuelo era tema prohibido en sus conversaciones. Y a pesar de todo, Alma seguía insistiendo y cada vez averiguaba un nuevo detalle.

Esas largas ausencias le dieron la posibilidad de comenzar una familia al otro lado de la frontera, en tiempos en que un hombre podía hacer eso sin trabas. Curiosamente, sus hijos haitianos habían nacido todos con escasos meses de diferencia con sus hijos legítimos de piel más clara; como si hubiera una competencia de fertilidad entre su esposa y su amante.

—Entonces, ¿qué pasó con la otra familia? —le había preguntado en varias ocasiones Alma a su Papá. Siempre había querido escribir una novela sobre la masacre de haitianos, y esta conexión personal con la historia le agregaba interés. Pero Papi alegaba que desconocía cualquier detalle. Lo único que sabía era que, poco después de la masacre, su padre había vendido todas sus propiedades en la frontera y se convirtió en opositor del dictador.

Todas esas historias, inconexas y sin entretejer en la forma de una novela, estaban en la caja marcada PAPI. Alma prácticamente podía repetir al pie de la letra la vida de su padre, las anécdotas desgastadas que había compartido con ella y sus hermanas a lo largo de los años. Pero el personaje completo, las partes de Manuel Cruz más allá de su faceta de Papi, se le escapaban entre los dedos. Si Alma hacía las preguntas equivocadas o insistía demasiado en un punto determinado, su padre se cerraba como esas plantas de moriviví que recordaba de su infancia, las cuales plegaban las hojas sobre sí mismas al contacto.

A lo mejor esos cuentos sin contar, sangrientos y trágicos, habían arrastrado a su padre en picada a un mundo aislado y personal. Alfa Calenda era su freno de emergencia. Tan solo imaginar esas historias también había sido excesivo para Alma. Una pared cortafuegos hecha de palabras no servía de protección suficiente para «¡El horror! ¡El horror!».

Papi, Bienvenida… incluso había intentado escribir una novela que combinara las historias de ambos. BIENVENIDA + PAPI rezaba el letrero de la respectiva caja. Esos dos fracasos recientes eran los que más rondaban a Alma. Bienvenida había sido borrada de la historia; Papi se había enclaustrado en Alfa Calenda… esos eran justamente los personajes que atraían a Alma. Los silenciados, los que habían perdido la lengua; esposas e hijas que tomaban el dictado de esposos y padres, mejorando y revisando, y, de hecho, participando en la escritura de las epopeyas, los sonetos y los romances sin que jamás figurara su crédito. Generaciones de autoras anónimas.

Para rematar un cuento, los viejos allá en la isla usan una frase: colorín colorado, este cuento se ha acabado. Hay que dejar volar al duende. ¿Pero cómo exorcizar un cuento que nunca se ha contado?

CON LA MUERTE de su padre, y su madre ya difunta desde hacía tiempo, Martillo, el abogado de ambos, podía comenzar el largo proceso de sucesión de la herencia. Las hermanas lo habían apodado Hammer, un trueque bilingüe del nombre que las hacía sentir empoderadas ante la pesadilla burocrática del sistema legal dominicano. La sucesión implicaba reescriturar, reportarse ante las autoridades de impuestos, entregar documentos apostillados, actas de nacimiento, pasaportes…

Las cuatro hijas se habían enterado de que habían heredado alrededor de doce predios. Los lotes estaban dispersos por la capital, apretujados entre edificios de oficinas, en una ladera sin calle de acceso, sobre una calle populosa en el centro... nada sustancial, como mucho, unas cuantas tareas, y ninguno junto a la playa. También había un solar grande en las afueras de la ciudad.

Según decía Martillo, estos terrenos eran una forma de remuneración en los tiempos en que la gente pagaba sus cuentas en especie; con tierras, ganado, mano de obra. Papi extraía un tumor o un apéndice, salvaba una pierna destrozada, y lo siguiente era que el paciente agradecido se presentaba en su consultorio con una cabra que había dejado amarrada afuera. O un campesino, con el sombrero en la mano, aparecía por la puerta de atrás ofreciendo sus servicios por un día; llevaba el pico listo para abrir el estanque que Papi quería hacer para los patos que otro campesino le había regalado.

Las hermanas nunca habían sido un cuarteto armonioso y, al decidir qué harían con su herencia, las cosas no fueron diferentes. Discutieron si debían vender, a qué precio, quién se ocuparía de los tratos de venta o de implementar las decisiones. Al final, consultaron a un mediador, que les sugirió dividir las propiedades en cuatro partes iguales y ya.

El problema es que las parcelas estaban tasadas por precios muy diferentes. ¿Cómo dividirlas equitativamente? Todas querían los mejores terrenos, los más valiosos. Al principio, todas consideraron el más grande de los lotes, quince y pico de tareas, ubicado en las afueras de la capital. Suponían que era una valiosa propiedad rural. Pero resultó que la que codiciosamente se hubiera hecho con ella habría caído en un truco semejante a aquel con el que las engatusaban de niñas para cambiarles un *dime*, la moneda pequeñita de diez centavos, por un *nickel*, más grande, pero de cinco centavos. El lote no valía nada, les dijo Martillo, pues estaba cerca del basurero municipal y rodeado por los barrios más pobres. De la noche a la mañana, el terreno que en principio parecía el más atractivo pasó a ser la papa caliente de la cual todas querían deshacerse.

Por sugerencia del mediador, decidieron usar una aplicación de internet en la que se lanzaba al aire una moneda virtual, para sortearse los lotes. Al principio, Amparo trató de cuestionar la aplicación porque ella no creía en internet. «How do you solve a problem like Amparo?», canturrearon las otras hermanas, frustradas. Pero, a menos que las cuatro se montaran a un avión para reunirse en un destino acordado, cosa que requeriría el tipo de cooperación grupal que era justamente el problema, esa era la mejor opción. Cada una tendría un turno. La ganadora sería la primera en escoger. En la siguiente ronda, las tres perdedoras lanzarían al aire la moneda virtual y la anterior ganadora pasaría al final de la fila, hasta que los doce lotes se hubieran repartido.

En la primera ronda, Alma quedó de ganadora. Sorprendió a sus hermanas al escoger el peor de los terrenos, al norte de la capital. Como era el más grande, dijo que renunciaba al resto de su parte en la herencia.

—No es justo porque tú sales perdiendo —protestaron sus hermanas. Podían pelear hasta las últimas consecuencias: de niñas, tirándose el pelo; de adolescentes, lanzándose los insultos más crueles; y estrellándose el teléfono en medio de una llamada ya bien pasada la edad en que podía culparse a las hormonas por esos arranques. Pero si una de las cuatro hermanas llegaba a caer, las otras abandonaban todo para ir a levantarla y a atacar a cualquiera que se hubiera atrevido a romperle el corazón.

—Es en serio, confíen en mí —les aseguró—. Ese es el lote que quiero.

—¿Y por qué? Pensé que habíamos concluido de común acuerdo que ese no valía nada.

—Pues cambié de idea, ¿okey?

Las hermanas pasaron del sentido de protección a la sospecha. ¿A lo mejor Alma había descubierto que ese lote valía más de lo que decía la tasación? ¿Por qué otra razón iba a querer ese solar al lado del basurero y rodeado de un barrio de delincuentes? ¿Tenía intenciones de irse a vivir *down there*? «Allá abajo», así era como las hermanas se referían a su país de origen, acompañando siempre la frase con una risita pícara, pues había sido la manera en que su madre se refería a las partes íntimas.

—¿Para qué lo quieres? —las hermanas no iban a dejar así el asunto. En la reunión de Zoom, una hilera de recuadros pequeñitos interrogaba a Alma.

—A ver, si no confían en mí, ¡olvídense! —estaba a punto de hacer clic en el botón de «Salir de la reunión» cuando Consuelo intervino.

—Yo no le veo problema a que Alma se quede con ese.

Tras unas cuantas quejas y refunfuños, las demás aceptaron, y Alma quedó como propietaria de un terreno baldío de poco más de quince tareas en el norte de la ciudad, cerca del basurero municipal.

Más tarde esa misma noche, Consuelo la llamó para quejarse de la pelea que había tenido lugar después de que Alma se hubiera despedido con su única selección. Le contó quién se había quedado con cuál lote. Quién había dicho que ya no le iba a dirigir la palabra a quién. Alma sintió alivio de no haberse dejado enredar en algo a lo cual no podía ser indiferente. La tierra que todas amaban. Que les daba algo en común, donde podrían echar raíces y seguir siendo una familia ahora que Mami y Papi ya no estaban.

—Entonces, cuéntame, *Soul Sister* —siguió Consuelo, cavando más profundo en el tema—, dime la verdad de por qué quieres ese terreno.

—Bueno, *Consolation* —respondió Alma, continuando con el juego de palabras de sus nombres en inglés—, como les dije en el Zoom, no sé bien por qué.

Y pasó a explicar que estaba teniendo muchos sueños. En el más reciente, se encontraba en un lugar de vegetación exuberante, un paisaje que sugería el de la República Dominicana. Una mujer se le acercaba vestida con una falda larga y un blusón con trocitos de espejo relumbrantes, como esos conjuntos de ropa de la India que solían usar en su adolescencia hippie y que enloquecían a Mami («¡Voy a terminar en Bellevue!», amenazaba, tras enterarse de que allí era adonde iban a parar los locos en este país). A medida que la mujer de su sueño se acercaba, Alma pudo ver que era Sherezada.

—¿O sea, tú misma? —preguntó Consuelo.

—Supongo que sí.

—¿Y qué era lo que quería Sherryzada?

Habían pasado casi treinta años desde que Alma había adoptado ese seudónimo y sus hermanas aún no conseguían pronunciarlo bien. La verdad es que lo mismo le sucedía a la mayoría de las personas ante ese nombre, lleno de sonidos y consonantes donde unos y otros se mezclaban y chocaban entre sí, cual bazar oriental.

—Quiere que entierre mis borradores abandonados. Las historias con las que he fracasado y no he sabido cómo darles vida.

—Ooooooookey… —contestó Consuelo con la entonación de una cuidadora que se ocupara de una persona trastornada en Bellevue—. Pero no has fracasado… ¿Acaso no has publicado una tonelada de libros?

En realidad, no era una tonelada de libros, pero para una hermana que prefería que sus cuentos e historias vinieran en formato de película o chisme, la producción de Alma se veía monumental. Está bien. Olvidémonos del fracaso. Digamos nada más que estaba preparada para cualquier aventura que la esperara al otro lado de sus narraciones escritas.

—En fin, ¿no querías saber por qué me interesaba ese solar? Es un lugar para que mis historias descansen en paz. —Mejor no decir ni palabra de que ella estaba pensando en irse a vivir allá también.

—Te pago la renta de un depósito si es para eso que quieres el solar.

—No es igual. Si Gunnar muriera, ¿lo dejarías en un depósito?

—¡Lo metería ahora mismo en uno si pudiera salir bien librada del asunto!

Alma se rio.

—Ay, manita… —cuando los afectos se desbordaban, siempre era en español.

—En todo caso, mi *Soul Sister*, adondequiera que vayas a dar, confío en que seguirás lo suficientemente cerca, como para ayudar a recoger los destrozos. Prométeme que vas a tener cuidado.

Luego vinieron las historias de terror que Consuelo había oído de la familia en la isla sobre el aumento en la delincuencia. Las primas estaban contratando guardaespaldas.

—Estaré bien. No es que vaya a andar dando vueltas por ahí en un Mercedes con chofer.

—Nada más, no me vayas a salir con que te mataron, cosa que me destrozaría el corazón —dijo Consuelo, ya despidiéndose.

—Lo tendré presente cuando se me aparezca la parca. Eso le diré: que no le puedo destrozar el corazón a mi *Consolation*.

—Así es. ¡Dile a esa que yo voy primero! —era una nueva rivalidad que había surgido entre las hermanas. Ya no era un asunto de cuál era la preferida, la más bonita, la que se sentaba junto a la ventana del carro o en el asiento del pasillo en el avión; ahora era cuál se moriría primero.

ALMA VIAJÓ «ALLÁ ABAJO» para firmar los papeles de la repartición y a conocer su solar. Las quince y tantas tareas resultaron ser un caos, malezas, botellas rotas, el penetrante olor de orines y excremento. Se paseaban por el terreno unos perros callejeros escuálidos. Al otro lado de la calle, una mujer que se metió a una casita rosada y turquesa se volteó y saludó con la mano. Hasta ahí llegaba lo de ser buena vecina. Los residentes del barrio la observaron, más que nada, con ese carácter dominicano abierto y amable en pausa, probablemente a la espera de saber qué era lo que ella estaba planeando.

A lo mejor las historias de terror de Consuelo tenían algo de verdad. Tal vez sus vecinos sí la estaban calibrando y midiendo, como el Cuco de los cuentos de hadas.

Alma siguió adelante, lo cual era un hábito desarrollado a lo largo de los muchos años que le había dedicado a la escritura. Cuando un manuscrito no iba para ninguna parte, se quedaba a su lado y lo enamoraba para que se convirtiera en un texto de verdad. Eso funcionaba, hasta que dejó de hacerlo.

Dicho lo anterior, por venir de una camada de hermanas, Alma se sentía más valiente si estaba acompañada. Necesitaba alguien que colaborara con ella, alguien que conociera ese país en el que ella no había vivido casi nada durante su vida adulta. Años atrás, en una presentación de uno de sus libros en la República Dominicana, había conocido a una artista que se le había acercado con una gran carpeta de obra gráfica, fotos de sus esculturas, volantes de galerías de arte, fotocopias borrosas de artículos sobre su obra. Era muy molesto que alguien en una firma de libros mostrara tal desconsideración con los demás que esperaban en la fila. Pero Alma sabía que no servía de nada portarse con descortesía. La mayoría de los lectores entusiastas de su obra que acudían a esos eventos decían ser parientes suyos, lo cual no era descabellado en una isla tan pequeña.

—Brava —se había presentado la mujer. Sin apellido, sin señalar un parentesco. Sus obras eran su tarjeta de presentación.

Alma se había prendado de las creaciones salvajes y fieras de

Brava, tallas altísimas y grandes lienzos que se contradecían con la apariencia menuda de la artista. Pero, al igual que sus obras, la personalidad de Brava desbordaba su tamaño, como una bola de fuego que despidiera chispas. No existía en ella ninguno de los angustiosos cuestionamientos ni las tortuosas dudas que acosaban a Alma. Brava se deleitaba en su obra como una niña pequeña que brinca en los charcos, tratando de meter todo el mar, vaso a vaso, en el foso que rodea su castillo de arena, convencida de que puede hacerlo.

El pequeño departamento de dos habitaciones que tenía Brava estaba repleto de lienzos de gran formato, de piso a techo, grabados que hubieran alcanzado a tapizar las paredes de varias habitaciones, partes de esculturas de *papel-maché* que solo podrían ensamblarse al aire libre. Alma encontró a Brava trepada en una escalera, dándole forma a los dedos de una mujer que estaba arrancándose la carne del pecho. Entre sus costillas había un pájaro atrapado, con las alas abiertas, desesperado por escapar.

Brava se bajó de la escalera para ir a plantarse junto a Alma. Si no hubiera sido por su pelo afro, no le hubiera llegado a la altura de los hombros. A diferencia de sus amistades norteamericanas, las dominicanas hacían que Alma se sintiera de estatura normal. A veces, como con Brava, incluso se sentía alta. Era agradable experimentar esa vivencia tan concreta de igualdad, literalmente, en el cuerpo, y no solo como abstracción.

Alma le compartió lo que recordaba de sus sueños y también de sus planes. Necesitaba un lugar para enterrar sus obras inconclusas, un espacio para honrar a todos esos personajes que no habían tenido oportunidad de contar sus historias. Quería llevarlos de vuelta a casa, a su lengua materna y a su tierra.

—¿Qué te parece? —concluyó, al fin mirando a Brava. Había evitado dirigir la vista en su dirección para no sentir que los ojos en blanco o una sonrisa condescendiente trataban de disuadirla.

Brava comprendió todo al instante. No fue necesario explicar, ni citar a Yeats o la Biblia, ni existió el riesgo de que la tachara de loca, para no usar la palabra *crazy*, como si los insultos estuvieran bien si se los decían en su lengua materna. ¡Ay! ¿Por qué Brava no podía ser su hermana en lugar de las otras tres?

La artista ya había empezado a esbozar algo en el pliego de papel extendido cual mantel en su mesa de trabajo.

—Puedo hacer tumbas con lápidas de yeso para cada libro, con los nombres de los personajes escritos en la lápida, con pasajes de los libros… lo que tú quieras. Podemos enterrar las cajas en esas tumbas. ¿Qué te parece?

—Tengo un montón de cajas —le advirtió Alma. Era resultado de su manía por revisar obsesivamente. Nada le acababa de gustar. Tantos personajes abandonados en plena narración porque no conseguía describir exactamente los rizos del pelo, las pecas en la mano de un viejo o los giros y las vueltas que da una vida. Oraciones de las cuales había desistido por no encontrar el verbo preciso. ¿Acaso no sabía que el arte también perdona?

—Pero no quisiera alejarte de tu obra y tu trabajo —Alma señaló con un ademán a la colosal mujer con la mano a medio formar.

—Mi obra es tu obra. Querida, todo forma parte de lo mismo —Brava estaba lista para lanzarse hasta el fondo, mientras que Alma aún vacilaba, haciendo mínimas tentativas de avance—. Me estarás haciendo un favor. Mira este clóset en el que estoy —Brava señaló a su alrededor con unas manos que al extremo de esos brazos parecían pertenecer a una persona mucho más grande—. Necesito más espacio para mis obras. Para tus personajes, será un cementerio; para los míos, un jardín-galería.

En lugar de terminar con un apretón de manos, las dos mujeres se fundieron en un abrazo. Era como abrazar al tiempo a un niño y a un genio en su botella. Se quedaron abrazadas hasta que esa incómoda y sofocante sensación de sentirse bajo escrutinio y saberse cada una alguien aparte y diferente de la otra se apoderó de ambas hasta el fondo. Se separaron riendo.

ANTES DE REGRESAR a Vermont para empacar su antigua vida y poner su casa a la venta, Alma necesitaba encontrar un lugar donde vivir. Se planteó la idea de pedirle a Brava que vivieran juntas. Pero dos genios embutidos en la misma botella era algo que no iba a funcionar.

—¿Por qué no construir una casa en el solar? —sugirió Brava. Construir era mucho más barato allí que en los Estados Unidos. Brava debió detectar la expresión de inquietud en el rostro de Alma porque añadió—: Una casita —y el diminutivo hizo que esta resultara tranquilizadoramente pequeña.

Pero no era el tamaño de la casa lo que le preocupaba a Alma. El espectro de todos esos secuestros y violaciones y asesinatos que Consuelo había conjurado en su llamada le llenaron la mente. Ese es el problema de las historias. Una vez que se alojan en la cabeza, son como una huella digital: no se pueden borrar. Sus primas habían contratado guachimanes para sentirse protegidas. A pesar de que ella no iba a andar por ahí al volante de un Mercedes, sí era una gringa con un signo de dólares como una letra escarlata en el pecho y un pasaporte azul en la bolsa.

—¿Y sí será seguro? —preguntó.

Brava rio con escepticismo.

—Mujer, ¿quién crees que vive ahí? —era el antiguo silogismo que a menudo olvidaban los privilegiados, acuartelados tras las altas paredes de sus residenciales—. Allí viven personas. Tú eres una persona. Por lo tanto, también puedes vivir allí.

Alma bajó la cabeza, avergonzada.

Sin embargo, su forma de hacer las cosas siempre había implicado tomarse su tiempo y cuestionar sus decisiones. Revisar, revisar, revisar como estilo de vida, no solo en su oficio de escribir. Pero se aferró a la audacia de Brava y a sus contactos, y consultó a una arquitecta para tal vez/a lo mejor/quizás construir una casita en el sitio. Nada muy espectacular, sino sencillo y bonito. Como el dibujo infantil de una casa, con su puerta principal en medio de dos ventanas, como un par de ojos, y paredes de colores vivos (como la casita rosada y turquesa de la mujer que la había saludado desde el otro lado de la calle). Y en lo alto, un sol perpetuamente sonriente, bendiciéndolo todo con su luz. ¿Ves? El mundo es un lugar seguro. La gente es feliz.

Mientras tanto, Alma les pidió a sus primas ricas si podía quedarse en su casa de la playa.

—No voy a necesitar más que un cuarto durante poco más de un mes —agregó, avergonzada por estar imponiendo sus condiciones.

—Puedes quedarte todo el tiempo que quieras —la tranquilizaron ellas—. No hay problema. Casi nunca vamos allá. ¡Oye, a lo mejor allá te inspiras y empiezas a escribir sin parar!

Su familia aún creía que ella producía una novela cada dos años. Ninguno de sus parientes era un gran lector, así que no notarían la diferencia. Sus libros no eran más que pisapapeles en las mesitas de centro de sus casas.

Alma no estaba muy convencida de ir a establecerse en la casa de playa de sus primas, lo cual aumentaría aún más su deuda de gratitud con ellas. ¿Qué podía ofrecerles a cambio? Su casita de chapa de madera en Vermont a duras penas les daría la talla a los parámetros de su familia, probablemente solo les parecería adecuada para sus sirvientas y jardineros. Además, no había que olvidar que pronto iba a venderla.

—No tienes que compensarnos de ninguna manera. Podemos instalar una placa junto a la puerta que diga, en lugar de algo como «George Washington se alojó en esta casa», que nuestra prima famosa escribió novelas allí —se enorgullecían de Alma, que se había labrado un nombre en el Primer Mundo. Ese mundo que ellas imitaban y al cual aspiraban. Lástima que su seudónimo no incluyera el apellido que todos compartían. La estrechez de mente de Mami había privado a la familia de poderse jactar de esa fama.

Aunque no siempre estaba de acuerdo con sus posiciones políticas, Alma aprovechaba las ventajas de formar parte de una familia extensa. Había crecido junto con sus primas, las *cuzzes*, como les decían con sus hermanas; la misma sangre les corría por las venas, carne de su carne, huesos de sus huesos, sus historias circulando en su propia historia.

DE REGRESO EN Vermont, Alma quedó sepultada en la avalancha de detalles involucrados en poner fin a su vida mientras seguía viva y comenzaba otra. Cada vez que sentía que estaba por caer en un ataque de pánico o de indecisión, se serenaba recitando una frase de un poema que le gustaba: «Practica la resurrección». Una habilidad muy útil para el más allá.

Con la mente más o menos clara, sin haber quemado las naves —no era su estilo—, pero sí varadas en tierra, Alma convocó a una reunión por Zoom para avisarles a sus hermanas que iba a mudarse a su *dear* RD. En periodo de prueba, aclaró, para que no empezara el coro de advertencias.

Pero el coro no pudo guardar silencio.

—¡Estás loca! —le insistían, como si sus vidas fueran un ejemplo de cordura. Alma sabía que no tenía sentido señalar ese detalle.

—Cada vez que hemos tratado de volver, las cosas no resultan —Piedad enumeró una serie de instancias. Como siempre dijo Mami, su hermana Piedad debió haber estudiado derecho. Había nacido para la discusión.

—Pero esos regresos anteriores sucedieron cuando estábamos en lo fino de la vida —contraatacó Alma.

Cuando pasaron por su etapa hippie, de jeans y blusas de bordado artesanal, no encajaban con las primas, siempre pendientes del pelo y las uñas. La pobreza que oprimía a la gente era desmoralizadora. No habían logrado encontrar trabajo, solo podrían conseguirlo recurriendo a la red del nepotismo y los puestos que había para ellas eran de recepcionistas, secretarias que se exhibían como trofeos, con su piel clara, su dominio del inglés y su pelo bueno… adornos para decorar el entorno de las oficinas. Habían descubierto que no era cosa fácil regresar. Era más sencillo mantener el amor por su querida tierra desde la distancia, preservando la RD en su memoria, perfumada de nostalgia. Era un paraíso que habían perdido y del que podían hablar en terapia para explicar el fracaso, la depresión y los matrimonios fallidos.

Ahora, en las postrimerías de la vejez, volver a la RD no parecía una movida derrotista, sino la mejor opción posible. Qué tal que… Alma no quería ni pronunciar la temida palabra, pero, a decir verdad, con ambos padres con demencia senil… Mami con certeza absoluta y Papi aunque sin ella, pero todo parecía indicar que sí. ¿Qué probabilidades tenía ella? Había leído un artículo, que compartió con sus hermanas, sobre un estudio clínico del Hospital Columbia Presbyterian, en el cual se identificó una cierta propensión genética en los participantes dominicanos a sufrir Alzheimer. Todo por esos matrimonios entre primos, con tal de mantener la pureza de sangre. Si Alma seguía los pasos de sus padres, estaría mucho mejor en su país de origen. Incluso si no era de lo mejor en términos de servicios sociales y atención médica, ese mundo había sido su primer mundo: sus sentidos, los ritmos de su cuerpo, su psique, estaban todos embebidos de ese entorno. El clima, los olores, los sonidos del español, los gestos que se comprendían sin necesidad de explicación. La vida también era más barata allá. Podían reenviarle sus cheques del seguro social, y también las regalías y los pagos de derechos que le pudieran tocar… Era la red de seguridad que le ofrecía el Norte, por si acaso el experimento del freno de emergencia llegaba a fracasar.

Además, ella no tenía una sarta de hijos en los Estados Unidos que la ataran allí.

—Nos tienes a nosotras —argumentaron sus hermanas—. Después no nos vengas conque no te lo advertimos —añadieron con el tono de «te lo dije» de Mami.

—No es más que por un tiempo —repitió Alma menos convencida. Habían logrado sembrarle la inquietud en la mente. Tal vez debería alquilar la casa de Vermont, en lugar de venderla, hasta estar segura—. Siempre pueden ir a visitarme —agregó—. Si van en invierno, podría ser agradable pasar unas vacaciones de las cuatro hermanas en el trópico.

¿Y dónde las iba a alojar?

Alma no se atrevía a mencionar que estaba planeando construir una casita en ese solar tan peligroso. En la vieja casa familiar de la playa que habían ofrecido las cuzzes le había suficientes habitaciones.

Alma se mantuvo firme, aunque sentía que el suelo se desmoronaba bajo sus pies. La reunión de Zoom estaba por terminar. Las hermanas callaban. La inminente partida. El final de algo.

—Todavía no sabemos qué es lo que vas a hacer allá —Piedad tenía que insistir con eso.

—Por Dios, déjenla en paz. Espero que allá conozcas a un tipo bien atractivo —contestó Consuelo, tratando de darle un giro positivo a la decisión de Alma. Era esa ilusión a la cual se seguían aferrando, como si fueran jóvenes y bellas con opciones amorosas.

Se dijeron adiós.

—¡Las quiero! —Se despidieron unas a otras desde sus cajitas cuadradas en la pantalla.

—¡Yo las quiero más! —en eso también tenían que rivalizar.

LA ÚLTIMA LLAMADA difícil fue a su agente literario. Alma le informó que planeaba retirarse de su carrera como autora, que no pensaba aceptar más invitaciones a reseñar o a participar en lecturas, o a dar opiniones sobre cualquier tema, desde la muerte de la novela hasta la importancia de la representación multicultural en los currículos escolares. Iba a enviar sus viejos manuscritos a su país, y allí los dejaría descansar en paz.

Su agente trató de disuadirla. Podía venderle esas cajas de papeles a la biblioteca universitaria que había comprado todos sus documentos años antes. El Archivo Sherezada las querría.

Tal vez era así en el pasado, cuando Alma estaba en su periodo más productivo, publicando activamente un libro tras otro. Cuando la presentaban en sus eventos con frecuencia aludían a «esta autora prolífica», una frase cargada de un dejo peyorativo, como si la fertilidad entre las escritoras fuera una especie de indiscreción; algo semejante a la manera en que su familia materna veía esa costumbre campesina de las familias numerosas como una falta de autocontrol, pariendo como animales, con tantas bocas por alimentar. ¿Acaso no tenían sentido común?

—TMI —le dijo a su agente—. Ya hay demasiada información sobre mí, mis libros, mis artículos, mis puntos de vista. Los contadores de historias deben saber cuándo llega el momento de callarse.

Su agente no estaba de acuerdo. Había críticos jóvenes que estaban cimentando su carrera académica en el estudio del boom multicultural en la literatura estadounidense. Sherezada había sido parte de ese grupo que había abierto nuevos caminos. De hecho, había un insistente profesor relativamente joven, un dominicano estadounidense, añadió el agente a modo de señuelo, que estaba escribiendo un libro sobre la influencia de los textos canónicos y clásicos en la literatura de origen latinoamericano. Por su seudónimo y su declarada conexión con *Las mil y una noches*, quería entrevistar a Sherezada para su libro.

—La obra debe hablar por sí misma, o no —contestó Alma. Ella ya había terminado. Punto final. Colorín colorado, este cuento se ha acabado.

II

Chismes

Cuando comienza la actividad en el solar abandonado en los límites del norte de la ciudad, los residentes del barrio circundante se preguntan qué irán a hacer allí. Muchos temen que el solar se aproveche para ampliar el basurero cercano, donde los ruidosos camiones van a dejar sus cargamentos de desperdicios: montículos de envolturas, botellas rotas, recipientes de plástico, latas oxidadas, sobras de comida en descomposición; todo eso apilado en montones tan altos como las lomas cercanas. Hay días en que el hedor es tan espantoso que los vecinos tienen que refugiarse en sus casitas, puertas y ventanas cerradas, ahogándose de calor, mientras queman yerbabuena y trozos secos de sábila para contrarrestar los malos olores.

Las retroexcavadoras y los buldóceres llegan, despejando y limpiando el terreno, junto con una brigada de haitianos: indicadores de una nueva construcción. Los vecinos respiran aliviados. Y empiezan a circular los rumores de qué es lo que se irá a construir allí.

Uno de los chismes que corre dice que el lugar va a ser un hotel tipo *resort*, que necesitará emplear personal para camareras, jardineros, meseros, cocineros, guardianes. Muchos de esos resorts ahora organizan visitas a barrios cercanos, y allá llegan en minivans cargadas con lo necesario para implementar los proyectos subsidiados por iglesias y clubes en los Estados Unidos. Los turistas se sacan selfies frente a un nuevo parque o un centro de salud que lleva el nombre de benefactores de Omaha, Akron o Danville: el parque infantil Herbert & Mary Lou Huntington-Maxwell, la Clínica Johansen, el Centro Patterson, donde los jóvenes pueden reunirse a jugar billar y a tomar un refresco (las bebidas alcohólicas están prohibidas). Y una vez que los visitantes extranjeros vuelcan su atención allí, los políticos se hacen más receptivos hacia las necesidades de los barrios. Una mirada desde el Norte provoca que quienes gozan del poder tengan que rendir cuentas.

¿Un resort que no esté en la costa? ¡Qué absurdo! Los turistas que viajan a una isla tropical buscan estar en la playa. Lo más seguro es que el solar se vaya a convertir en una mansión con todo y piscina, cancha de tenis, minigolf, cosas que requieren mantenimiento. Implica menos empleos que un resort, pero habrá trabajo para un puñado de afortunados. Antes de que alguien alcance a planear lo que hará con ingresos fijos, otro señala que ningún dominicano con dinero sería tan tonto como para construirse un palacio de recreo tan cerca del basurero municipal.

Más bien será un parque industrial. Las nuevas empresas internacionales ofrecen beneficios tentadores: desayuno y almuerzo, y, para los que se quedan al turno nocturno, cena, a precios muy razonables; consultorios médicos y guardería para niños. Juegos de béisbol entre los empleados de distintas compañías: Pfizer vs. Johnson & Johnson, Fruit of the Loom vs. Champion. También hay ocasión de sacar partido con algún negocito al mismo tiempo, pero con mucho cuidado. De poco sirve sacarse a escondidas unos cuantos brasieres y pantis en la bolsa para que los descubran en la inspección en la puerta de salida. Lo siguiente será quedarse sin trabajo y en la cárcel hasta pagar por la ropa interior que se sacó, además de la multa por robarla.

Pero ese terreno es muy pequeño para algo tan grande. Así que tal vez sea nada más una factoría con una fuerza de trabajo reducida. Empaques de goma. Ladrillos. Carteras.

Los que ya tienen empleo preferirían un centro comercial con tiendas y locales llenos de luces, a lado y lado de pasillos climatizados con aire acondicionado, salpicados con bancos y fuentes como si fuera un parque techado. Música ambiental, aromas exquisitos de repostería. Un lugar agradable para darse una vuelta una tarde de sábado, a cobijo del calor, y curiosear las vitrinas, si es que las tiendas no permiten que la gente deambule por dentro.

Otra posibilidad es un call center. Las jornadas de trabajo son largas, e incluyen fines de semana, y turnos de noche, pues los usuarios insisten en poner sus quejas a cualquier hora del día, pero la paga es decente y al menos es un trabajo de oficina. Lo más difícil es aprender inglés. Luego de un curso de capacitación de un mes, y de memorizar y practicar una lista de frases de disculpa y atención de reclamos (*I do apologize for your trouble*; *I am sorry for your inconvenience*; *Is there anything else I can do for you?*), te contratan, pero sin ninguna garantía. Te pueden despedir si un determinado número de personas se quejan de que tu acento es demasiado marcado o de que no tienes buena actitud. Las personas que llaman se molestan con facilidad y gritan, como si la talla equivocada de la camisa o las cuchillas de la licuadora instaladas al revés fueran tu culpa. Es peor que las doñas dominicanas hablándoles a sus domésticas.

Una academia de béisbol sería un sueño hecho realidad para los tigueritos que juegan en las calles, y los mantendría alejados de problemas. Puede ser que unos cuantos lo consigan, que se vuelvan millonarios y regresen para ayudar en su barrio.

Tras varias semanas de despejar el terreno con buldóceres, se levanta una pared empañetada que no está coronada con trozos de botellas rotas o con alambre de púas, sino con una reja bonita, con mariposas posadas en flores, pájaros alzando el vuelo, delfines saltando hacia el cielo. ¿Un parque temático para niños? ¿Una escuela primaria privada? ¿Una academia de arte?

El capataz parece ser la única persona a quien los locales le pueden preguntar. Sabe poco, pero se los cuenta. El lugar será un cementerio.

¡Un cementerio! Muertos y zombis vagando por las calles en las noches, campamentos de habitantes de la calle que aprovechan los rincones tras los mausoleos como letrinas y que cocinan en fogatas encendidas sobre la lápida de la abuelita. ¿Y qué puestos de trabajo ofrece un cementerio que alguien pueda desear, fuera de los más desesperados? La gente del barrio podrá ser pobre, pero tiene su orgullo. Ya es bastante humillante que la ciudad arroje su basura en el patio de atrás de todos ellos, como para que ahora se agreguen también los muertos.

—Este no es un cementerio cualquiera, sino un lugar de mucho respeto y orden —les asegura el capataz, frunciendo los labios para señalar la parte alta de la pared, con sus esculturas vistosas—. Sin gentuza ni aprovechados. Y de espíritus y fantasmas, no habrá ninguno porque no va a ser un cementerio de difuntos normales.

—¿Entonces, para mascotas? —los que trabajan en el servicio doméstico y como jardineros saben de primera mano que los ricos son muy apegados a sus mascotas. Cuando sus perritos mueren, los amos los lloran tal como hacen otras personas con sus hijos. Pero por lo general esas mascotas se entierran en los jardines de los dueños.

El capataz niega con la cabeza.

—No, el cementerio tampoco es para mascotas.

—Si no es para gente ni para animales, ¿entonces qué van a enterrar ahí?

Eso fue lo que le explicaron. Todo lo que sabe es que nunca ha estado más contento en un trabajo. Por primera vez desde que se convirtió en capataz, puede participar, al mando de la retroexcavadora, retirando piedras junto con su brigada de haitianos. Sale del trabajo sintiéndose renovado, y sin necesidad de parar en una barra o un colmado para comprar una botella de ron y ahogarse en el olvido, ignorando a su mujer y espantando a sus hijos si hacen demasiado ruido. En lugar de eso, conversa alegremente con ellos, recordando cosas que tenía perdidas en la memoria. «Amorcito, ¿te comiste una cotorra al mediodía?», bromea su esposa.

La dueña del lugar pasa para revisar los avances del proyecto. Una mujer delgada con rostro arrugado, canas y un nombre impronunciable que suena parecido a «Che Guevara». Él le dice «doña», para evitar el nombre.

—Doña no. Dígame Alma —contesta la doña, dándole un apretón de manos como lo haría un hombre.

Va en compañía de una mujer pequeña y entusiasta, con un nombre más fácil de pronunciar, Brava. Tiene más o menos la misma edad de la dueña, pero la mitad del tamaño. Uno pensaría que es una enana, pero todas las partes de su cuerpo tienen las proporciones adecuadas, a excepción de sus enormes manos de obrero. Habla a toda velocidad.

Los vecinos no han dejado de acosarlo con sus preguntas, así que el capataz decide dar el paso y pedirle a la dueña que le responda, como una petición de la comunidad:

—La gente del barrio quiere saber qué se va a enterrar en este cementerio, si no va a ser para personas, ni mascotas ni vertedero de sustancias tóxicas.

La dueña se ríe, con carcajadas luminosas y agudas, que invitan a reírse también.

—Perdón. No es que quiera andarme con secretos, sino que la gente nunca entiende cuando le explico. Va a ser un cementerio de cuentos.

El capataz sacude la cabeza como lo haría si estuviera en la playa, para sacarse el agua de los oídos.

—¿Cuentos? —repite.

La mujer se ríe de nuevo. Sí, había oído bien lo que ella dijo.

—Qué interesante —comenta, para no verse como un ignorante.

La próxima vez que alguien le pregunta, responde que el cementerio es para los locos, los chiflados, los desequilibrados.

—Oiga, espere, ¿y acaso los locos no son personas también?

—Yo no soy más que el capataz —contesta, encogiéndose de hombros.

En el muro junto a la entrada se instala un letrero: CEMENTERIO DE LOS CUENTOS SIN CONTAR. La única manera de entrar es hablar por una cajita negra al lado de la puerta del frente. «Cuéntame un cuento», pide una suave voz femenina. Solo entonces la puerta se abre. O no.

La primera visita

La primera que logra entrar, una vez que la construcción ha terminado, es Filomena. Vive sola en la simpática casita rosada con las molduras de yeso azul turquesa al otro lado de la calle, frente al solar del cementerio. De lunes a viernes, la casa permanece cerrada, pues ella es la cuidadora permanente de una anciana que vive en un bonito recinto en la capital. Filomena, un alma de Dios que se encarga del aseo de la iglesia en sus días libres, no es especialmente brillante, o eso es lo que se rumora, ya que poco habla. Nunca se casó y está en ese momento de la madurez en que empiezan a sentirse los achaques de la edad. Sigue conservando la delgadez y la figura de una jovencita, así que a veces los desconocidos le silban por la calle hasta que ella se da vuelta y los impertinentes se sorprenden por el rostro curtido por los años.

Hasta donde todo el mundo sabe, y la gente del barrio se precia de estar al tanto de todo, Filomena no tiene parientes vivos, ni ex-marido o amante que la haya dejado por otra mujer, ni hijos que se hayan ido al Norte en busca de oportunidades. Así sucede con las mujeres: se cierran antes de llegar a abrirse. Algunas flores jamás florecen. O lo hacen demasiado tarde en la vida. Solo Dios sabe por qué: el padre Regino le ha dedicado varios sermones al tema.

Un sábado por la tarde, de regreso a casa para disfrutar de su día libre, Filomena se detiene ante la puerta del cementerio. No sabe qué es lo que la motiva. Voltea a un lado y al otro, y oprime el botón. Una voz femenina le pide que le cuente un cuento. Filomena está acostumbrada a seguir órdenes.

—Me llamo Filomena —comienza—. Soy católica. Visto a los santos de la iglesia. Cuido a una viejita en la capital. Tengo una hermana, Perla, en Nueva York. Tesoro, su marido, es un sinvergüenza bueno para nada. Y también tengo dos sobrinos, Pepito y Jorge.

Filomena se queda sin más qué decir. La puerta se mantiene cerrada. Obviamente, lo que relató no es un cuento ni una historia. Cierra los ojos apretando los párpados, como si pudiera exprimir algo más de su cabeza. Del árbol de mango que hay junto a la puerta, por el lado de afuera, le llega el canto de un pájaro. «Un pajarito me contó», es la frase con la que los viejos en el campo comienzan a relatar un chisme sustancioso y con eso atraen hasta a los menos interesados. Tal vez a eso se refiere la voz en la caja negra cuando pide un «cuento», algo como un chisme.

Se acuerda de la historia que le contó a Perla hace años, en la víspera del viaje de su hermana junto con Tesoro a Nueva York. Ese cuento fue la causa de la ruptura entre las dos. Perla acusó a Filomena de estar celosa. Según ella, su hermana menor nada más quería aferrarse a ella a toda costa, echando a perder la oportunidad de que ella pudiera tener una vida mejor.

—¡Nunca más vuelvas a dirigirme la palabra! —le había gritado Perla. Eso había sido treinta años antes. Las dos hermanas no habían vuelto a hablar desde entonces.

Las palabras de Perla sellaron los labios de Filomena. Fuera de la confesión al cura, las respuestas sumisas y las frases necesarias para su trabajo, y la rutina normal de la vida, no tiene nada qué decir. «¿Te comieron la lengua los ratones?», bromean los vecinos.

Pero ahora, ante la puerta, los ratones le devuelven su lengua con intereses. Por segunda vez, cuenta la historia, un torrente dirigido a la cajita negra.

—Colorín colorado, este cuento se ha acabado —remata con la frase habitual—. Es verdad —añade, ya que no quiere que otra vez la acusen de mentirosa.

Y he aquí, la puerta se abre.

Una vez adentro, Filomena se topa con la mujer que todos llaman «la doña», que la acoge amablemente y la felicita por su historia. Filomena se siente animada a preguntar. Ha oído decir que el cementerio no es para personas.

—Es verdad. —¿Acaso no había leído el letrero?

Filomena no quiere confesar su ignorancia. Cuando la gente se entera, la desprecian como si fuera alguien que no vale la pena o, peor aún, le tienen lástima. Las hijas de la viejita lo entendieron, y en lugar de despedirla, marcaron con colores todos los medicamentos que hay que darle a su anciana madre. «Le das a Mamá una pastilla del frasco que tiene la marca azul y una cucharada del jarabe marcado en rojo al desayuno; al almuerzo, una tableta amarilla», y así sucesivamente, un arcoíris de medicinas durante el día y la noche.

Filomena señala las figuras de aves y mariposas, el pez con la barriga llena de letras, para esquivar el asunto de lo que dice en el letrero de la entrada.

—¿Es un camposanto para animales?

—Un cementerio para cuentos —responde la mujer.

—Con su permiso, doñita, ¿y cómo entierra uno un cuento?

—Si el cuento o la historia nunca se cuentan, ¿adónde van? —responde la señora con otra pregunta.

La historia que ella le contó a su hermana, ¿adónde fue en todos estos años de silencio? Esa es una pregunta que Filomena nunca se había hecho.

Sale del cementerio con los ojos radiantes y la misma sonrisa etérea de los santos que viste en la iglesia. Unos cuantos vecinos se han agrupado frente a la puerta. Se corrió el rumor de que Filomena había podido entrar. ¡Quién se lo iba a imaginar!

«¿Hablaste con la doña? ¿Te dijo a quién van a enterrar ahí? ¿Qué dicen las lápidas?», sus vecinos la bombardean con preguntas. Filomena no va a admitir ante ellos que no sabe leer. Lo único que va a decir es que hay cajas por todas partes, repletas de papeles, hasta donde ella alcanzó a ver. No les confiesa tampoco, pues seguro sus vecinos pensarán que está poseída, que mientras recorría los senderos de guijarros allá adentro, en cada cruce la recibieron voces, distintas voces, de jóvenes, de viejos, de ricos y pobres, masculinas y femeninas, contándole cuentos.

Nihil obstat

Cada vez que alguien ve que la camioneta de Alma entra al cementerio, se corre la voz. Una multitud se agolpa en la puerta, aguardando la salida de la doña. Unos pocos intrépidos se acercan al intercomunicador. «Cuéntame un cuento».

Me contó un pajarito... Había una vez... Cuentan los viejos... y luego algún escándalo que se haya sabido en las noticias, quién se acuesta con quién, lo que hizo fulano o dijo fulana, un chisme jugoso, un rumor candente o la trama de una telenovela (esta última opción nunca parece funcionar).

En el momento en que las puertas se abren, los solicitantes se abalanzan, cuerpos que se empujan, que forcejean, que insisten en haber sido los primeros, rodean la camioneta.

—¡Doña! ¡DOÑA! —como si fuera a ganarse el empleo aquel que grite más fuerte—. ¡Necesito un trabajo! ¡Por favor, doñita!

Los vecinos han persistido en llamarla «doñita». Su seudónimo ha demostrado ser imposible de desenredar en sílabas con sus consonantes trabalenguas. «Díganme Alma», les insiste. «Alma, a secas, por favor».

—¡Apiádese de mí! —suplica un hombre medio borracho y sin dientes—. Tengo ocho bocas que alimentar.

—Ocho bocas, sí, pero hay una que se bebe todo lo que te ganas —añade un vecino con tono de regaño, pues la necesidad también es la madre de la mezquindad.

Cada vez que la rodean con esas peticiones, Alma les explica que no necesita una cuadrilla entera de personas. Cuando llegue el momento, contratará a alguien que se encargue de echarle un ojo a todo, de arrancar la maleza y barrer los senderos, y de limpiar la mierda de pájaro de las esculturas y lápidas.

—No hay necesidad —interviene Brava, sin hacer caso del asco que Alma transmite. Según ella, los pájaros nada más están «bautizando» sus obras.

Alma ríe, saboreando el buen humor de su amiga. Una oleada de añoranza la empuja hacia la otra mujer. ¿Así habría sido ella si su familia no se hubiera ido de la isla? Con un sentido innato de seguridad y pertenencia, que permite que el duende se materialice para jugar y crear. De hecho, Brava le recuerda a ella misma en su juventud, antes de que se le ocurriera pensar en publicar, cuando disfrutaba de escribir por el puro placer de escribir, antes de que su carrera despegara y alcanzara la fama de la cual su amiga escritora le había advertido. A lo mejor este nuevo proyecto la llevaría al fondo de su ser... la tarea psicológica de la vejez, según sus hermanas Amparo y Piedad; ambas habían sido terapistas y eran expertas en todo tipo de temas psicológicos. Era más probable que Alma sencillamente envejeciera, y que estuviera demasiado cansada y agotada como para remontarse por encima de su yo más humilde o del vacío que pudiera encontrar en el fondo de su ser.

Brava ve algo en el futuro de su amiga. Alma es una contadora de historias hasta la médula.

—¡Que nadie te diga otra cosa! —Brava hace un movimiento de cabeza señalando hacia el Norte—. ¿Qué? No me digas que únicamente eres una contadora de historias cuando alguien más lo dice. ¿Te acuerdas de que, de niñas, en colegios católicos, solo podíamos leer los libros que tenían el imprimátur del obispo, *Nihil obstat*, dando a entender que no había objeciones para que se publicaran? ¿Te acuerdas de lo aburridos que eran?

Los libros no siempre cuentan las mejores historias. Brava nunca se aficionó a la lectura. Prefería, por encima de todo, sentarse en el regazo de su abuelita, a escucharla y dibujar, con un palito en el suelo de tierra, a los personajes de los cuentos que ella le iba contando. Su biblioteca era radio bemba.

—¿Y eso no cuenta? —la reta Brava—. ¿O es que un cuento no ha sido contado si no está publicado?

—Bueno, si no está escrito ni publicado, morirá con quien lo cuenta —Alma piensa en todos esos poemas que se dicen inmortales y, en cierta forma, es verdad. Allí estaba ella, leyéndolos y enseñándolos a la siguiente generación, y a la siguiente. Por eso, en ciertas tribus se dice que cuando uno de los ancianos muere, desaparece una biblioteca.

—Pero las historias se transmiten —tercia Brava—. Las ciguapas, la vieja Belén, Juan Bobo… —enumera sus cuentos preferidos, recubiertos con la leche de Mami, puntuados por la tos que le producía el cachimbo a Abuelita; cuentos conocidos, impresos en la memoria, amados hasta en las células, desde mucho antes de que Alma los escribiera.

Peligro de incendio

Las cajas de novelas y cuentos sin terminar están amontonadas en pilas separadas y cubiertas por lonas plásticas en toda la extensión del cementerio. La idea inicial de Alma era enterrarlas intactas, pero decide quemarlas. Así la cosa es más definitiva: un punto final y no la vaguedad de unos puntos suspensivos al término de su carrera de escritora.

Para ayudarla a quemar y enterrar, Alma procura la ayuda de la mujer que logra entrar cada vez que cuenta un cuento en la entrada.

—Filomena, ¿cierto?

—Sí, señora —murmura la mujer con timidez—. Para servirle.

La mayoría de las cajas se prenden crepitando y soltando chispas, como si las llamas tuvieran hambre de historias, aunque estén inconclusas. Las historias se liberan, sus personajes flotan hacia el mar, hacia las montañas, hacia los sueños de los viejos y los que no han nacido, filtrándose en la tierra. Unas cuantas corren con la suerte de encontrar el camino hacia libros de otros autores. A veces algunos fragmentos regresan con el viento, desligados de sus tramas iniciales. Renglones sueltos y caras como déjà vus.

Ni la caja de Papi ni la de Bienvenida quieren arder en el fuego. Es una señal, aunque Alma no sabe de qué. Ahora que ha dejado la escritura, el mundo es un torbellino de detalles caóticos... cuentos, cuentos, tantos cuentos, y ella no tiene qué hacer con ellos, como no sea enterrarlos.

Brava está acostumbrada a trabajar con distintos materiales. Esas cajas, específicamente, parece que están hechas de un cartón recubierto con una capa de algo como cera que no es inflamable. Propone que saquen las carpetas, una por una, y que prendan fuego a los borradores así no más. Pero Alma vacila.

Tal vez porque esas dos historias fueron sus últimos intentos fallidos, no se siente preparada para desprenderse de ellas. Papi y Bienvenida se atrincheran en su imaginación, insistiendo en que sus historias se cuenten.

En lugar de quemar las carpetas, las tres mujeres cavan dos hoyos profundos, forran el interior con bolsas de basura y allí entierran las cajas de Papi, primero, y luego las de Bienvenida. Cuando terminan, Filomena se arrodilla frente al hoyo de Papi y hace la señal de la cruz, pidiéndole al Barón que bendiga ese suelo sagrado.

Alma tira de Brava hacia un lado.

—¿Qué está haciendo?

—El Barón es el jefe de los cementerios —le explica su amiga—. La deidad que permite el paso entre los mundos. La primera tumba siempre le pertenece a él.

Brava narra una historia que oyó hace unos años. Un cementerio nuevo acababa de abrir, y se había programado el entierro de dos difuntos ese día. Ninguna de las dos familias quería que su difunto fuera el primero, pues eso querría decir que los devotos del Barón llevarían a cabo sus rituales en la tumba de su ser querido. Una de las familias llegó al punto de pagarle al chofer del carro mortuorio para que fingiera un pinchazo en una goma, así que el otro carro mortuorio llegó primero.

—Aunque este no sea un cementerio de verdad, las reglas al parecer se siguen aplicando. La gente tiene sus cuentos. Hay que respetarlos.

Las demás cajas ya casi han terminado de arder… montoncitos de brasas y cenizas que habrá que enterrar bajo las esculturas específicas que Brava ha diseñado para cada uno. De cada tumba se levanta una pluma fantasmal de humo, en algunos casos oscuro y tormentoso, en otros de un gris aperlado, uno más con matices rosados, y uno de un rojizo sanguinolento donde estará la escultura en forma de machete o de lo que sea que representa ese monumento.

Calle abajo, en el colmado, Bichán, el dueño, olfatea el aire, sale y ve el humo que se levanta al otro lado de la pared. Llama a los bomberos y al instante aparecen con sus carros y frenan ante la puerta, con hombres preparados para derribar la puerta con hachas, ya que el intercomunicador no acepta como historias las órdenes que le ladraron. Alma les da entrada, pero para entonces ya no queda ningún fuego para apagar, solo montoncitos de cenizas, unas cuantas chispas dispersas, que las mujeres extinguen pisoteándolas.

El capitán menea la cabeza sin poder dar crédito a lo que ve.

—¿Qué están haciendo aquí? —y antes de que las mujeres le respondan, él les informa—: ¡No pueden hacerlo!

—No es más que basura —declara Brava.

—Y lo estamos haciendo con precaución —añade Alma, levantando el extinguidor que ella y Brava llevaron. El jefe sigue moviendo la cabeza y llena un ticket de multa. Resulta que para algo así se requiere un permiso.

—¿Y dónde se obtiene el permiso?

El jefe mira alrededor, fijándose en las extrañas figuras.

—¿Y qué es este lugar?

Si lo confiesan, el jefe probablemente les dirá que necesitan un permiso para hacer un cementerio y les dará otro ticket de una nueva multa. Brava le lanza una mirada a Alma. *Deja, yo me hago cargo.*

—Soy artista —empieza Brava—, y sucede que este es mi salón de exposiciones. Mis clientes vienen aquí para ver mis creaciones y hacer sus pedidos a partir de estos modelos.

Le saca una lista de sus credenciales, los premios que ha ganado, las exposiciones que han incluido sus obras. El jefe no se deja impresionar. Las reglas son las reglas. Siguen necesitando un permiso.

—Okey —Brava cambia de estrategia, y propone una «solución»—: ¿Y no podemos pagarle el permiso a usted?

La expresión del jefe deja traslucir el interés. Les ordena a sus hombres que lo esperen afuera, en los camiones con aire acondicionado. Una orden más que bienvenida. Van vestidos con botas de goma, chaquetones de Kevlar, cascos: un sauna ambulante. El sudor les chorrea por la cara a todos. Combatir incendios en el trópico no es ningún paseo.

El jefe examina detenidamente a ambas mujeres, la una en pantalones deportivos y camiseta y la otra con un blusón de algodón y pantalones holgados; una gringa, seguro. El precio de los permisos va subiendo.

—Cuarenta dólares —dice, atento a sus rostros, preparado para darles un descuento si se muestran sorprendidas.

Brava está a punto de protestar cuando Alma interviene.

—¿Y ese permiso servirá para otros fuegos que tengamos que prender? —Solo en caso de que decidiera quemar los borradores de Papi y Bienvenida.

El hombre refuerza su expresión: los peces han picado el señuelo.

—Por supuesto, es un permiso a perpetuidad —sonríe, deslumbrándolas con su dentadura de oro, y se embolsilla los billetes.

En el futuro, para no meterse en problemas cada vez que vayan a incinerar algo, deberán avisarles a los bomberos. Él enviará a alguien nada más para supervisar. De hecho, uno de sus hombres vive en la zona. Florián. A cambio de una pequeña propina, dinero para cigarrillos, Florián se encargará de vigilar cualquier fuego.

El jefe divisa a Filomena que está asentando la tierra del montículo bajo el cual están sepultadas las cajas de Papi. Frunce los labios y levanta la quijada, la manera dominicana de apuntar, según Alma ha notado.

—¿Filo trabaja para usted?

Alma titubea, no vaya y sea que el hombre les imponga una multa por contratar a una vecina por la izquierda.

—Nada más ha venido a ayudarnos un poco. ¿Por qué lo pregunta?

—Ella conoce a Florián, ¿cierto, Mami? —el capitán le guiña el ojo a Filomena, que lo mira contrariada.

Una vez que se han ido los carros, Alma le pregunta a Filomena si es cierto que conoce al bombero del barrio.

—Sí, doña —Florián vive en la casa al lado de la suya. La expresión recelosa de Filomena insinúa que hay un cuento por contar ahí. Alma lo piensa, pero no hace la pregunta sobre lo que la mujer se guarda para sí. Con el tiempo, probablemente saldrá a la luz. Ha estado armando la historia de Filomena a partir de los fragmentos que ella cuenta en la puerta.

Filomena y Perla

Antes de irse a la capital, Filomena y Perla vivían en el campo, con su padre, en una casita de madera que consistía de una habitación grande en el frente y dos cuartos más pequeños, lado a lado, en la parte de atrás: el del papa y el de ellas, con la cama doble que compartían. La cocina con su fogón de leña estaba en una enramada a la que se llegaba por la puerta de atrás. Y al final de un caminito se encontraba la letrina. La casa estaba en un terreno pequeño que su padre decía que le pertenecía, pero no tenía ningún documento para probarlo. Cualquier día podía llegar un tutumpote en una yipeta lujosa, con una escritura que su padre no sabría leer y un revólver, y hacer valer su reclamo sobre la propiedad.

Las hermanas tenían once y dieciséis años cuando murió su padre. Su madre se había ido hacía años, una noche en que su padre estaba de parranda. Filomena, la menor, tenía entonces seis años. Cada vez que preguntaba por su madre, su papá le decía que su Mamá había muerto. Si Filomena insistía con sus preguntas, su padre la amenazaba con una pela y, si había estado tomando, se la daba. Así que ella aprendió a no preguntar y escondió en una caja de tabacos, bajo el colchón, las pocas cosas de su madre que su padre no había echado a la basura.

—Más vale que Papá no te encuentre con eso —le advirtió Perla, que también se rehusaba a hablar de su madre.

Hasta después de que el padre murió, Perla admitió la verdad. Mamá no había muerto, sino que se había ido a buscarse la vida en la capital.

¡Así que no eran huérfanas del todo! Filomena sintió una oleada de dicha.

—¿Te acuerdas de aquella vez que Mamá vino a despedirse y prometió volver? ¿Por qué me dijiste que había sido un sueño tonto? ¿Por qué no me dijiste la verdad esa vez?

—¿Y que nos molieran a palos? —Perla la miró con un enojo que se hubiera podido tragar el mundo. Filomena no soportaba hacer enojar a su hermana, que hacía el papel de Mamá y de mejor amiga a

la vez—. ¿Es que no te acuerdas de cómo se ponía Papá cada vez que
la nombrabas a ella?

—¿Y por qué Mamá no nos llevó con ella?

—¡Ya! —Perla le tiraba el pelo con fuerza al trenzarlo. Y si Filomena se quejaba, Perla citaba el conocido dicho—: El que quiere moño
bonito que aguante jalones.

—¿Y por qué tiene que doler verse bonita?

Perla no contestaba. Así era ella, como lluvia y sol al mismo tiempo.

¿Dónde podría estar su Mamá en la capital? ¿Y por qué no había
vuelto tal como lo había prometido? Cada vez que a Filomena se
le olvidaba y empezaba de nuevo con sus preguntas, Perla la hacía
callar.

Se prometió que algún día iría a la capital con su hermana y encontraría a su madre.

Tras la muerte de Papá, las hermanas se las arreglaron para seguir
con el conuco, y los vecinos les echaban una mano para sembrar
plátano, víveres, habichuelas, lo suficiente como para alimentarlas a
ambas y que sobrara para intercambiar en el colmado por algo que
pudieran necesitar. Durante la cosecha, las muchachas se ganaban
algo de dinero trabajando en fincas más grandes, recogiendo café.
Habían vendido la yunta de bueyes para pagar el funeral de su padre, y guardaban lo que había sobrado en una media escondida
debajo del colchón, por si acaso. Entre las dos poseían un puñado
de prendas de trabajo, chancletas que lavaban y ponían a secar al sol,
las botas de trabajo de su padre para andar en los potreros y un par
de vestidos y zapatos cerrados para cada una, para ir a misa o para
salir al pueblo. No se necesita mucho cuando las ambiciones que uno
tiene son tan insignificantes como sus medios, que era el caso de Filomena. Pero Perla había nacido con mejores cualidades que su hermana menor, así que era natural que tuviera aspiraciones más altas.

Ambas hermanas se parecían entre sí, los mismos rasgos básicos, pero con las pequeñas diferencias y refinamientos que hacían que la cara de una fuera hermosa y la de la otra menos favorecida; que una tuviera una cascada de rizos y la otra un enredo de greñas. Perla era una belleza con figura de mujer, que despertaba piropos ingeniosos y cada hombre trataba de superar al anterior, como si fueran todos trovadores rivales compitiendo por la mano de la princesa.

«¡Tantas curvas y yo sin freno!».

«¿Te hiciste daño al caerte del cielo, angelito?».

Los viejos en el campo comentaban con frecuencia que Perla era la viva imagen de su madre, un elogio que a ella la sacaba de quicio. No le gustaba parecerse a esa sinvergüenza que había abandonado a su familia dejando atrás a sus dos hijas pequeñas con un padre violento.

—Ay, Perla, sigue siendo nuestra madre. —Una madre que, en los sueños de Filomena, tenía la misma cara bonita de su hermana.

Elecciones

Antes de cada elección, los políticos y sus promotores subían por la montaña en sus camionetas y yipetas, proclamando que su partido iba a ayudar a los campesinos. La gente del lugar aceptaba las botellas de ron, los paquetes de cigarrillos, las planchas de zinc pintadas con los nombres de los candidatos. A cambio, se comprometían a votar por los morados o los rojos o los verdes… cualquier partido que les hiciera las mejores ofertas. El día de las elecciones, los promotores regresaban con un ruidoso autobús para acarrearlos a todos hasta el puesto de votación de ese municipio, y les recordaban el color por el cual debían votar. En el puesto, los dedos se hundían en un bote de tinta indeleble que no se quitaba sino días después y con muchas lavadas, así que, a menos que uno pudiera cortarse un dedo, no había manera de votar por segunda vez.

Un sábado por la tarde, Perla y Filomena se unieron a otros vecinos frente al colmado para oír el estruendo de la música a todo volumen y recibir una de las cachuchas que estaban regalando. Aún no podían votar, pues Perla tenía solo diecisiete y Filomena apenas había cumplido los doce. Pero en los pueblitos de las montañas, sin TV ni cines ni clubes nocturnos ni tiendas, cualquier diversión era bienvenida. En el camino de regreso a casa, con sus vestidos de domingo, luciendo las nuevas cachuchas rojas, las siguió uno de los jóvenes que había estado a cargo de las ruidosas bocinas montadas en la cama de una camioneta.

—Oye, mamacita —llamó. No le hicieron caso, cada cual sujetando con fuerza la mano de la otra hermana—. No seas así, mi ángel. ¡Mi alma necesita salvación!

Perla siguió caminando muy digna, con la barbilla en alto, jaloneando la mano de Filomena cada vez que ella volteaba la cabeza para mirar al inoportuno joven.

—¿Tienes un corazón de sobra? —suplicó.

Las hermanas habían asistido a la escuela esporádicamente, cada vez que el profesor iba a la loma. A diferencia de Perla, que había avanzado un poco más porque el maestro era más paciente con las niñas bonitas, Filomena jamás había conseguido aprender a leer y escribir. Pero sabía unas cuantas cosas, y una de ellas era que todas las personas nacían con dos ojos, dos orejas, dos manos y un solo corazón. ¿Acaso el joven que las seguía no lo sabía? Se volteó para informarle que estaba pidiendo un imposible.

—Me voy a morir —berreaba como un niño herido—. No puedo vivir sin un corazón.

Filomena se volvió para revisar el estado de su camisa. No había ni una mancha en su impecable guayabera.

Perla se había volteado, lista para lanzarle al hombre una mirada que lo desanimara y para regañar a su hermanita tan crédula, pero el joven le mostró una sonrisa deslumbrante, de oreja a oreja, un hoyuelo a cada lado de la boca. La piel clara y el pelo renegrido y pestañas tupidas, ojos como dos guijarros brillantes en el lecho de un río.

—Por favor, mi ángel, ¿tendrás un corazón de sobra?

Perla se enderezó, con las manos en la cintura.

—¿Por qué me lo pregunta?

—Porque parece que alguien me robó el mío —contestó, redoblando su asalto con un guiño de ojo y una nueva sonrisa resplandeciente con sus hoyuelos.

—¡Vámonos! —ordenó Perla, arrastrando a su hermana consigo.

Filomena conocía los tonos de voz y los modos de Perla tanto como los suyos propios. Su hermana fingía estar enojada, nada más. Esa noche, cuando ambas estaban ya acostadas, Perla se levantó para espantar a un intruso que andaba arrojando piedritas contra las persianas. Filomena oyó que su hermana abría la puerta del frente y sacudía los matorrales a escobazos. Un rato después, la oyó en el cuarto grande y preguntó:

—¿Está todo bien?

—Sí, sí. Era solo una rata enorme. Vuélvete a dormir.

Cuando Filomena se despertó temprano a la mañana siguiente, una tenue luz se colaba por entre las persianas. Estaba sola en la cama y del cuarto que antes era de su padre, ahora convertido en un pequeño almacén, se oían susurros a través de la pared.

La rata se llamaba Tesoro, y empezó a cortejar a Perla. Los fines de semana, llegaba de la capital con su camioneta cargada de cerveza, ron, una neverita llena de hielo y también regalos para Perla: talcos perfumados en cajas redondas con borlas de pelusa; perfumes baratos en diminutos frasquitos que hacían que toda la casa oliera como un jardín; ropa interior minúscula que no alcanzaba a cubrir nada. El cuarto que usaban como depósito se transformó en nido de amor con un mosquitero rosado que colgaba del techo y que se ataba con una cinta del mismo color durante el día. De lunes a viernes, Perla no hablaba de nada más que de Tesoro, recordando el fin de semana anterior... lo que Tesoro había dicho, lo buenmozo que se veía, lo que le había regalado. En el preciso momento en que él entraba por la puerta, era como si Filomena desapareciera. Se sentía abandonada y celosa por el hecho de que la hubieran sustituido así en el foco de atención de su hermana.

Después de la cena, y a veces antes, los amantes se iban a su nido, tomados de la mano; la mano de Perla que por años había sido únicamente para Filomena.

—No puedes meterte ahí —protestaba ella—. ¡Es el cuarto de Papá!

Perla la miraba furiosa.

—Papá está muerto. No necesita un cuarto.

Desde ese momento, Filomena empezó a evitar el depósito, incluso cuando necesitaba sacar de allí una herramienta o una taza de azúcar. Aunque pronto esas cosas habrían de pasar al cuarto que ahora se había convertido en el suyo nada más.

En realidad, Tesoro no tenía nada malo. Le llevaba regalos también a Filomena, pero ella los hacía a un lado, rehusándose a que se la ganara de esa manera. Se había convertido en señorita hacía poco, y en esos días de la menstruación, se hacía la enferma, quejándose de cólicos, gimiendo cual parturienta, con la esperanza de que su hermana fuera a llamar a la capital desde el colmado para cancelar los planes del fin de semana. Se encerraba en su tristeza, acusando a Perla de pensar solo en sí misma, cuando ella estaba dispuesta a renunciar a lo que fuera por su hermana. Incluso le había dado a su hermana mayor su propio nombre. La decisión no había sido suya, pues era apenas una recién nacida cuando sucedió. Pero le habían contado la historia tantas veces que estaba convencida de recordarla.

Su madre había escogido el nombre «Perla» para su segunda hija, pero la mayor insistía que lo quería para ella. Se enfurruñó y pataleó hasta que su madre al fin accedió a intercambiarlos. La mayor ya había sido registrada como Filomena, la segunda como Perla, pero ¿qué importaba lo que dijera un documento? En la casa y sus alrededores, la mayor pasó a ser Perla, y la pequeña, Filomena. No era nada fuera de lo normal: en el campo, la gente a veces usaba sobrenombres que no tenían nada que ver con su nombre oficial y legal.

—¡Si te vas a poner así, quiero que me devuelvas mi nombre! —la amenazó Filomena.

Por ningún motivo iba Perla a renunciar a su nombre. Se había apegado aún más a él desde que Tesoro la llamaba su «perla de gran valor».

—¡Soy el hombre más rico del mundo!

—Y tú eres mi tesoro.

Entre besuqueos, ¡qué asco!, se iban al cuarto, dejando a Filomena a cargo de recoger y fregar, de llorar sobre el agua sucia, y más tarde en su almohada. Ella no era tesoro de nadie, solo de Papá Dios. Todo el mundo la había abandonado.

Una propuesta

Un fin de semana, Tesoro sorprendió a Perla con la invitación a que se fuera a vivir a su casa de la capital. Ella se emocionó. Sin duda alguna, era una señal de bienvenida, pues Tesoro siempre contestaba con vaguedades sobre sus planes cuando Perla traía a colación el futuro de ambos, y prefería hablar de su sueño de emigrar a Nueva

York. Había fines de semana en que no se aparecía y si ella le hacía el reclamo al siguiente, él amenazaba con dejarla.

Perla ya había considerado la idea del matrimonio, pues pronto cumpliría los dieciocho, la edad en que las muchachas en el campo ya estaban oficialmente casadas, o se habían ido a vivir con un hombre (como su papá y su mamá), de lo contrario empezaban a devaluarse como jamonas. El valor de las bonitas perduraba un poco más. La mayoría de los hombres las preferían muy jóvenes, pues había más probabilidades de que fueran vírgenes y les podrían servir para cuidarlos en la vejez. Perla siempre había soñado con una boda en la iglesia, un anillo en su dedo y un vestido largo y vaporoso, como el de una princesa. Irse con Tesoro a la capital era un primer paso hacia ese sueño.

—Y allá nos vamos a casar, ¿cierto? Tú me quieres, mi tesoro, ¿verdad? —insistió, cuando él no le respondió de inmediato—. Eres mi tesoro, ¿sí?

—Claro que sí —contestó él, jalándose la oreja, un gesto que a Perla le resultaba adorable.

—¿Y qué va a pasar con Filo?

—¿Qué pasa con ella?

—No la puedo dejar aquí. ¿Puede venir ella también?

—Sí, claro —dijo él, encogiéndose de hombros. Por ser el único hijo varón en su familia, estaba acostumbrado a andar rodeado de mujeres. Entre más, mejor.

A Perla le costó bastante convencer a Filomena. No quería irse. Prefería quedarse en el campo.

—¿Una muchachita sola en una casa vacía en el campo? ¡Olvídate! Los viejos verdes ya andan asomando las narices por aquí, como si pudieran oler que a la señorita ya le llegó la menstruación.

Perla intentó seducir a su terca hermana.

—Hazlo por mí, manita, por favor. Piensa que allá en la capital podrás ir a una buena escuela —Filomena tenía una mente llena de curiosidad y le gustaba aprender cosas nuevas, siempre y cuando no la pusieran en evidencia por no saberlas desde un principio. Ese era el estilo de enseñanza de los pocos profesores que se aparecían por la escuelita del lugar, un espacio techado con suelo de tierra pisada, pero sin paredes ni presupuesto. Por eso Filomena nunca había aprendido a leer y a escribir: las burlas y el desprecio le habían dejado claro que era una bruta.

Entonces Perla probó otro camino. Sabía de la añoranza que Filomena llevaba en su corazón.

—En la capital a lo mejor podemos ubicar a tu mamá. —Como si no fuera también la suya. Perla no era capaz de llamar así a «esa mujer».

¡Abracadabra! Filomena cedió de inmediato a los deseos de su hermana. Cerraron la casita y el domingo siguiente se fueron, con sus vestidos de domingo, frescas y perfumadas, como dos flores recién cortadas, con sus pertenencias en bolsas de papel embutidas en el asiento trasero, junto a Filomena. Se despidieron de los vecinos al alejarse.

—¡Abur, abur! —la antigua manera de decir adiós.

De camino a la capital, Tesoro les hizo saber que iban a vivir todos en casa de sus padres, junto con sus tres hermanas. Él era el único varón y el menor.

—Por eso soy su tesoro —agregó, mostrando sus hoyuelos. Por cierto, su madre necesitaba ayuda con los quehaceres domésticos.

Perla se quedó pensando por qué sería que, con tres hijas adultas, la madre necesitaba más ayuda. A lo mejor ellas tres tenían trabajos importantes fuera de la casa. A lo mejor tenían alguna discapacidad física.

—Estaremos encantadas de ayudar —contestó Perla de parte de ambas—. ¿Cierto, manita? —exclamó mirando hacia el asiento trasero donde iba su hermana, callada y molesta, mirando por la ventana con cara de aburrida, como si un paseo en camioneta no fuera algo novedoso para ella—. Sabemos hacer todo lo que se necesita en una casa —se jactó Perla, llenando el silencio—. Cocinar, limpiar y cultivar un huerto.

—Por eso eres mi perla —dijo Tesoro triunfante.

Filomena suspiró ruidosamente desde el asiento trasero, pensando: *Esa perla me la robaste a mí.*

La familia vivía en un bonito residencial, al frente de un parque con muchos árboles que daban buena sombra y pajaritos cantando. La casa en sí misma no era tan imponente como otras que habían pasado en la avenida, grandes mansiones rodeadas de altos muros coronados con trozos de vidrio o alambre de púas, con guardias vigilantes en la puerta principal. La de Tesoro era una casa más modesta, de bloques, con una colorida trinitaria que trepaba por la fachada del frente. Metieron el carro a la marquesina, y Tesoro anunció su llegada haciendo sonar la bocina. La puerta principal se abrió y por ella salieron sus hermanas, seguidas de una mujer mayor de rostro dulce. Que cómo había estado el viaje... que si tenía hambre... que si había tenido algún inconveniente... todas alborotaban a su alrededor.

Las hermanas recibieron a las dos jovencitas con leves movimientos de cabeza, examinándolas de pies a cabeza, como si estuvieran evaluando algo que fueran a comprar. Cuando Perla se inclinó hacia el frente para saludar a su familia política con besos, todas retrocedieron como si la muchacha se hubiera propasado. Nadie les preguntó cómo se llamaban.

—Me llamo Perla —dijo ella, esperando que Tesoro añadiera que esa perla era su joya más preciada. Pero él se quedó ahí, sonriendo torpemente, como si no supiera bien qué hacer. Claro, la gente de la ciudad era muy diferente de los campesinos. No había ningún problema con eso. Perla estaba decidida a aprender las nuevas costumbres que le permitirían encajar entre un mejor grupo de personas.

Lena, la mayor, parecía ser la que estaba al mando.

—Deja que las lleve a su cuarto —dijo con cierta brusquedad.

Perla miró a Tesoro con desconcierto. Había supuesto que, al igual que en su casita, iban a compartir el lecho. Pero estaba bien, esta era la casa de sus padres. La joven pareja tendría que esperar a haberse casado formalmente para poder dormir en la misma cama. Perla esperaba que la boda fuera pronto, porque ya llevaba tres meses de retraso, y había mañanas en las que vomitaba todo lo que comía. No le había querido decir a Tesoro hasta que se hubieran instalado en su nueva vida, porque había oído contar que muchos hombres salían huyendo cuando se enteraban de que sus novias se encontraban en estado interesante.

—Son tan jovencitas —oyó Perla que comentaba la madre, cuando Filomena y ella entraron detrás de Lena.

—Ay, Mami, acuérdese de que son niñas fuertes del campo. Saben trabajar duro.

Perla no le hizo mucho caso al comentario. Tenía muchas otras cosas qué atender a medida que Lena las llevaba por un pasillo oscuro, pasando frente a las habitaciones de la familia, para entrar y salir del comedor, atravesar la cocina (¡una cocina dentro de la casa!), hacia un patio interior con cuarto de lavandería (¡una máquina que se encarga de lavar la ropa!), para llegar a una habitación oscura y mal ventilada, con dos diminutas ventanas al nivel de los ojos, una cama camarote contra la pared, un armario, una repisa justo arriba de un lavabo y un baño pequeñito con inodoro y ducha.

Lena hizo un ademán señalando el armario.

—Cuando desempaquen, vayan a la cocina y allá les mostraré dónde está todo. Papi llegará pronto de la farmacia, y le gusta cenar temprano.

Estaba por salir, pero se dio vuelta.

—Casi se me olvida —abrió el armario y sacó dos uniformes de color beige con cuello y puños blancos—. Pruébenselos a ver si les quedan. A lo mejor están un poco grandes, pero podemos mandarlos a ajustar.

—Tenemos nuestra propia ropa —Filomena habló por primera vez. Perla había quedado sin habla de repente.

Lena inclinó la cabeza hacia un lado: ella también estaba empezando a entender lo que sucedía. Las jóvenes no tenían idea de que iban a ser las nuevas empleadas domésticas. Las anteriores se habían largado con el dinero y las joyas que la distraída señora de la casa había dejado sobre el gavetero.

De regreso en el otro lado de la casa, Lena enfrentó a su hermano en el pasillo. La madre y las otras dos hermanas estaban esperando a Papi en la galería, donde se estaba más fresco.

—¿Qué les dijiste a esas muchachas?

El hermano empezó a jalarse la oreja, cosa que indicaba que estaba a punto de decir una mentira.

—Les dije la verdad, que Mami necesitaba ayuda.

—¿Y qué más? —Al ser la mayor, Lena era la única que se atrevía a desafiar al retoño de la casa.

¿Cómo iba él a desenredar las mentirillas que había mezclado con la verdad? Y es que la verdad era complicada. Le había dicho a Perla que la amaba; que «algún día» se casarían; le había prometido que la menor podría ir a una escuela en la capital. Si se retiraban esas medias verdades, la verdad de fondo era que Tesoro quería poder tener sexo sin necesidad de manejar hasta la loma todos los fines de semana, perdiéndose de la diversión de salir con sus amigos. Mami necesitaba ayuda y él, en el fondo de su corazoncito, de verdad sentía algo por Perla por ambas hermanas; en general, por cualquier persona vulnerable que estuviera sufriendo.

—Esas pobres son huérfanas, Lena, más pobres que Papi cuando niño. Necesitan el dinero, aunque sean demasiado orgullosas para reconocerlo.

Lena disimuló una sonrisa ante la encantadora sinvergüencería de su hermano, y se dirigió a la cocina para organizar a las nuevas empleadas.

Hacer de tripas corazón

Cuando don Pepe descubrió que la joven sirvienta estaba esperando a un hijo de su hijo —un ultrasonido había revelado una minúscula erección… ¡Epa! ¡Un macho desde el vientre materno!—, insistió en que Tesoro debía casarse con la madre del bebé. Ningún nieto suyo nacería bastardo. Él mismo era producto de un marido que se había encaprichado con la muchachita que trabajaba de doméstica, y que luego fue echada de la casa sin más. Él y su madre habían atravesado varios años de pobreza, recuerdos que don Pepe relataba con los ojos anegados en lágrimas. Una criatura inocente no debería tener que pagar el precio de las indiscreciones paternas.

Cuando naciera el bebé, Tesoro podría hacer lo que le diera la gana: divorciarse de la madre, irse a Nueva York y exceder el plazo que le permitía quedarse la visa de turista, casarse con una gringa y engendrarle hijos que no serían capaces de tolerar el sol del trópico ni hablarían su lengua. Pero este bebé, al cual don Pepe reclamaba como suyo con mucha más vehemencia que el propio padre, este primer nieto, se iba a criar bajo su mismo techo, como heredero legítimo del pequeño negocio que don Pepe se había esforzado por construir a lo largo de su vida.

Durante años don Pepe había soñado con tener nietos hasta el punto de rezar por eso. «Mis nietos», así se refería a ellos, como si fuera algo que sus hijos le estuvieran debiendo. Con el tiempo, fue evidente que sus hijas no iban a cumplirle el deseo. A los veintitantos, eran tan castas como monjas, y con el perdón de Dios, más sosas que el puré de Papá. Por desgracia, todos los rasgos de belleza de la familia habían ido a parar al hijo varón, que, con sus aires de playboy, no daba la impresión de ir a sentar cabeza nunca. Su esposa lo había malcriado desde la cuna. A Tesoro no le importaba mucho mantener un trabajo. No tenía la menor idea de lo que era ganarse el sustento con el sudor de su frente, como si la Biblia no se aplicara a él. Se había negado a trabajar en la farmacia de don Pepe. No había querido estudiar ninguna profesión. Había rechazado todo menos la política, que le permitía andar por ahí, beber y acostarse con quien quisiera. Pero en las últimas elecciones, su partido había perdido, y las perspectivas de que Tesoro obtuviera un cómodo puesto en el gobierno se habían esfumado. Era probable que el Norte fuera su mejor opción; a lo mejor los gringos podrían hacerlo entrar en razón.

En cuanto a Perla, la madre de su nieto, a ella tal vez podrían convencerla de que permitiera que su hijo se criara en una familia donde tendría un futuro con más oportunidades. Era joven y bonita, y podría rehacer su vida. Y si quería seguir en la casa junto con su hermana, que se estaba convirtiendo en la que más trabajaba de las dos, mejor aún. Ambas podrían ayudar con los quehaceres de la casa y con la crianza del niño.

—Ni siquiera tienen que seguir viviendo juntos —le aconsejó su padre a Tesoro—. Puedes divorciarte allá. Esos gringos disuelven matrimonios en un abrir y cerrar de ojos.

Papi iba a financiar la ida a Nueva York y, como quien paga el perico ripiao es el que pide la música, Tesoro se veía obligado a cumplir. Como señal de su nuevo estado civil, a Perla se le permitió mudarse a la casa propiamente dicha, a la habitación de Tesoro. Cuando el tamaño de su barriga hizo que el sexo fuera imposible, Tesoro se dirigió al cuarto de servicio en la parte trasera de la casa, donde la hermana pequeña ahora dormía a solas. ¿Cuál era el problema? A él le parecía que las hermanas eran dos versiones de la misma persona.

—Ustedes dos son mis perlas —le dijo a la jovencita para conquistarla. Filomena se resistió al principio, pero al final cedió. Lo que quería, más que cualquier cosa, era la atención total de su hermana mayor y, si no era eso, quería lo mismo que tenía Perla: un novio, un bebé, alguien a quien amar y que a su vez la amara.

A la mañana siguiente encontró manchas de sangre en las sábanas, como si tuviera la regla, aunque no era el momento. ¿Sería que algo se le había desgarrado allá abajo? ¿Sería que dejaría de doler tanto cuando fuera más grande? Acababa de cumplir los trece y no sabía mucho de todo eso. Solo tenía una persona a la que le podía preguntar, pero, claro, no podía hablar de eso con Perla.

El matrimonio de Perla y Tesoro se celebró unas semanas antes del nacimiento del bebé. Tesoro había insistido en que fuera por lo civil, que era más fácil de disolver que un matrimonio religioso, pues los católicos eran más rigurosos en cuanto a eso de que «lo que Dios ha unido, que no lo separe el hombre». A Perla no le había gustado mucho la idea de casarse en una oficina, pero Tesoro tranquilizó a su enfurruñada novia al ofrecerle un anillo dizque de diamante con la promesa de que ya tendrían una bonita boda en la iglesia una vez que él estuviera ganándose un buen sueldo y pudieran organizar algo a la altura de las circunstancias. La madre y las hermanas de Tesoro también hubieran preferido una ceremonia religiosa, pero Dios sabe cómo hace sus cosas, y esa era una manera de evitar los comentarios sobre la novia, de blanco y con un barrigón. ¿Tal vez el señor cura podría pasar después a bendecirlos?

José Tesoro Pérez, bautizado así en nombre de su padre y de su abuelo, Pepito para abreviar, nació el mismo día en que a Tesoro le salió la visa estadounidense.

—¡Mi buena suerte! —le dijo al bebé, y no perdió el tiempo. Esa misma semana, ya iba a bordo de un avión a Nueva York.

Perla hizo un drama por el abandono, como lo llamaba. Lloró y suplicó, e hizo lo posible por convencerlo de que tenía que irse con él.

—¿Tú 'tá loca, mujer? —¿Acaso no sabía que él planeaba quedarse más allá de la fecha en que debía salir del país, según su visa, y matarse trabajando por su flamante familia? Un recién nacido les iba a hacer muy difícil la vida de indocumentados.

Pero con el paso de los meses, Tesoro empezó a añorar a su Perla, el sexo con ella, su sabrosa cocina; estaba más que dispuesto a que ella fuera a reunirse con él.

A través de sus compañeros en el trabajo, se enteró de que había un atajo para regularizar su situación: se le podía pagar a un ciudadano americano para que se casara con uno. Una vez que recibía la green card, se pedía el divorcio y colorín colorado, este cuento se ha acabado: todo legal. Le explicó el plan a Perla.

A ella no le gustó para nada la idea de casarse con otro, o de que él se casara con otra.

—Es pura pantalla, mujer. Todo el mundo lo hace. Pero cuidao que no te enamore...

¡Qué poco la conocía! Perla era capaz de matar o dejarse matar antes que perder a su tesoro.

Don Pepe accedió a pagarle el viaje al Norte a Perla, con una condición: Pepito se quedaría con los abuelos «hasta que ustedes estén instalados», según dijo. Lo que pensó el señor fue que dos jóvenes sin familia en el Norte regresarían a casa en cosa de un par de años.

Pero no vivió para ver ese día. Cuando don Pepe murió, Pepito ya había cumplido cuatro años, tenía un hermanito que no conocía y sus papás estaban estrenando green cards. Viajaron a la isla con el bebé, George Washington, para enterrar al viejo, recoger a su otro hijo y llevárselo a vivir la buena vida que habían alcanzado allá.

Entonces fue el turno de Filomena de hacer drama. Su único consuelo tras la partida de su hermana había sido el niño, al que quería más que a nada en el mundo. Había tenido la esperanza de que ella también fuera a tener un bebé, para darle así un primo hermano a Pepito, pero no había tenido la suerte de Perla. Tras el nacimiento del niño, Tesoro había dejado de ir a buscarla. «Será nuestro secreto», decía. Filomena había mantenido la boca cerrada, porque pronto tuvo a Pepito para volcar en él su cariño.

Ahora, desesperada, Filomena le contó a su hermana la verdad, no tanto para acabar con el matrimonio, sino para quedarse con el niño. Pero todo había resultado mal. Tesoro lo negó, tironeándose ambas orejas. Juró que no era cierto, por la tumba de su padre. Perla estaba furiosa. A Filomena la echaron de la casa y no tenía adónde ir, pues su parcela en el campo había sido invadida por un rico terrateniente que había llegado con papeles y un revólver para probar que era suya. Para evitar una escena desagradable, les pagó a las hermanas, derribó la casita, se construyó una casa de bloques rodeada por una cerca de alambre de púas y puso a un bravo perro policía a patrullar el terreno.

Filomena se habría quedado sin donde vivir, pero, una vez que Tesoro y Perla se fueron con los dos niños, las hermanas le suplicaron que regresara. La demencia senil de su madre se manifestaba en un apego profundo hacia la joven. Filomena afrontó con resignación las cosas que no podía cambiar. Hizo de tripas corazón, como dice el dicho... sacando algo bueno de lo malo. Era lo único que podía hacer.

Con los ahorros que había acumulado y su parte del dinero por el terreno del campo, Filomena buscó una casa que pudiera pagar, que le sirviera para pasar sus días libres y sus años cuando se hiciera muy vieja y débil para trabajar. Encontró una cerca del basurero municipal, una casita que le recordaba las del campo. Un hogar para cuando le devolvieran a Pepito, algo por lo que ella rezaba con fervor.

A pesar del paso de los años, Filomena se aferró a sus esperanzas de que se reunirían algún día. En todos sus sueños, Pepito era siempre un niñito con el pelo recién peinado con fijador, vestido con su uniforme de preescolar bien almidonado y entalcado por debajo de la camisita, de manera que al abrazarlo para despedirse salía una nubecilla. Cuando Perla y Tesoro lo llevaban en sus viajes anuales, las hermanas primero mandaban a Filomena a tomar sus vacaciones. «Será nuestro secreto», decían, igual que su hermano. Una familia llena de secretos.

En el vacío que le dejó la partida del niño y el rechazo de su hermana, Filomena revivió su anhelo de encontrar a su madre. Ese había sido el señuelo que Perla había usado para atraer a Filomena a la capital, pero una vez que las hermanas se instalaron en la casa de Tesoro, Perla no demostró el menor interés en seguir adelante con la búsqueda. Y Filomena pronto se había ocupado con el nacimiento y el cuidado de Pepito, así que no volvió a pensar en eso.

Pero, en este momento, el hueco en su corazón había vuelto a abrirse, y ella tenía que llenarlo con alguien más a quién querer.

Filomena buscó la ayuda de Bichán. El dueño del colmado sabía cómo funcionaba el mundo, y a lo mejor se le ocurría algo.

Esperó un momento en que el negocio estuviera vacío, para evitar que luego fueran a andar con chismes. Bichán se encogió de hombros, desanimándola. Si una persona desaparece, será que tiene alguna razón. No alborotes el avispero. A él lo habían abandonado en un zafacón en medio de la ciudad. Por suerte no había ido a parar al basurero. Un alma buena lo había rescatado para luego llevar al bebé berreando adonde los jesuitas.

Filomena se desmotivó, y se dio la vuelta para irse.

—Pero… —agregó Bichán, una palabrita que hizo que ella se devolviera—, podrías buscar a esa persona en la guía telefónica. ¿A quién dijiste que buscas? —Los rumores del barrio decían que Filomena no tenía parientes vivos.

—A nadie. Solo preguntaba.

Bichán resopló. A la hora de la verdad, todos los secretos que había en el barrio terminaban llegándole a él. Era muy hábil para interrogar. Los jesuitas que lo habían criado siempre dijeron que podría llegar a ser un buen agente secreto o un excelente confesor.

—Aquí está la guía telefónica —dijo, poniendo el grueso volumen sobre el mostrador—. Claro, no figuran los celulares, pero esa persona podría tener un teléfono fijo.

¿Y cómo iba Filomena a buscar a su madre en la guía si no sabía leer? En lugar de contarle más cosas a Bichán, que la estaba bombardeando con preguntas, decidió acudir a doña Lena, diciendo que quería encontrar a una parienta lejana que se había mudado a la capital. La avergonzaba demasiado confesar la verdad, como si fuera su culpa que su madre la hubiera abandonado de niña. Doña Lena hizo el intento, Dios la bendiga, llamando a una docena de números equivocados, antes de darse por vencida. Había cientos, sino miles, de Altagracias y Almonte, el apellido de Mamá, era bastante común.

Con los años, Filomena se resignó a recibir las migajas del amor. Se mantenía al día de las andanzas de Pepito con las historias que les oía a Lena y sus hermanas. Luego de una etapa inicial en la que le costó no tener a su abuelita y a sus tías cerca (en especial a Filomena), el muchacho se había acoplado, aprendió inglés e hizo amigos. Era buen estudiante, así que consiguió una beca para ir a la universidad. ¡Qué orgullo! Ella se había robado una de las fotos enmarcadas que había en el seibó de Pepito el día de su graduación, con toga y birrete. Era un robo que le confesaba una y otra vez al padre Regino, que una y otra vez le imponía una penitencia, pero ella se decía incapaz de devolver el botín. Al final, el anciano cura la absolvió por completo, diciendo que Dios la había perdonado y que muy seguramente las hermanas se habían olvidado de la existencia de la foto perdida.

En una de sus confesiones, Filomena le preguntó al padre si Dios de verdad quería decir que todo el que busca, encuentra.

—Dios siempre cumple sus promesas —le aseguró el cura—. Pero debemos esperar hasta que Él decida que ha llegado el momento indicado. Y no te olvides de que quien tiene fe lo tiene todo. Como lo enseña la Biblia, esa es una perla de gran valor.

Esa mención de una «perla» hizo que a Filomena se le salieran las lágrimas.

Había perdido a su Perla, a su Pepito, a su madre, a su padre… ¡pero tenía su fe! ¡Y qué sinvergüenza ese Tesoro, robándole al propio Jesús sus palabras para conquistar a su hermana mayor!

Pero Dios, en su inmensa bondad, también le había dado a Filomena su viejita para cuidarla cual si fuera su propia madre. Se dedicaba por completo a la anciana, pintándole las uñas de manos y pies, peinándola y arreglándole el pelo con pinchos, y alimentándola con las compotas de fruta que tanto le gustaban. Si hacía buen tiempo, y no amenazaba la lluvia torrencial ni el calor abrasador, se la llevaba al otro lado de la calle, a pasear por el parque y alimentar a los pájaros. Doña Lena con frecuencia comentaba que su madre trataba a Filomena más como hija que a sus propias hijas.

Allí estaban sentadas una tarde. Era un día de marzo, con su brisa, tiempo de chichiguas, cuando los niños gozan elevando sus cometas de fabricación casera. Filomena estaba pensando que tal vez era hora de meterse a la casa cuando oyó un sonido extraño. No había sido un pájaro sino más bien el rasqueteo de una rama que el viento arrastra sobre la acera de cemento. Resultó ser el estertor de muerte de la anciana. Filomena se apresuró con la silla de ruedas hasta la casa, pero ya era demasiado tarde: al igual que una chichigua, cuya cuerda uno pierde, al alma de la viejita se la había llevado el viento.

Ángel guardián

Hasta las últimas cenizas y restos de los borradores quemados han sido enterrados. Hay palos de madera que marcan los lugares donde irán las esculturas de Brava. Las cajas de Papi y Bienvenida ya han quedado bajo tierra, sus esculturas instaladas. El globo que tiene la de Papi requirió los servicios de un taller de vidrio soplado. Alma contempla las obras de su amiga con anhelo. Ojalá ella aún tuviera el duende necesario para construir a sus personajes en su mente y que resultaran tan vitales y reales como las imaginativas creaciones de Brava.

Atraídos por los rumores sobre las maravillas que hay en el cementerio, los vecinos empiezan a escabullirse en las noches, cuando el intercomunicador está apagado, cobijados por la oscuridad y con ayuda de la escalera de Florián, que él alquila por unos pesos. Si no pueden entrar con una historia en la puerta durante el horario normal, se ingeniarán otra manera. Como los tigueritos de los autocines, que trepan cercas y escalan muros para ver a los dinosaurios devorando árboles enteros en *Parque Jurásico*, o a la hermosa Salma Hayek haciendo de Minerva, para terminar asesinada por el SIM en *En el tiempo de las mariposas*.

El problema es que estos intrusos se llevan cualquier cosa que haya quedado por ahí: herramientas de jardinería, las palomas de papel maché posadas en una escultura, la botella de agua de Alma. Abren huecos donde Alma y Brava han enterrado las cenizas, convencidos de que allí hay un tesoro. Hacen sus necesidades sobre las estatuas. Una mañana, las dos mujeres se encuentran con las cajas de Papi y Bienvenida abiertas, y las páginas desparramadas como volantes de políticos en las últimas elecciones.

Brava recomienda conseguir un perro guardián, pero eso serviría también para impedir la entrada de Alma, que se muere de pánico cada vez que un cuadrúpedo se le acerca brincando, incluso si viene batiendo la cola y su amo le grita:

—No se preocupe, que nunca ha mordido a nadie.

—Siempre hay una primera vez —contesta Alma a voz en cuello.

Y, de hecho, ha terminado con mordidas de perros vecinos que jamás habían atacado a nadie, y los amos la culpan a ella, por ser tan miedosa. En la investigación que hizo para una de sus novelas, descubrió que los conquistadores utilizaban perros para dar caza a los taínos que huían a las montañas. Ahí está la cosa. Alma heredó ese miedo histórico. El ADN lo recuerda. El cuerpo lleva la cuenta.

Más vale un ángel guardián y no un perro guardián. Alguien que supervise y vigile este lugar en el que sus cuentos inconclusos descansarán en paz. Basta con mencionárselo a Bichán y a partir de ahí el rumor se extiende por radio bemba: todos se enteran de que doña

Alma está buscando alguien que le cuide el terreno. A la mañana siguiente, una multitud de solicitantes rodea la camioneta de Alma cuando ella llega a la puerta.

«¡Doña!», la llaman, y a gritos le enumeran sus capacidades. Uno es capaz de degollar a otra persona con la misma facilidad con que limpia un pescado. Otro se jacta de haber trabajado con la policía. El borracho sin dientes regresa.

—¡Apiádese de mí! Tengo once bocas que alimentar —hace menos de seis semanas que le pidió trabajo, y en ese lapso, ya tuvo otros tres hijos. Este barrio está lleno de maravillas.

Alma divisa a la mujer que fue la primera visitante del lugar, que le ayudó a quemar los manuscritos. Ha regresado a menudo, y a veces ayuda con algo, rechazando cualquier propina. A pesar de lo callada que es, guarda un montón de historias por contar. Cada una le ha merecido la entrada, un récord que nadie ha igualado.

—¡Filomena! —la llama Alma, haciéndole un ademán con la mano para que se acerque. La multitud mira alrededor, sin saber si oyeron bien o no. ¿Filomena?

No deberían sorprenderse, dado el increíble éxito que ha tenido. Aunque sea prácticamente muda, va y le dice cualquier cosa al intercomunicador y las puertas se abren. «¿Qué es lo que tú le cuentas a la caja?», la interrogan.

Filomena se encoge de hombros. Han sucedido tantas cosas en su vida: incidentes olvidados, sentimientos que nunca había puesto en palabras… esto y mucho más se lo ha estado confiando ella a la voz, en porciones pequeñas, racionando su vida, conteniéndose en algunos momentos, temerosa de irse a quedar sin historias. Pero luego de décadas de silencio, hay mucho por contar.

Filomena se sube a la camioneta, y las tres mujeres entran al cementerio. Las puertas se cierran tras ellas. Doña Alma va directo al grano. Por la última historia que contó, doña Alma sabe que su viejita murió. Lamenta mucho su pérdida, añade con sinceridad.

—Quiero ofrecerte trabajo aquí. No sé cuánto te estaban pagando, pero estoy dispuesta a igualarlo y pagarte más. Este empleo no debe ser desventajoso para ti.

Filomena siente una oleada de emoción. Doña Lena y sus hermanas han estado tratando de convencerla de que siga trabajando allí, para cuidarlas. Son gente buena, más que nada, pero ella necesita un cambio. Han transcurrido treinta años desde que su hermana y Pepito desaparecieron de su vida. Ahora su viejita ya no está, y los únicos lugares en los que encuentra solaz son la iglesia y este cementerio que ha estado visitando, justo enfrente de su casa.

—¿Y qué tendría que hacer? —lo que siempre ha hecho es atender una casa.

—¿Sabes ladrar? —le pregunta doña Brava divertida. La muy pícara está tratando de enredarla, ladrando graciosamente. Filomena la mira con serenidad, como una adulta que espera a que una niña deje sus tonterías de una buena vez.

—La estás asustando —doña Alma regaña a su amiga. Se voltea hacia Filomena y le explica—: Por tus historias, sé que conoces a los vecinos: sabes quiénes pueden ser buenos trabajadores para contratar, si se necesita algo, y a quiénes evitar. ¿Y dijiste que vives enfrente? Desde tu casa puedes estar al tanto. En caso de cualquier problema que surja, me llamas, y si estoy fuera de la ciudad, aquí mi amiga vive en la capital y la puedes llamar. Tú organizas tu horario de trabajo —doña Alma enumera unas cuantas tareas más y después se queda callada el tiempo suficiente como para que Filomena lo piense—. ¿Qué dices? Di que sí, ¡por favor!

Antes de llegar a pensar en qué les va a decir a doña Lena y sus hermanas, acepta, con la frase que ha aprendido a decir cuando una persona superior le hace una solicitud o le pide un favor:

—Sí, señora, para servirle. —Esta vez, sin embargo, resulta ser también lo que ella quiere.

Vocación

Filomena se despierta todas las mañanas con la expectativa de un nuevo día que comienza. Tiene sus rutinas. «El orden es importante en la vida», dice el padre Regino a menudo. «Todo lo que se hace con amor es un sacramento». El viejo cura es muy listo. Sabe cómo decir cosas que Filomena no tenía idea de que se podían poner en palabras.

Lo primero que hace es rezar, consultando el calendario religioso que el padre le regaló en reconocimiento de su devoción hacia la parroquia, y cada día tiene la ilustración de su santo correspondiente.

Filomena no puede leer los nombres, pero conoce las imágenes y los accesorios con los que se representa a cada santo porque los viste en la iglesia y también oye las historias que cuenta el padre: santa Lucía, llevando unos ojos en un plato; san Francisco, con pajaritos posados en los brazos; san Cristóbal, cargando al niño Jesús en los hombros; santa Juana de Arco, envuelta en llamas; san Judas Tadeo, patrono de las causas perdidas con una llamita ondeando en la frente. Filomena les agradece haber puesto este nuevo trabajo en su camino, sin haber tenido que pedirlo siquiera.

Prepara café y lo cuela en una media; hierve un plátano, lo machaca y le pone cebollitas fritas por encima. Ay, ¡cómo le gustaba a su viejita, que en paz descanse, el mangú que ella le preparaba! Se sienta a la mesa para desayunar, pensando en su día. Antes de salir, se asegura de dejar las brasas cubiertas. Lo último que quiere es que Florián, su vecino, tenga que derribar su puerta para apagar un incendio. Por último, revisa que la caja de cigarros que contiene sus tesoros esté bien metida bajo el colchón, lejos del borde, para que ningún ladrón la pueda encontrar, y está lista para empezar su día.

Al salir pasa junto a la mata de mango; frente al salón de Lupita, que ya está abierto para alisar y peinar con blower el cabello de las jóvenes oficinistas que van a trabajar a la ciudad; por el colmado de Bichán, con el aroma del cafecito y el salami y el queso frito; frente al taller de reparaciones, donde el tuerto Bruno puede arreglar cualquier cosa, desde ponerle suelas nuevas a unos zapatos hasta componer el mango roto de un cuchillo de carnicero.

—¡Allá va la jefa! —gritan las voces—. Tú cuida que los muertos se porten bien hoy, ¿me oyes? —Los vecinos no van a acabar de convencerse de que no hay cadáveres sepultados en el cementerio.

Filomena no contesta, pero sonríe como nunca antes lo había hecho. Si llegara a mostrar cualquier indicio de orgullo, los vecinos la tendrían en menor estima. Su alegría es genuina y sin dejos de arrogancia o de jactancia, así que se contentan con bromear con ella. Los entrometidos piden detalles de lo que sucede de puertas para adentro en el cementerio. Todos vieron el humo que se elevaba tras los muros. ¿Qué estaban quemando allí? El olor no era el de carne quemada.

—Nada más que cajas con papeles, eso fue todo, y las cenizas se enterraron al pie de una estatua, o de otra. —No hay mucho más que contar. Cruza la calle para llegar a la puerta trasera, la abre con la llave que le entregó doña Alma, y cada vez se siente como si entrara a una nueva vida.

La dicha que siente en su corazón no tiene nada que ver con haber conseguido un trabajo importante. Al fin y al cabo, Filomena había estado a cargo de la casa de su viejita durante años, aunque mostrando que acataba las órdenes de sus patronas. Sí, señora; sí, señorita, para servirle. Cuando dejó esa casa, Filomena contactó a una muchacha joven de su barrio para que la reemplazara. Pero las hijas de su viejita se quejan. Que esta nueva muchacha no sabe cómo hacer ni la mitad de las cosas que Filomena sabía hacer. Que pide dos días libres completos, y se niega a usar uniforme, alegando que no está en el ejército. Que si uno no le pide algo «por favor», hace lo que se le dice pero de mala gana.

Las hijas están perdidas sin Filomena. Toda una vida de ocio respetable ha dejado a las hermanas menores sin un norte, su condición clasemediera las ablandó demasiado para el trabajo duro. Lena, la mayor y más competente de las tres, está demasiado ocupada llevando los negocios de la farmacia de su padre como para ocuparse también de la casa. La farmacia Don Pepe, como se sigue llamando, rebosa de actividad. La gente rica de los nuevos residenciales allá arriba en las colinas mandan a sus choferes a recoger las recetas que piden por teléfono, sabiendo que quien atiende la farmacia tiene instrucciones, que antes daba don Pepe y ahora Lena, de no negarles nada a los clientes. Si quieren Valium, Valium se les vende. Si piden codeína para la tos, no hay problema. Pastillas para adelgazar, sedantes para el dolor. Si no las consiguen allí, irán a buscarlas a otra parte. Las recetas no valen de nada: pueden plagiarse, modificarse, falsificarse. La farmacia Don Pepe no es la policía, sino un proveedor.

Periódicamente, Lena visita el barrio tratando de convencer a Filomena de que vuelva. ¿Acaso quiere una paga mejor? ¿Menos horas de trabajo? Lo que ella quiera.

A Filomena le cuesta explicar por qué prefiere el nuevo empleo, incluso para darse razones a sí misma. Lo único con lo que puede compararlo es con lo que sucedió unos años antes cuando la hija de una vecina decidió meterse a un convento. ¡Los padres estaban desconcertados! ¡Qué locura! ¡Una jovencita linda que hubiera podido conquistar al hombre que ella quisiera! El padre Regino intervino y habló con los padres para explicarles que la muchacha tenía vocación, que sentía el llamado para acogerse a la vida religiosa. Claro que eso había sido obra de Dios… ¿Quién le hacía a Filomena ese llamado y para qué la buscaba a ella?

Doña Alma está satisfecha con su nueva empleada. Filomena logra mantener todo limpio y ordenado, con todo y el lavado de las esculturas. Al comienzo, a doña Brava no le incomodaban las cacas de pájaro porque le parecía que sus obras así formaban parte de la naturaleza. Pero esto cambió en el momento en que empezó a mostrarles sus obras a clientes potenciales, a quienes no les parecía bien que el arte estuviera manchado con excrementos. Brava sugirió conseguir unos cuantos gatos que recorrieran el lugar, pero Filomena se opuso. Por ningún motivo iba a permitir que sus pajaritos salieran lastimados.

Lo cierto es que los consiente hasta malcriarlos, y le pide a doña Alma una fuente donde puedan bañarse, y esta a su vez le pide a su amiga artista que diseñe varias figuras que puedan servir para ese propósito. Una es una jovencita soñadora que levanta una vasija hacia el cielo; otra, un nenúfar de gran tamaño, con agua que brota en el centro; y otra es una mujer que se alza la falda de manera que allí pueda recoger el agua de lluvia. Esas figuras se convierten en las más vendidas de la artista. Con el permiso de la doña, Filomena también siembra frutales para que los pájaros se posen en ellos y se alimenten. El lugar se llena de cantos de pájaros y, sí, más caca de pájaro, mucha más. Pero a ella no le importa. Lo que disfruta es el trabajo.

Sus tareas son tan sencillas que se siente culpable de que le paguen un salario generoso por el día completo, cuando apenas trabaja la mitad. Todos los días termina hacia mediodía.

—¿Nada más? —le pregunta a doña Alma un día, tras informarle lo que ha hecho.

La doña la estudia durante unos momentos, como evaluando las capacidades de Filomena.

—En realidad sí hay otra cosa —entre sus otras tareas, a doña Alma le gustaría que ella visitara cada tumba. Tal vez una cada día, la que a ella le atraiga más. Al final de la tarde sería la mejor hora, cuando ya el sol no sea tan fuerte, aunque pronto, con los árboles que Filomena ha plantado, habrá más sombra. La doña compra una silla de lona plegable que Filomena puede llevar fácilmente de un lugar a otro.

—¿Y qué debo hacer mientras visito cada tumba?

Doña Alma se ve pensativa otra vez.

—Tú escucha atenta, nada más.

Desde su primera visita, Filomena ha oído voces que se elevan desde cada lápida y escultura, y que se pierden entre el canto de los pájaros y la brisa. No ha dicho nada al respecto, temerosa de que la doña no la considere apta para hacer su trabajo. El padre Regino le ha contado de santos y mártires que oían voces, pero ella no es santa Juana de Arco ni la Virgen María, y las voces que oye no le dicen que se lance en una guerra santa o que será la madre del Hijo de Dios, sino que le cuentan cuentos. Así que… ¿será eso a lo que se refiere doña Alma? ¿Y ella debería escucharlos?

—Exactamente. Justo eso y nada más.

Filomena piensa si debería pedir más instrucciones, pero no quiere molestar a la doña con demasiadas preguntas. Doña Alma parece apesadumbrada, y se para ante una escultura u otra, como si su bebé muerto al nacer estuviera sepultado allí. A lo mejor los vecinos tienen razón al sospechar que en las noches sí llegan cuerpos a este cementerio, cuando Filomena ya se ha ido a su casa. Pero nunca hay ninguna evidencia o huellas en la tierra por las mañanas, al regresar.

La tristeza de doña Alma le resulta conocida. Hasta donde ha podido averiguar, la doña también está sola y sin hijos; ha mencionado a un exmarido, siempre haciendo un gesto. Filomena sabe bien lo que es vivir con el corazón roto, anhelando tener a alguien a quien amar.

Causas perdidas y desesperadas

Hoy antes de salir, Filomena siente un leve dolor de cabeza que la ronda, sin duda por la preocupación de que todo se vea bonito y arreglado, pues doña Alma regresa mañana. Se fue hace varias semanas a los Estados Unidos, para vender la casa que tiene allá. Hace unos días, doña Brava estuvo en el solar con una arquitecta amiga suya, doña Dora, que hizo mediciones en el terreno, anotando números. Parece ser que doña Alma planea construir una cabañita en su propiedad.

En todo este tiempo, Filomena ha visitado cada una de las tumbas del cementerio. Ha pasado de una en una, en un recorrido metódico, empezando por el monumento central para no provocar el enojo del Barón, y de ahí ha ido a la siguiente y luego a la que sigue, instalando su silla de lona en cada una, y escuchando con atención según las instrucciones que recibió.

Las voces, si eso es lo que son, se oyen tan distantes que ella podría confundirlas fácilmente con el canto de los pájaros en los árboles, la brisa que sopla alrededor, el murmullo de las conversaciones en la calle. A veces alcanza a distinguir frases enteras, que se desvanecen como si la brisa las arrastrara consigo. A veces hay chillidos perturbadores que la inquietan. A veces lo que oye son susurros de tonadas y música que la envuelven. «Escogí a la más alta, la más bella... Tenía una mirada oscura y hechizadora... Un hombre que piensa en salvarse a sí mismo por encima de todos... Alfa Calenda... Alfa Calenda... Dame la mano, te digo, ¿no has aprendido nada de...?».

A lo mejor lo que la gente dice es cierto y el cementerio está embrujado. Como precaución, Filomena se pone su rosario alrededor del cuello, junto con las llaves de su casa y de la puerta trasera del cementerio. Desliza las cuentas por entre los dedos de vez en cuando y besa el crucifijo. «Dios me libre. Jesús acompáñame».

Hacia mediodía, Filomena está de rodillas en el suelo, restregando la tinaja, una vasija grande de barro con la tapa a medio poner, pues las hojas y el excremento de los pájaros tienden a acumularse en ella. Está terminando de limpiarla cuando oye una voz proveniente de la cabeza blanca de yeso en el sitio donde está enterrado el segundo grupo de cajas que no se quemaron. La cabeza de mujer es inquietante: el cuello es como un tallo que se eleva del suelo; el pelo está dispuesto alrededor de la cara, como los pétalos de las margaritas que las jovencitas arrancan para saber si sus novios las quieren o no. Sobre los labios hay unas palabras garabateadas como negras puntadas gruesas que cosieran los labios para mantenerlos cerrados.

Filomena se acerca sin hacer ruido, suponiendo que algún tiguerito se trepó por encima del muro y está escondido tras alguna estatua. Pero no hay nadie allí. A lo largo del día, mientras ella va haciendo sus quehaceres, voltea a mirar el rostro de la mujer. Tal vez a eso se refería doña Alma cuando dijo que Filomena debía escoger la tumba que la atrajera. Esa tarde, una vez terminada la limpieza, se lleva la silla hasta ese punto y se sienta a observar las palabras, como si a punta de pura concentración fuera a conseguir descifrar lo que está escrito allí.

Las golondrinas gorjean en los árboles cercanos, y de vez en cuando se oye un silbido potente *in crescendo*. «¿Qué pájaro es ese?», doña Alma siempre está preguntando los nombres de las cosas. Ni doña Brava ni el capataz saben decirle. Filomena estaba casi segura de que el pajarito era una maroíta, pero ella no estaba en posición de saber cosas que sus superiores ignoraban. Además, los nombres que ella conoce provienen del campo y es posible que en la ciudad tengan otros nombres más elegantes. Bobo, cuatrojos, barrancolí y las conocidas cigüitas son los que su viejita y ella solían alimentar en el parque. Hoy, el canto del pájaro se desvanece y Filomena oye la voz de una mujer que habla, como si los labios cosidos se hubieran entreabierto, y los sonidos se aclaran hasta tener significado.

Se persigna en caso de que sea el diablo quien le habla. Mira hacia atrás, por si acaso alguien la estuviera viendo hablarle al vacío, y pregunta muy bajito:

—¿Dijo usted algo?

—Bien-ve-ni-da —gorjea una voz aguda como de ave—. Bien-ve-ni-da Ino-cen-cia Ri-car-do de Tru-ji-llo. —La voz calla de repente, como si se arrepintiera de haberse hecho notar.

Filomena a menudo siente timidez al dirigirle la palabra a alguien. Espera un momento, dándole a la voz una pausa para recuperarse.

—No creas nada de lo que oigas decir sobre mí —continúa la voz.

Filomena no sabe si ha oído algo sobre esta mujer. ¿Será una grosería admitirlo? Ha oído hablar de Trujillo, ya que su padre con frecuencia hablaba del Jefe con admiración. Decide responder sin comprometerse:

—Yo no le hago caso a los chismes, doña. Así es como el diablo riega sus mentiras.

La cara de yeso suaviza sus rasgos, aliviada, y las hebras de su cabello se aflojan como si les hubieran pasado un peine.

—Es una bendición que nadie te juzgue y que te vean a través de los ojos del amor.

—Así es —Filomena bien lo sabe. Ha vivido muchos años sin

una mirada amorosa que se vuelva hacia ella. Las personas siempre veían más allá de Filomena a su bellísima hermana. O la examinaban como lo hubieran hecho con una máquina para un trabajo que necesitaban que se hiciera. Era una mirada que solo había visto hacía mucho, en la cara de Mamá o en la de Pepito, con sus bracitos alrededor de su cuello, o hace menos tiempo, en los ojos de su viejita. Pero en el caso de su viejita, ¿sí contaría de verdad? Siempre estaba confundiendo a Filomena con una de sus hijas o con alguna otra parienta. ¿Acaso una persona podía quererla si en realidad no sabía quién era ni la veía? Era una pregunta para el padre Regino.

—Tal vez él sí me quiso —continúa la voz—. ¿Crees que sí me quiso?

¿Quién será ese «él» de quien está hablando? Más aún, ¿quién puede saber los secretos que guarda otro corazón?

—U'te es que sabe —responde Filomena, tal como ha aprendido a contestarles a sus superiores cuando simulan hacer una pregunta.

—Pero no lo sé. Me he engañado tantas veces… No hay peor ciego que el que no quiere ver —dice la voz.

Por eso es que Filomena se confiesa con el padre Regino, al filtrar su confusión por otro par de oídos, su vida por otros ojos, descubre lo que tiene de bueno.

El sol ya está bajo sobre el horizonte y proyecta sombras extrañas detrás de cada tumba. Pronto oscurecerá y vendrá una noche sin luna. Pero ella no puede irse. Quiere oír por qué la tal doña Bienvenida está tan triste. ¿Quién sería el que le rompió el corazón?

Los golpes en la puerta de atrás la sobresaltan.

—¡Filo! —reconoce la voz de su vecino, Florián—. ¡Te llaman donde Bichán! Larga distancia. Que llaman de nuevo en diez minutos.

—Con su permiso, tengo que irme —Filomena pliega su silla, y revisa si tiene las llaves.

—No te vayas por favor —le ruega Bienvenida, las mismas palabras que Filomena usó cuando su hermana, y después su Pepito, la dejaron para irse a Nueva York—. Todos me dejan —dice Bienvenida entre lágrimas—, hasta la escritora que iba a contar mi historia.

Pero Filomena no tiene más alternativa. La llamada probablemente es de doña Alma, que siempre la llama al colmado, pues ella se ha negado a aceptar el teléfono celular que la doña le ofreció. Sin duda sería muy conveniente, pues el colmado a veces está cerrado o Bichán no anda de humor. Pero cargar con un celular querría decir que cualquiera podría llamarla en cualquier momento. El equivalente a la campanita que doña Lena y sus hermanas usaban cuando querían que Filomena fuera a recoger los platos de la mesa o a llevarles algún refresco o a barrer algún accidente que la viejita hubiera provocado.

—Mi jefa debe estar llamándome porque regresa mañana —le explica Filomena a doña Bienvenida. Trata de pensar en algo que pudiera apaciguar a esa alma en pena—. No hay mal que por bien no venga, es lo que siempre dice el padre Regino. —Ella se pregunta si eso sí será verdad. ¿Siempre sale algo bueno de lo malo? Tal vez no son las palabras en sí las que importan, sino el tono y la cadencia con los que se pronuncian, y la bondad y el cariño que llevan los sonidos del corazón a la boca y de allí al mundo. Incluso ahora, puede oír los árboles que bullen de cantos de pájaros, el gorjeo de las cigüitas y las golondrinas que se recogen en sus nidos para pasar la noche.

—Volveré —promete—. No se desespere. ¡No hay mal que por bien no venga! Hasta la noche más oscura tiene su amanecer. Cuando se cierra una puerta, siempre se abre una ventana. Voy a encomendarla a san Judas Tadeo —agrega Filomena.

Parece que este torrente de frases tranquilizadoras aplaca a Bienvenida.

Es una sensación muy poco común para Filomena, eso de decir lo que alguien necesita oír, incluso si no son sus propias palabras.

Larga distancia

Florián está esperando afuera, al lado de la puerta, fumándose un cigarrillo. Su esposa, que a veces se va y luego vuelve con él, ha tratado de que deje el vicio. Los cigarrillos son costosos. Son malos para su salud. Inhalar todo ese humo no es bueno.

Pero eso no es nada comparado con lo que le toca a un bombero. ¿Qué tal que dejara su trabajo? ¿Eso le gustaría a ella? Tendría que volver a trabajar como la puta haragana que es.

Filomena los oye discutiendo hasta tarde en las noches. De repente, se callan, y las voces disgustadas se transforman en chillidos y gemidos apasionados. Parece que las peleas los prepararan para las faenas amorosas, tal como los golpes ablandan la carne antes de asarla. Periódicamente, la discusión sube de tono, y los gritos van y vienen, ruido de vidrios rotos, portazos, la esposa se larga, o él la echa a la calle, un escándalo. Los vecinos se han acostumbrado, tal como ha sucedido con los huracanes que los azotan año tras año.

—¿Qué hay, Mami? —saluda a Filomena, con un tono muy íntimo, como si estuvieran en la cama los dos—. Te has puesto muy comparona con este nuevo trabajo. Tan engreída que ya no me visitas.

¡Por favor! Filomena nunca ha pisado el interior de la casa de él; es él quien la ha visitado a ella. Pero eso fue hace años. En su soledad y tristeza por la ausencia de su hermana y del niño que le habían arrebatado, no lo rechazó.

—Te he oído hablando allá adentro. ¿Te ves con tu novio allí?

Más vale que corra el rumor de que tiene un novio y no de que anda oyendo voces.

—¿Era doña Alma la que llamó? —pregunta ella, sin meterse en terrenos personales.

—¿Y yo qué sé, Mami? Me dijeron que te viniera a buscar, no más.

Se van al trote por la calle que los lleva al colmado. El teléfono está timbrando cuando entran.

—A buen tiempo —dice Bichán, como si llegara justo en el momento en que le sirven la comida.

—¡¿PERLA?! —Filomena grita el nombre de su hermana sin poderlo creer. El colmado queda en silencio total. Así que hay una persona, Perla, que puede hacer que la taciturna vecina pegue un grito. Todos aguzan el oído—. ¿Estás bien? —le pregunta, tratando de calmar su voz.

—Viajo para quedarme contigo —dice Perla, como si no hubieran transcurrido treinta años de distanciamiento desde su última conversación—. No le vayas a contar a nadie.

—¿Y Pepito? —Filomena no puede evitar preguntarlo—. ¿Está bien?

—Voy camino al aeropuerto. Trataré de subirme al siguiente avión. ¿En dónde estás viviendo ahora? —Tal vez Perla no alcanza a oír las preguntas de Filomena, o no quiere contestarlas.

Si Perla quiere que nadie se entere, más vale que la espere en el cementerio. De otra forma, si llega a tocar a la puerta de su hermana, todo el vecindario se va a enterar.

—¿A qué hora llegas?

—Te llamaré en cuanto llegue —a Perla se le quiebra la voz. Solloza, como si alguien le hubiera roto el corazón, tal como doña Bienvenida hace unos momentos. Filomena se imagina quién es el culpable.

Trata de tranquilizar a su hermana al igual que lo hizo con Bienvenida unos minutos antes. Toda tristeza tiene su lado bueno. Hasta la noche más oscura termina... pero antes de que pueda acabar de decirlo, su hermana cuelga.

Todos los ojos presentes en el colmado están puestos sobre ella, ansiosos de saber qué es lo que está sucediendo.

—Doña Alma —dice, mintiendo y recordando demasiado tarde que exclamó «¡Perla!». Los ojos de Bichán se entrecierran y una sonrisa perspicaz se extiende como una bandita de goma sobre sus labios. Si hubiera otra llamada para Filomena, a cualquier hora, ¿podrá ir a avisarle? Ella se saca unos billetes de los que guarda bajo su brasier para compensarlo por sus molestias. Pero el dueño del colmado se niega a recibir el dinero. Su pago vendrá más adelante, cuando le pida que le cuente la historia que ella ha prometido no compartir con nadie.

Filomena se apura para llegar a su casa, haciendo planes, con la mente bullendo de detalles. Ella y Perla pueden dormir en la misma cama, como lo hacían de niñas en el campo. Si la presencia de su hermana debe mantenerse en secreto, tendrá que preparar el desayuno antes de irse a su trabajo, pues Perla no puede estar andando por ahí en una casa que se supone vacía, ni mucho menos encender el fogón en el solar. Va a ser difícil ocultar a una visitante en este barrio lleno de ojos. ¿Y por qué todo este misterio?

La conversación no duró más de unos minutos, pero Filomena no consigue pegar el ojo en toda la noche. En cualquier momento espera que Bichán llegue a golpear a su puerta. ¿Cómo supo Perla que debía llamarla al teléfono del colmado? No mencionó a Tesoro ni a Jorge ni, peor aún, a su niño adorado. Hombre, no más niño, se corrige Filomena.

La última vez que vio a Pepito, no podía dar crédito a sus ojos. Como solía suceder cuando su hermana y su cuñado venían de visita, a Filomena la habían mandado a su casa, de vacaciones forzosas. Pero todos los días, sin que nadie lo notara, se iba y pasaba frente a la casa con la esperanza de echarle un vistazo a su Pepito. Y ahí estaba, un hombre hecho y derecho saliendo de casa de su abuela hacia el carro, para recoger unos bultos del baúl que estaba abierto. Era impactante verlo en carne y hueso, pues en sus sueños, Pepito siempre era un niño pequeño. Por su porte y sus movimientos, parecía un americano casual, seguro, vestido de negro con unos jeans ajustados y una camiseta con unas letras estampadas en el pecho. Filomena se detuvo a mirarlo: se parecía tanto a su papá de joven.

Pepito se volteó con una maleta en cada mano. Filomena cruzó la calle, lista para abrazarlo. Pero en ese momento, Perla se asomó a la puerta, llamándolo para decirle que la cena estaba servida.

Los sonidos de las faenas del amor le llegan a través de las grietas de las paredes. No oyó la pelea que los suele anteceder por estar demasiado absorta en sus pensamientos. Al fin, debió quedarse dormida. Lo siguiente que sabe es que la luz empieza a colarse por esas mismas grietas y le llega el aroma del café que preparan en las casas vecinas. Además de Perla, doña Alma también llega hoy. Hay mucho por hacer. Filomena se viste de prisa y no tiene tiempo para sus rutinas habituales. Con el apuro, se le olvida rezarle a san Judas Tadeo, cuya ayuda le podría ser muy útil en este día.

Poseída

Tras llamar a su hermana, Perla se presenta en el aeropuerto con la intención de dejar el país. Seguramente los gringos no tendrán inconveniente en permitirlo. Siempre están deportando extranjeros. Lo difícil y costoso es entrar al país, no salir.

Se forma en la fila frente al mostrador, inquieta, apoyándose en un pie y luego en el otro, como una niña que tuviera ganas de hacer pipí. Revisa una y otra vez todo lo que podría necesitar —celular, cartera, dinero en efectivo, rosario, pasaporte—, y se repite que no puede olvidar que ahora debe responder al nombre de Filomena Altagracia Moronta, que es el que figura en su pasaporte, y también en su acta de nacimiento.

Cuando ella y Tesoro recibieron sus green cards, y ella se divorció de su supuesto esposo puertorriqueño, quiso corregir su nombre. Pero el abogado le advirtió que, al tratar de hacerlo, podría acabar deportada por incurrir en falsedad de documentos al pretender ser una persona diferente de quien era cuando se le entregó la green card. Podía llamarse como quisiera en casa, pero ante la ley tendría que resignarse a ser Filomena por el resto de sus días.

Perla ha ido al consulado dominicano a renovar su pasaporte cada vez que ha estado por vencerse. Lo utilizó hace poco para viajar a Grecia, así que no debería tener ningún problema. Pero claro, en ese momento no había cometido ningún crimen. Está segura de que se le nota la culpabilidad, no solo en la cara sino también en la foto del pasaporte. ¿Por qué, si no, iba a tardarse tanto la mujer del mostrador en escribir todo en su computadora? ¿Por qué más iba a menear la cabeza cuando Perla puso un montón de billetes sobre el mostrador?

—Mil disculpas, pero no es posible pagar el pasaje en efectivo.

—¿Y qué lo que? —Sacar el dinero siempre funciona allá, en su país. Todas las veces anteriores que Perla ha viajado, Tesoro pagó con alguna de las tarjetas de crédito que compartían, o Pepito, como en este último viaje que hizo con él—. No tengo tarjeta —le insiste Perla a la mujer, que ahora está acompañada por su supervisor—. Es dinero de verdad.

Durante años, Perla ha estado ahorrando estos chelitos para el día en que al fin puedan retirarse. Tesoro siempre le ha prometido que volverán y él construirá una casa grande, como una concha marina, para alojar a su Perla. Ahora, ella va de regreso, pero no como esperaba, y quien la recibirá es la única persona que tiene todas las razones para darle la espalda. Su hermana no puso un solo *pero*, ni siquiera después de treinta y tantos años distanciadas. Le abrió las puertas sin pedirle siquiera una explicación ni insistir en que Perla debía contarle su historia primero.

Tesoro es quien le dio la espalda.

Mientras más tiempo llevan juntos, más batallas tienen que soportar y más se aleja él en busca de otras perlas. Es insaciable y no importa que ella lo complazca en el sexo tanto como le pide. Ahora, ya cerca de los cincuenta, la mayor parte del tiempo a ella no le dan ganas de irse a la cama con él.

Tesoro siempre habla de los sacrificios que ha hecho, trabajando día y noche y fines de semana al timón de uno de los carros de Ramírez Town Cars. ¿Y qué hay de ella? Perla ha sabido llevar la casa, haciendo economías (tiene una reserva de dinero por si acaso bajo el forro de uno de los cojines del sofá), limpiando, cocinando, lavándole y planchándole la ropa, hasta las medias y los calzoncillos. Y todo esto mientras trabaja en la casa de una pareja dominicana en el Upper East Side. Perla hubiera podido tener un mejor sueldo trabajando con americanos, que pagan por hora, pero le gusta estar en un lugar donde pueda entender lo que dice la gente. Incluso después de todos estos años, no ha sido capaz de aprender mucho inglés.

Perla sospecha que Tesoro le oculta algo. Todas esas noches que no vuelve sino hasta bien tarde y los fines de semana que tiene que hacer de chofer para clientes fuera de la ciudad o que pasa visitando un amigo enfermo en Queens. Claro que ha sido conveniente para él que ella tenga que quedarse a dormir en su trabajo, cuatro noches por semana, y que vuelva a casa para un fin de semana largo, que pasa cocinando y limpiando para su propia familia.

En el fondo de todas sus sospechas está aquella historia que su hermana le contó de que Tesoro la había seducido cuando ella estaba embarazada de Pepito. Cada vez que el fantasma de su hermana se le aparece, Perla lo tapa con un puñado de olvido que arroja a su memoria. Cuando murió su suegra y Perla viajó con Tesoro y los muchachos al funeral, Lena trató de hacer que se reconciliaran, pero ella se opuso: «¡Por encima de mi cadáver!», y no pudo evitar un respingo al darse cuenta de lo inadecuado que era decir semejante cosa en un funeral.

Uno de los motivos de orgullo que tiene es haber criado a dos hijos que terminaron saliendo adelante. Lo esperaba de George Washington, que desde el principio ha tenido una vida fácil y afortunada. No es de extrañar con ese nombre patriótico que Tesoro escogió para que se viera bien en su solicitud de residencia, un nombre que Perla ni siquiera era capaz de pronunciar. Ella siempre le ha dicho Jorge, al igual que sus tías. Pepito, por otro lado, se vio afectado por la temprana separación de sus padres y luego por tener que dejar a su adorada tía Filo. Hubo sesiones con terapistas de la escuela. «Es un niño con necesidades especiales», eso le dijeron. ¿Y quién no? «Es un niño retraído», se quejaban sus profesores, «no se comunica». ¡Pero claro! ¡Es que no sabe inglés! ¿Cómo va a hablar? Y luego, un día en clase, el chiquillo silencioso rompió a hablar, con frases enteras en inglés, como si todo ese tiempo hubiera estado aprendiendo el idioma. Después de eso, siempre se la pasaba leyendo, la nariz metida en un libro, cosa que a su padre no le parecía sana. Sus profesores no dejaban de hablar bien de él.

Pepito llega incluso al punto de convencer a su madre de que le permita enseñarle a leer.

—Ya sé que algo aprendiste, pero necesitas practicar. No es difícil, Mamita. Empezaremos primero en español. Y a lo mejor algún día pasamos al inglés. No me mires así. Voy a convertirme en escritor y quiero que seas capaz de leer mis libros.

Con tal de complacerlo, Perla hace el esfuerzo. Avanza trabajo-
samente en los libros que Pepito llama fáciles, escritos para niños y
con muchos dibujos. El que él prefiere está lleno de historias anti-
guas de los dioses y diosas en los cuales creía la gente antes de que
llegara Jesús a enderezarlos. Esos dioses y diosas se comportaban
horriblemente mal: violaban mujeres, traicionaban a sus esposas,
dormían con sus madres tras matar a sus padres y comerse a sus
hijos.

—¿Y todo esto verdaderamente sucedió?

—Eso no es lo importante —explica Pepito—. Estas historias hablan de las verdaderas pasiones que hay en el fondo del corazón de
las personas. Hablan de todo lo que es posible. Piensa en la Biblia
—señala—, ¿tú crees que todo eso sucedió de verdad?

Jorge Washington es el opuesto total a su hermano, tan metido en
los libros; es extrovertido y le interesa ganar dinero, un carácter más
comprensible a ojos de su padre. Pero Tesoro se tranquiliza cuando
Pepito consigue una beca completa para estudiar en una universidad cuya mención hace que su jefe, Tony Ramírez, arquee las cejas
impresionado. Pepito después obtiene un doctorado, cosa que des-
concierta a sus padres, que no tenían la menor idea de que pudiera
haber un doctor en otra cosa fuera de medicina. Tras unos cuantos
años como profesor en la universidad, le dan un año sabático. ¡Un año
entero!

Él insiste en que, durante este tiempo, tiene que escribir un libro. «Pobrecito», su padre menea la cabeza contrariado. Y como
si quisiera confirmar la impresión de su padre de que su hijo está
aprovechándose del sistema (no es que Tesoro tenga ningún problema con eso), Pepito se traslada a Grecia para pasar allí varios
meses de su sabático, haciendo investigación.

Invita a sus padres a visitarlo mientras permanece allá. Tesoro se excusa alegando que tiene mucho trabajo porque hacen falta choferes. Así que Perla se toma dos semanas libres.

—Deberías ver ese lado del mundo —le dicen sus patrones—. La cuna de la civilización. —A Perla le sorprende un poco, estas personas dicen ser católicas y la historia del catolicismo comienza en una cuna en Belén.

Perla se la pasa tan bien como nunca en su vida. Islas, excursiones en barco, comidas que ella no tiene que cocinar. Cada noche, Pepito la lleva a diminutos restaurantes donde pide sabrosos platillos para que ella deguste junto con vinos que le aligeran la cabeza y el corazón. Se siente como la gente rica, con la comida que le trae un atento mesero y la copa que le llenan cuando está apenas medio vacía. Visitan unas cuantas ruinas, cosa que podría ser tediosa, pero Pepito le cuenta historias como las que había en aquellos libros ilustrados que usaban para sus clases de lectura.

—Este es el templo tal y tal... Aquí es donde un dios se transformó en lluvia dorada o este otro derrotó a una serpiente monstruosa u otro acabó descuartizado por una pandilla de mujeres ebrias.

—¡Dios santo! ¡Lo que hace la gente!

Cuando regresa a Nueva York desde Grecia, Tesoro no está esperándola en el aeropuerto. Perla trata de llamarlo a su celular una y otra vez, pero no responde. Al final, llama a Ramírez Town Cars y allí se entera de que Tesoro se tomó las últimas dos semanas libres. Tony le envía un carro para que la recoja. En el momento en que abre la puerta de su apartamento, se da cuenta. No encuentra la ropa de Tesoro en el clóset. Sus artículos de aseo personal no están en el baño. No hay una nota, nada. ¡Qué cobarde! ¡Aprovechar su ausencia para irse!

Pero no es posible esconder el sol con un dedo, al menos no entre dominicanos; ni siquiera en otro país. Resulta que sus compañeros

de trabajo de la agencia Ramírez y sus amigotes de la barra y la bodega están enterados de la otra perla de Tesoro. Una dirección en
Queens. ¡Dizque un amigo enfermo! ¡Qué degraciao!

—La mujer es una cubanita, imagínate, una sinvergüenza —La
informante truena los dedos. Y echa más sal a la herida: Tesoro tiene
otra familia, un hijito. ¡A su edad!

Esta vez, en lugar de llamar un carro de donde Ramírez, Perla
toma un taxi hasta la dirección que le dieron. No tiene idea de qué
va a hacer allí. A modo de protección, se lleva el cuchillo que usa para
deshuesar el pollo para los sancochos y los asopaos, envuelto en un
paño de cocina, y lo mete en la bolsa que carga al trabajo. Los cuba-
nos saben pelear... Basta ver a ese barbudo Castro que todavía se les
planta a los gringos a pesar de que hace tiempo que todos los demás
países del hemisferio se han pasado al lado de los Estados Unidos.

Perla se queda mirando la casita con la grama en la parte del
frente, rodeada por una verja de malla ciclónica, y un perrito ladrando a lo lejos sin parar, como un juguete enloquecido. Durante
muchos años Perla insistió en que quería tener su propia casa en lugar del diminuto apartamento en el Bronx, pero Tesoro la convenció
de ahorrar sus chelitos para construirse una casa en la isla cuando
estuvieran listos para retirarse.

Perla pasa frente a la casa varias veces, tratando de distinguir a
Tesoro antes de confrontarlo a él y a su puta. Tiene su cuchillo para
defenderse. En la radio, hace años, contaban la historia de la mujer
que le cortó el pene al abusador de su marido. Tal vez eso es lo que
habría que hacer.

La puerta del frente está abierta, pero la puerta de tela metálica
emborrona el interior. Los ladridos del perro suben de volumen, se
hacen más vehementes, como si Perla estuviera tratando de meterse
en la casa desde el otro lado de la calle.

Una mujer aparece en la puerta y baja los escalones del frente. Vitalina López, la informante le dio el nombre. Algo le resulta familiar en ella, una cara que Perla ha visto antes, tal vez en una foto en el celular de Tesoro. Por su edad, podría ser más bien una hija de Tesoro, de piel blanca y con el pelo teñido de rubio. Perla alcanza a distinguir las raíces oscuras desde lejos. Vitalina regaña al perro y lo arrastra para adentro jalándolo del collar, y desaparece en la casa. Mientras se cierra la puerta de tela metálica, el niño pequeño se escabulle y baja sentado los tres escalones. Perla cruza la calle.

—Hola, chichí precioso —le dice zalamera y se agacha para quedar a la altura del niñito, que avanza hasta la cerca, y sus deditos se aferran a la malla mientras ella le ofrece una de las menticas que lleva en su bolsa. Dios mío, no hay forma de negar que es hijo de Tesoro.

Antes de que las manitas alcancen a tomar el dulce, ella lo esconde.

—Primero tienes que decirme cómo te llamas.

El niñito levanta la vista para verla, adelantando el labio inferior y parpadeando para contener las lágrimas.

—No, no, no. No llores. Deja que le quite la envoltura. Toma. —La agarra, tan goloso como su padre, y se la mete en la boca.

La voz de su madre lo llama desde el interior de la casa.

—¡Oro! ¡Oro!

Oro, el tesoro dorado de su padre. Cada vez que la mujer vocea el nombre, Perla siente como si le clavaran un puñal en el corazón.

Abre la puerta de la cerca y entra al jardín, queriendo… sin saber bien qué quiere. Echar otro vistazo a la vida que Tesoro ha escogido para reemplazar la que tenía con ella: un tierno pequeñín, una cubana de piel clara con una cabellera rubia teñida, una casa con su jardín y un perrito como de juguete. Todo tiene sentido; lo que no tiene sentido, imposible que lo tenga, es que la abandone luego de toda una vida juntos.

—¿Por qué? —le pregunta al chiquitín que está parado masticando el dulce que ella le dio, y por las comisuras de su boca brota un líquido verde viscoso. Le tiende la mano para pedirle otra mentica.

Perla mete la mano en su bolsa para darle otro dulce. Sus dedos rozan el paño en el que está envuelto el cuchillo.

La mujer está de nuevo en la puerta, y el perro se escabulle entre sus piernas, ladrando con gran alboroto.

—¡Cállate! —le grita al animalito—. ¿Acaso quieres que la necia de al lado llame a la policía? —Como si el perro fuera a responderle.

Vitalina se queda en el escalón de más arriba, erigiéndose sobre Perla como si fuera una diosa salida del libro de Pepito. En cuestión de unos segundos está gritándole.

—¿Qué hace? ¡Ay, Dios mío! ¡Lo envenenó!

¿Veneno? Pero si es solo un dulce, podría explicarle Perla sobre la sustancia verde que asoma de la boca del niñito. Pero Vitalina no le da oportunidad.

—¡Oro! ¡Oro! —la madre grita hecha una furia, brincando los escalones hacia su hijito.

Perla tiene que impedir que esta usurpadora llegue hasta el niño, que de repente se ha transformado en Tesoro, en carne y hueso. ¡Y Tesoro es suyo! Hace a Vitalina a un lado de un empujón, justo en el momento en que ella alza en brazos a su hijo. El empujón resulta ser más mortal de lo que Perla pretendía, pues tiene un cuchillo en la mano... ¿Cómo llegó hasta allí? La hoja se hunde en el niño. Los alaridos horrorizados de la mujer son ensordecedores. Perla no puede pensar bien. Lanza otro tajo y abre la garganta a su rival para callarla, y luego, como el perrito está ladrando furiosamente, también lo acuchilla hasta silenciarlo.

Hay sangre por todas partes. ¿Qué ha hecho? Perla no puede respirar. Siente como si se fuera a desmayar. Se queda unos momentos paralizada, tratando de discernir qué hacer, cómo escapar. Mira hacia un lado de la calle y hacia el otro. ¿La habrá visto alguien? Es un día cualquiera en la semana. Los jardines se ven desiertos. Tiene que largarse pronto de allí. Antes de que aparezca alguien. Antes de que Tesoro se despierte y salga de la casa o regrese de sus diligencias. Pero primero, tiene que terminar el trabajo: los ojos de Vitalina están abiertos, pero en blanco, como si estuviera rogándole a Dios. Perla se los cierra y luego, misericordiosamente, le clava el cuchillo una, dos, tres, cuatro veces en el pecho, y luego en el del niño, por si acaso, para así poner fin a su sufrimiento. Jamás tuvo la intención de lastimarlos. El perro ya está muerto.

Perla se aleja por la calle como una desquiciada. A unas cuantas cuadras hay un parquecito con una fuente, unos columpios. Detrás de un árbol, se quita el vestido y lo usa para envolver el cuchillo. Su uniforme de trabajo está todavía en la bolsa, se lo pone, se limpia brazos y manos con el paño que humedece en la fuente. Siente el corazón que le late en la garganta, la respiración acelerada y superficial. ¿Es ella la que está sollozando? Mira alrededor. Una ardilla la observa desde lejos, un pájaro canta en los árboles. ¿Qué fue lo que la poseyó de esa manera? Porque eso fue lo que pareció, que algo la hubiera poseído, como las santeras en la isla, cuando se les montan los espíritus. Tiene que haber sido eso. Perla jamás hubiera cometido un acto tan brutal.

Repasa con cuidado lo que acaba de suceder: está engatusando al pequeño para atraerlo hacia ella; se mete al jardín para poder reconocer todo mejor, y luego la mujer está dando alaridos en el primer escalón, el perrito está ladrando, mordiéndole los talones, el cuchillo se hunde en el pecho del niño y la sangre brota a chorros.

Un momento. ¿Cómo es que el cuchillo fue a dar a su mano? Perla recuerda que justo antes de apuñalar al niño, una imagen le cruzó la mente, una imagen del libro que Pepito utilizaba para enseñarle a leer. Una mujer revolviendo un caldero que contenía las extremidades de un niño, para preparar un guiso que le daría de comer al padre en venganza por su traición.

¿Sería de allí que salió esa idea? ¿De un libro de cuentos? Cuando vio eso por primera vez, recuerda que le preguntó a Pepito si de verdad sucedían cosas como esa. «Las historias cuentan la verdad sobre las pasiones secretas que hay en el fondo del corazón de las personas», le había contestado él. Entonces, ¿sería que esta venganza había permanecido todo ese tiempo en el interior de Perla y la había obligado a hundirle el cuchillo en el pecho a la amante de Tesoro y a su hijo? ¿O sería más bien que la historia le había metido la posibilidad del asesinato en la cabeza, permitiendo que eso que ella jamás hubiera pensado ni mucho menos hecho, se hiciera realidad?

Ruinas

Pepito está sentado en una *kafeteria* en Aleksandropolis, mirando la borra del café en el fondo de su taza, mientras piensa en qué futuro podría predecirle, cuando su hermano menor lo contacta. La conexión de WhatsApp es pésima. Pero no se necesita mucho ancho de banda para transmitir el pánico.

La policía ha detenido a su padre por ser un presunto implicado en un asesinato.

—¿Y, Mamita? ¿Ella está bien?

Su hermano no debió oírlo.

—¿Dónde estás? —pregunta George Washington—. Apenas te oigo.

—Estoy en Grecia, ¿te acuerdas? —No hace falta darle el lugar específico. A pesar de todos los viajes que ha tenido en su trabajo con farmacéuticas, GW es pésimo en geografía.

—Mamita está desaparecida… la policía… —Fue una llamada de la agencia Ramírez la que lo puso al tanto.

Pepito a duras penas consigue entender el enredo de historia. Algo terrible le ocurrió a su madre, de eso está seguro. Si no, ¿por qué George Washington no le dice abiertamente quién es la víctima? Pepito puede vislumbrar el cuerpo ensangrentado de su madre con tal vividez que se estremece. ¿Será que ese es el significado de los oscuros grumos de café en su taza?

—Voy camino a Nueva York. Sabré más detalles en cuanto llegue allá.

—¿Dónde estás? —Pepito repite la pregunta que su hermano le hizo antes a él. Con los celulares nunca se sabe. No puede presuponer que su exitoso hermano está sentado en su luminosa oficina de Manhattan, negociando un trato con una de sus cuentas en Suramérica. ¿O estará más bien en casa, en su apartamento de Harlem, en calzoncillos, a punto de salir a un bar con su conquista del día?—. ¿Cuándo planeas volver?

Pero, antes de que George Washington conteste, se cae la llamada.

Pepito paga su cuenta y se dirige a su Airbnb, con la cabeza dándole vueltas. ¿Acaso su padre le hizo algo a su madre? Pepito lo duda. Como la mayoría de esos inmigrantes que trabajan tan duro, Papote es un tipo que no anda en malos pasos, pero sí tiene sus aventuras. Su madre parece ignorarlo, afortunadamente. Siente celos hasta del aire que él respira. Es como si todos los órganos vitales de ella estuvieran en el interior del cuerpo de Tesoro. Su corazón late en el pecho de él, las ideas de ella se fabrican en el cerebro de él. Ella no cree que sea capaz de vivir sin él.

Está muy bien amar tanto a alguien, pero esa falta de confianza en sí misma resulta desgastante. Su padre también siente el peso de esa inseguridad, y se lo nota cada vez más distante y ausente. Su madre se queja y lo critica, cosa que solo sirve para empeorar la situación.

Pepito ha pillado a su padre muchas veces con otras mujeres. Varias de ellas en cines, una vez en el tren. Todas estas mujeres son bastante más jóvenes, o al menos mejor conservadas que Mamita, que se ha dejado engordar. Se visten con prendas sexys, maquillaje en exceso, tal como parece que les gusta a las latinas. La última vez que lo vio, Papote iba saliendo de una clínica con una mujer más joven, de piel clara, muy atractiva. Parecía que estaban discutiendo. ¿Sería entonces que su papá había perdido la cabeza? Tal vez había hecho algo para liberarse de Mamita. ¿Pero qué? Tiene su temperamento, pero no es un asesino. Es un hombre que se desmaya cuando ve sangre.

Pepito ha pensado a menudo en confrontar a su padre, pero él tiene sus propios secretos también. Nunca ha salido del clóset ante ninguno de sus padres, la homofobia de Papote es notoria y enconada. A Mamita podría contarle y tal vez lo regañaría, aunque terminaría por «perdonarlo», pero como su madre tiene que comentar hasta el último de sus pensamientos con su esposo, podría ser que se le escapara esto, abriendo más la brecha entre padre e hijo, y su relación siempre ha sido un poco tensa. Por eso, Pepito no le ha contado a su madre y eso es la manzana de la discordia con su pareja, Richard.

De regreso en su Airbnb, Pepito llama al teléfono del apartamento de sus padres. No hay respuesta. Después marca el celular de Mamita y entra directamente al buzón de mensajes. Sigue insistiendo, al apartamento, al celular. Busca en las noticias en Internet. Intenta llamar a George Washington de nuevo, pero su hermano tampoco contesta. A lo mejor va de regreso a casa desde… ¿Al final le dijo en dónde estaba?

Por último, desesperado, Pepito llama a su tía Lena.

—¡Tu padre no lo hizo! —solloza la tía antes de que Pepito alcance a pronunciar palabra. Tesoro está detenido como principal sospechoso en el asesinato de una mujer y su hijo. Llamó a Ramírez desde la cárcel, y le pidió a su jefe que le hiciera el favor de informar a sus hijos y a sus hermanas en la RD.

La tía Lena llora de nuevo.

—Intenté contactarte, pero no pude comunicarme. Sí pude hablar con tu hermano. Prometió llamarme una vez que regresara a Nueva York.

No quedaba nada más que hacer que llamar a Richard, que estaba harto de las ruinas y se había quedado en Paros, aprovechando para tomar el sol, mientras Mamita estaba de visita. Se encontrarán en el aeropuerto de Atenas para volar de regreso a las ruinas que los esperan en Nueva York.

Presuntos implicados

Cuando Tesoro da la vuelta a la esquina, se da cuenta del gentío frente a la casita, una ambulancia con las luces apagadas, la sirena en silencio… señales de mal augurio, donde ya no hay urgencia de nada. Se persigna tal como le enseñaron a hacer de niño, a pesar de todos los años que lleva en Nueva York, donde el aullido de las ambulancias es casi tan frecuente como el canto de los pájaros.

Había sido una pelea tremenda, de días enteros, que comenzó cuando Tesoro quiso ir al aeropuerto a recoger a Perla a su regreso de Grecia. Vitalina se había puesto como loca, impidiéndole salir y llorando como esa llorona del cuento que le habían contado sus compañeros mexicanos. Tesoro jamás ha podido soportar las lágrimas de una mujer, y a pesar de eso siempre está haciendo llorar a alguna. Por eso obedeció y le dejó un mensaje a George Washington para que fuera recoger a su madre. Pero resultó que Jorge estaba de viaje y nunca recibió el mensaje, así que Perla tuvo que valerse de sus propios medios y llegó a encontrarse con el apartamento desierto. Tal vez era mejor que él no hubiera estado allí porque ¿qué le habría podido decir?

«Perla, por favor trata de entender mi situación. Mi amante me dijo que se estaba cuidando, pero resultó que no. Cuando quedó embarazada, se negó a deshacerse del bebé. Así que ahora tengo un hijito que necesita a su padre. Les di la mayor parte de mi vida a nuestros hijos. Ahora es el turno de este chiquito».

No hace falta que Vitalina le diga que ese es un pésimo plan.

Y fue entonces que su jefe, Tony, lo llamó. Perla había ido a las oficinas. Se veía desesperada, capaz de hacerse daño. Tesoro le debía a ella y a sus hijos una explicación cara a cara. Esa era la salida más honorable, le aconsejó Tony, y Tesoro estaba de acuerdo.

Vitalina se negaba rotundamente a la idea. Primero había sido lo del aeropuerto. Ahora, una reunión. Lo siguiente sería que Tesoro tendría que ir al apartamento para arreglarle el desagüe del fregadero o a celebrarle el cumpleaños.

—¡Olvídate! Si tú sales por esa puerta para ver a esa mujer...

—Sigue siendo mi esposa —le recordó.

¡Y pa' qué fue eso! Vitalina se puso como una furia.

—¡Lárgate! ¡Pa' fuera! —gritaba como loca frenética, el perro ladrando sin parar, el niño llorando. Justamente el tipo de escenita que haría que la vecina intransigente llamara a la policía. Entonces, para no complicar más las cosas, Tesoro se subió a su carro y se fue.

Estuvo dando vueltas durante un poco más de una hora, sin saber qué hacer. Vitalina no era el tipo de mujer que fuera a cometer una locura por un hombre, como Perla. Pero ¿quién sabe? Las mujeres no dejan de sorprenderlo, incluso tras tantos años de pastar en praderas más verdes y lozanas, probando todo tipo de frutos tiernos y maduros.

Ahora, camino de regreso a donde Vitalina tras esa pelea, no termina de bajarse del carro cuando la enojosa vecina de al lado lo señala y grita, sustituyendo los alaridos de la sirena apagada. «¡Es él! ¡Es él!», y antes de que Tesoro entienda lo que está sucediendo, los policías le están torciendo los brazos para ponerle las manos a la espalda y meterlo en una patrulla.

—*What's amatta?* —pregunta con insistencia para saber qué está pasando, con las escasas nociones de inglés que ha logrado pescar, marcadas por un pesado acento.

Parece ser que la persona que vivía en la casa fue apuñalada de muerte con un cuchillo y también su hijito. La vecina reportó haber oído una fuerte pelea esta mañana, con gritos y alaridos, y después el susodicho sospechoso salió corriendo de la casa y se metió en su carro.

—*Eh... slow down* —les pide. Dijeron *death*, o sea «muerte», ¿cierto? Y *knife* es cuchillo—. No, no, no, no, no —gime. Tiene que haber un error. A lo mejor no oyó bien. ¿Será por su inglés tan malo? Tiene que ir a ver por sí mismo para confirmar si es verdad lo que oyó. Podría abrir la puerta del carro, pero tiene las manos esposadas a la espalda. En lugar de eso, arremete contra la puerta.

El carro ya está en movimiento.

—Por favor —suplica en español, sollozando—. *Please.*

El policía que va en el asiento junto al chofer menea la cabeza.

—*What a drama queen* —le dice a su compañero, quejándose del melodrama de Tesoro—. Estos negros latinos son lo peor.

El conductor no deja de vigilar a Tesoro por el espejo retrovisor,

unas miradas con los ojos entrecerrados que Tesoro jamás olvidará.
¡Ya lo dieron por culpable! ¿Y cuál fue su crimen? Que un hombre
pelee con su mujer no es nada contra la ley. A veces, cuando bebe demasiado, se sale de sus casillas y llega a lo físico. Se le puede escapar
alguna bofetada, un tirón del pelo, agarrarle ambas manos por la
espalda para empujarla a la cama y calmarla con una pequeña dosis
de sexo. Pero Tesoro no es el tipo de hombre que se excita golpeando
a una mujer. En cuanto al niño, ¿cómo pueden creer estos policías
que él sería tan salvaje como para herir a su propio hijo, su tesoro, a
quien bautizó con el nombre del metal más precioso? Tesoro hubiera
podido terminar su relación con Vitalina, sobre todo después de que
ella lo engañó con el embarazo. Pero una vez que nació esa pequeña
joya, él estaba dispuesto a dejar a Perla y empezar de nuevo con tal
de que su hijo pudiera tener un padre.

Un niño necesita un hombre en su vida que le enseñe cómo ser
un macho. Si no, basta con mirar a Pepito, que creció lejos de él hasta casi los cinco años. Pepito no lo puede engañar. Lo ha visto en
Mofongo, acompañado por un pájaro blanco. Pero ya es demasiado
tarde para enderezar a ese hijo adulto. Aquí está su oportunidad para
empezar de nuevo. Y tener a una mujer veinte años menor que él a
su lado, para decirlo sin pelos en la lengua, es una inversión en el
futuro; alguien que lo cuide en su vejez. Mientras tanto, ella lo man-
tendrá joven.

Pero la imagen de Perla lo ronda. Es la madre de sus hijos, eso
no se puede negar. Quiere hacerla sentir que él seguirá ayudándola
como mejor pueda, y que sus dos hijos exitosos estarán allí para
colaborar también.

Todas esas cosas se le pasan por la mente. ¿Qué pudo haber sucedido? ¿Quién pudo haber hecho semejante cosa, si es que es cierta?

De repente, Tesoro siente una certeza que lo marea, y antes de
que alcance a avisarles a los policías o a ponerse en una posición que

reduzca el alcance del accidente, vomita en forma explosiva por toda la patrulla.

Un poco más allá, sobre la calle, está Perla observando el paso de la ambulancia sin la sirena, seguida por un carro de la policía. «Dios me libre. Dios me perdone». Se persigna. Con su uniforme limpio, va caminando en la misma dirección del tráfico. Trata de aparentar calma, determinación, y dar la impresión de que es una mujer que sabe para dónde va.

En una intersección populosa, ve a una mujer policía que sale de una cafetería, con un color de piel del mismo tono que la bebida que lleva, el pelo obedientemente metido bajo su gorra. A Perla su radar le dice que esta mujer tiene que ser dominicana.

—¿El *subway*? —le pregunta, aunque ya vio el poste con el anuncio correspondiente y el característico globo encima. Es una jugada astuta, pues una asesina no iba a pedirle indicaciones a la autoridad. La agente le señala con un gesto, labios fruncidos, barbilla apuntando hacia el lugar, y confirma que sin duda alguna es quisqueyana.

—Ahí mismo, señora —le dice, escoltándola amablemente hasta las escaleras de la entrada, y explicándole cuáles trenes la llevan al Bronx. Hablan durante unos cinco minutos, Perla como si nada y la joven policía en spanglish, como sus propios hijos Dominican York.

Cuando llega a su edificio, no entra de inmediato, sino que da un rodeo para ver si hay policías alrededor. No hay patrullas. No ve agentes. Una vez en el apartamento, quema el vestido ensangrentado y el trapo de cocina en la más grande de sus ollas, limpia el cuchillo con alcohol y empaca una maleta a toda prisa. Saca el rollo de billetes que guardaba dentro del forro de uno de los cojines del sofá. La tarjeta de crédito está a nombre de Tesoro y ella no quiere dejar un rastro que permita seguirla. En su monedero encuentra el teléfono de Filomena. Lena se lo había dado cuando se murió la viejita. «La vida es breve», le dijo. «Hay que perdonar».

Perla no había tenido intenciones de volverse a hablar con Filomena nunca más, pero ha mantenido el papelito en su bolsa. Tiempo atrás, Filomena había destruido la paz de su entorno. Aquella historia había sido sepultada tan hondo que debía haberse perdido en el olvido. Pero, al igual que Lázaro en la Biblia, seguía volviendo a la vida, un fantasma que no era fantasma de verdad, sino el traidor de su marido, vivito y coleando, cuyo rostro vio resucitado en la carita de ese niñito precioso.

¿Qué había hecho? ¿Qué locura la poseyó?

Perla marca el número de su hermana. Le responde una voz de hombre y al fondo se oye bachata. El ruido de una caja registradora. Le dicen que llame unos minutos más tarde. Ya está en la calle, buscando un taxi para ir al aeropuerto de Newark, cuando logra comunicarse con su hermana. Perla se siente segura hablando, con la tranquilidad de que el chofer con su turbante no entiende ni una palabra de español.

—Voy para allá. Que nadie más se entere.

Y como si no hubieran pasado treinta y tantos años, Filomena no pone *pero* alguno. Solo pregunta si Pepito está bien. Y luego le indica a Perla que debe ir al cementerio, como si ya supiera lo que su hermana había hecho.

Regreso

Filomena llega al cementerio, todavía aturdida por haber dormido más de la cuenta después de una noche de inquietud. Doña Alma ya está allí recorriendo el terreno con la arquitecta, que va tomando notas.

—¿Y qué tal ahí? ¿O será mejor allá? —la arquitecta ha visitado el cementerio varias veces durante la ausencia de doña Alma; ahora quiere ver el lugar a través de los ojos de la propietaria.

—Perdón por llegar tarde —se excusa Filomena. No tiene una disculpa que pueda dar. Confía en que la doña no vaya a pensar que su empleada ha estado tomándose libertades nada más porque su patrona está fuera de la ciudad—. Espero que le haya ido bien en su viaje.

—Muy bien, gracias. —Comenta que vendió la casa de Vermont—: Ya no hay vuelta atrás —y agrega—: A propósito, Filo, esto se ve fabuloso —dice, señalando todo alrededor.

Filomena pega la quijada al pecho para ocultar su cara, pues la avergüenza mostrar que le gustan los cumplidos.

Mientras las dos señoras hablan, ella se dispone a hacer su trabajo, algo distraída, con el oído atento a cualquier golpecito en la puerta principal o la de atrás. No puede dejar de repasar la conversación con Perla en su mente. ¿Por qué su hermana insistiría tan desesperadamente en actuar en secreto? A lo largo de los años, Filomena había oído a doña Lena susurrándoles a sus hermanas los problemas que la pareja tenía en Nueva York. ¿Problemas? ¿Pero por qué? Si se les habían hecho realidad todos los sueños. Habían trabajado duro, ahorraron y le pagaron a un abogado una gran suma para que arreglara sus matrimonios con puertorriqueños y, una vez que obtuvieron sus green cards, les tramitara el divorcio de sus cónyuges alquilados. A Pepito y a Jorge no les ha ido mal, y llegaron a convertirse ambos en profesionales. Entonces ¿de qué problemas hablaban? Como eran cosas de las que se enteraba espiando escondida, no podía preguntar.

Filomena recuerda su promesa de volver para escuchar el resto de la historia de Bienvenida, pero doña Alma puede llevarse una impresión equivocada de su empleada si la ve que ya está sentada en una tumba, tan temprano, tras haber llegado tarde. La visita tendrá que esperar hasta que las dos señoras se hayan ido. Cada vez que Filomena pasa junto a la tumba acaricia la cabeza de yeso con cariño. El pelo se siente suave, como de verdad. *¡Dios me libre!*, debe estar imaginándose cosas de nuevo. Doña Alma ha dicho que Filomena tiene mucha imaginación. Que las historias que ha contado para conseguir entrar son clásicas. «En otra vida hubieras podido ser una escritora». Filomena aún no le ha confesado que no sabe leer y mucho menos escribir

La arquitecta esboza los volúmenes en el aire con sus manos.

—Vamos a tener que mover esa —dice señalando al globo de vidrio, donde está enterrado el primer grupo de cajas que no quiso arder. El globo está colocado en un pivote, de manera que se mece en su base al tocarlo. Doña Alma lo ha demostrado, y al moverlo un puñado de hojuelas blancas se levantan y muy lentamente van asentándose en el fondo. Es fascinante verlo.

—Así se ve el invierno donde yo solía vivir —le ha contado doña Alma.

La estructura tuvo que encargársele a un artesano que trabaja el vidrio, pues doña Brava no tenía experiencia con ese material ni con estructuras cinéticas. Es la escultura más cara. Solo lo mejor para Papi.

Al irse la arquitecta, Filomena le advierte a su patrona lo que sucedería si se reubicara la tumba del Barón. Al igual que a Pepito, a la doña la criaron allá y no tiene por qué saberlo. La primera tumba en cualquier cementerio le pertenece al Barón y no debe moverse de allí sin su permiso. Nadie se atrevería molestarlo y ponerlo de malas, corriendo el riesgo de atraer desgracias no solo para uno sino para todas las demás personas que visiten el lugar. Filomena no se refiere a sí misma, para no dar la impresión de que se preocupa únicamente por ella.

Doña Alma ha oído hablar a su amiga doña Brava de esa creencia.

Pero insiste en recordarle a Filomena que no hay difuntos de verdad sepultados en ese cementerio.

—Al Barón no tiene por qué importarle. Él reclama la primera tumba en cualquier cementerio.

—¿En serio? —pregunta doña Alma no muy convencida.

El padre Regino considera que esas creencias no son más que supersticiones. Es la religión de los vecinos de la isla, el vudú que invade el cristianismo. Pero Filomena conoce casos de personas que ofendieron al Barón y terminaron perdiendo a un amante o su buena salud. Ni siquiera san Judas Tadeo, con sus poderes milagrosos, alcanzó a protegerlas. Ella podría ponerse ahora mismo a contar esas historias, pero ve un pliegue que se marca en el entrecejo de la doña y sabe que no es un buen indicio, y menos en la cara de su jefa.

Durante el resto de la mañana, Filomena trata de mantener la mente bien puesta en su trabajo. A mediodía, pasa por el colmado. No han recibido más llamadas. Compra una fundita de tostones y un paquetico de maní, y se los come sentada ante la tumba de Bienvenida. Tal vez la historia servirá para distraerla. Pero la cabeza no responde. ¿Será que esa voz que oyó fue pura imaginación? ¿O tal vez doña Bienvenida se siente agraviada porque le cortaron su historia al empezar?

Para animarla, Filomena se inclina hacia adelante y susurra las mismas palabras que dice la caja negra en la entrada a quienes llegan buscando entrar al cementerio:

—Cuéntame un cuento.

Los pájaros en los árboles están silenciosos, descansando a la hora más caliente del día. El sol va subiendo por el cielo. Filomena termina de comerse lo que compró y sigue sin oír ni una palabra de doña Bienvenida y, como si estuvieran de alguna manera conectadas una con otra, tampoco hay más llamadas de Perla.

Al final, Filomena se da por vencida, pliega su silla y se dirige al cobertizo para sacar sus herramientas. Es hora de ponerse a trabajar de nuevo. Como siempre, se detiene frente a la tumba del Barón para presentarle sus respetos, se persigna y luego apoya sus dedos en el vidrio del globo. Al contacto, las hojuelas blancas se levantan. Una voz comienza a relatar sus historias, otras voces se unen, cada vez más, como si las arrastrara el viento o como si volaran en las alas de las cigüitas que se posan en una estatua aquí o en otra allá... Una Babel de ruido, como el colmado en día de fiesta, rebosado de gente bebiendo, chismoseando, todos hablando a la vez.

Filomena apoya la oreja en el vidrio y escucha atenta.

III

Manuel

Mamá tenía cuarenta y nueve años cuando me dio a luz, más abuela que madre, con canas en el pelo y dolores y achaques en todo el cuerpo.

Con la mejilla apoyada en el globo, Filomena logra distinguir esta voz, que ahoga a todas las demás. Supone que es el Barón, tal vez molesto ante la idea de que lo cambien de lugar, hasta que la voz aclara que es un tal Manuel de Jesús Cruz. Y suelta su historia en un torrente, como si esta fuera su única oportunidad para contarla.

—Mamá me puso ese segundo nombre porque yo también había sido un nacimiento milagroso. A ella ya le había dejado de venir la regla, aunque de vez en cuando manchaba un poco. Yo también tenía padre, pero era como si no lo tuviera. Papá me consideraba un estorbo, una ñapa que él no quería. Ya había tenido diez hijos con su primera esposa que había muerto, aunque asombrosamente no de parto, antes de que se casara con mi madre y tuviera otros quince. Veinticinco en total, sin contar con los pobres bastardos que había tenido por aquí y por allá con sus queridas.

La mente de Filomena se dispersa y vuelve a su propia niñez en el campo, donde las familias grandes eran algo común. Su vecina, Yocasta, tenía diez. «¡Esa mujer tiene una factoría en la matriz!», exclamó un día el padre de Filomena, y ella recordaba que alguna lengua viperina le respondió: «Sí señor, y algunos fueron ensamblados durante tu turno».

—¿Me estás oyendo? —pregunta la voz, dejando traslucir la misma impaciencia que los profesores que tuvo Filomena, frustrados porque ella no sabía de antemano lo que había ido a aprender a la escuela.

—¡Presente! —contesta, como solía hacerlo en la escuelita.

La voz de Manuel continúa.

Mamá compensaba más que de sobra la indiferencia de Papá. Me llenaba con todo el cariño que mi padre se reservaba, por estar demasiado ocupado con sus numerosos asuntos y negocios. Y cuando me ponía atención era casi siempre con desaprobación. Le molestaba que me gustara la poesía, que yo llorara si me contaban un cuento triste. Trató de quitarme mi verdadera naturaleza a punta de golpes, y cuando eso no funcionó, me envió a la escuela militar. La disciplina estricta, la incuestionable obediencia a la estupidez... Yo era muy infeliz.

Mamá intercedió: quería tener a su niñito cerca. Papá cedió. Estaba en deuda con ella pues su querida de turno había tenido gemelos, y los había presentado ante nuestra puerta como prueba, con sus mismos ojos claros a modo de evidencia. Se me permitió quedarme en casa y que Mamá se encargara de mi educación. Ella me inspiró con su amor por los libros.

La desventaja de estar en casa era Papá. Me hacía la vida muy infeliz. Fueron tantas las noches en que me adormecí llorando, que hubiera podido llenar las jarras de agua de todas las casas de nuestra calle con mis lágrimas. Mamá trataba de consolarme, sacando algún tesoro de su armario de curiosidades para mostrármelo mientras me contaba su historia (el dedal con incrustaciones de plata o el globo de vidrio con la escena nevada de París o la muñeca española con su mantilla minúscula y sus castañuelas, o los zapatos de madera que se ataban con un cordón rojo). Leíamos libros juntos: *Veinte mil leguas de viaje submarino*, *La vuelta al mundo en ochenta días*, *Los tres mosqueteros*, *Las mil y una noches*... También me encantaba el «Infierno» de *La divina comedia* de Dante. ¿Habría un círculo en ese infierno para los padres excesivamente severos?

Mamá me hacía callar, temerosa de que Papá alcanzara a oír y viniera a castigarme. Se ingeniaba maneras de disculparlo: Papá estaba decepcionado con el gobierno. Tenía problemas de salud. «Tu padre siente celos de ti porque eres muy especial».

Pero él me castigaba por las cosas más insignificantes. Una golpiza, una humillación; una vez me dejó fuera de la casa toda la noche porque yo había desobedecido su orden de comer usando el tenedor en la mano izquierda y el cuchillo en la derecha, a la manera europea, en lugar de cambiarlos de mano, como esos malditos gringos que estaban ocupando nuestro país. También le molestaba que yo fuera tan apegado a Mamá. «Cuando crezca será un afeminado, un pájaro».

«Eres un pájaro, ¿cierto?», me puyaba con un dedo en las costillas. «Para cenar te vamos a dar únicamente semillas para pájaros».

Era una broma mezquina, pero mi padre la llevó a la práctica. Puso un tazón de semillas para aves frente a mí. Cuando empecé a lloriquear, arrojó el tazón contra la pared, y semillas y trozos de vidrio volaron por todas partes.

Esa noche Mamá me propuso que inventáramos un lugar mágico donde pudiéramos escapar de las furias de Papá. Un mundo en el que cada cosa, y no solo las personas, tendría una historia que contar. Las gotas de agua relatarían su viaje de la nube al manantial y de allí por el río hacia el mar; el tazón roto reuniría sus pedazos de nuevo para narrar la pelea que lo rompió; una cigüita contaría que hay más allá de las montañas en Haití; una concha marina, un asesino, un amor con el corazón partido, una estrella robada del cielo por una princesa atrevida. Entre los dos, Mamá y yo llenamos nuestro mundo secreto con cuentos e historias.

Necesitábamos encontrar un nombre para ese lugar. Mamá escogió Alfa, la primera letra del alfabeto griego. Pero no sonaba como la gran cosa, Alfa, así nomás.

Cada año antes de la zafra, grupos de migrantes haitianos acampaban en nuestra finca de camino a las plantaciones del sureste. Como aves migratorias, sabían dónde parar en su ruta, los lugares donde encontrarían alimento y bondad en abundancia. Por lo general, estos migrantes se quedaban unos cuantos días. Mamá les daba trabajo en lo que fuera que se necesitara, les pagaba, los alimentaba. En las noches, encendían sus fuegos, tocaban tambora y flauta de barro, cantaban y bailaban, y llevaban a cabo sus rituales. Uno de sus bailes, la calenda, había sido prohibido en Haití porque los dueños de las plantaciones temían que alborotara grandes pasiones que pudieran encender una revolución.

Cada vez que yo oía la música de la calenda, se me metía bajo la piel. Me paraba y empezaba a bailar. No lo podía evitar.

¿Y por qué no calenda? Y entonces decidimos llamar ese mundo Alfa Calenda.

Filomena ha oído esas mismas palabras flotando en el viento, y supuso que eran nombre y apellido de alguna fulana.

A partir de entonces, siempre que mi padre me perseguía con su cinturón o con la mano bien abierta para un golpe, o que me humillaba con sus insultos, o que decía que me quitara de su vista, Mamá iba a mi cuarto y se sentaba en mi cama, abrazándome. «¿Estás listo? ¡Cierra los ojos! Había una vez…».

Y allá nos íbamos, a Alfa Calenda.

A Filomena le está costando concentrarse. Sus pensamientos toman otros caminos. ¿Dónde andará Perla? El sol sube por el cielo, la maleza asoma un poco más por entre la tierra; Perla no aparece.

La voz de Manuel se oye más bajita, como un juguete mecánico al que se le estuviera acabando la cuerda. La mayoría de las hojuelas que semejan copos de nieve se han asentado en el fondo del globo. Un teléfono timbra en la distancia. Filomena se prepara para oír un grito, llamándola. Pero la llamada es para otra persona. ¿Dónde andará Perla?

—Dame una sacudida —susurra la voz.

Filomena piensa si podría desobedecer. Tal vez así se terminaría la historia. Pero hoy no es día de ofender al Barón. Mueve el globo con suavidad; las partículas de polvo nublan el aire en su interior de nuevo.

Revitalizada, la voz cuenta cómo en su juventud se unió a un grupo de disidentes, y enumera sus nombres, como si Filomena hubiera oído hablar de ellos. Eso no es nuevo para ella: como doméstica, a menudo le ha tocado estar presente en conversaciones sobre personas de las cuales no sabe nada.

La voz de Manuel se lanza en una diatriba sobre la brutalidad del Jefe:

—¡Y yo que pensaba que Papá era estricto! Ya entiendo por qué hay varios círculos en el infierno.

Filomena no va a corregir al protegido del Barón, pero según su propio padre, el Jefe era el líder fuerte que el país necesitaba. Durante su régimen había orden y respeto. Un hombre podía dejar un peso frente a su puerta y a la mañana siguiente seguía allí. ¿Quizás los amigos de don Manuel eran los ladrones que se robaban todo el dinero que quedaba por ahí?

El globo se sacude para mostrar su desacuerdo, alborotando las hojuelas.

Alguien de nuestro grupo nos traicionó. Mis camaradas cayeron en una redada. Yo, junto con otros dos, nos las arreglamos para escapar, cruzar la frontera y abordar un vapor que salía de Cabo Haitiano hacia Puerto Rico. Mis amigos se quedaron allí, coordinando una invasión. Yo ya estaba harto de dictadores y me fui para Nueva York.

«¿Todo el mundo va a parar allá?», se puso a pensar Filomena.

Yo ya era un licenciado en Medicina, pero los gringos no me respetaron, por mi acento, mi piel oscura, mis credenciales de otro país. Ellos, que habían ocupado mi país, ahora venían a decirme que tenía que irme por donde había venido. Si estoy aquí es porque ustedes se metieron allá, los maldecía entre dientes. A pesar del éxito que vine a tener después, jamás me sentí bienvenido allá.

«¿Cómo habrían sido las cosas para Perla?», se pregunta Filomena, y se distrae de nuevo. Siempre supuso que su hermana encontraría la felicidad allá. Todo el mundo hablaba de los Estados Unidos como si fuera el paraíso al que aludía el padre Regino. Pero a lo mejor Perla también se había sentido desgraciada. Las pocas veces que Filomena había logrado verla a lo lejos, no le daba la impresión de que estuviera bien. A lo mejor algunos de los problemas que comentaban las hermanas de Tesoro eran similares a los que relata don Manuel. ¿Será que a Pepito lo han insultado por el color de su piel? Pero hay que ver cómo le ha ido de bien. Filomena se siente muy orgullosa. Su cuasihijo ha demostrado ser un estudiante excepcional, consiguiendo becas y llegando a ser profesor. El hecho de que don Manuel tuviera dificultades no significa que el resto de las personas las tengan. No todas las historias se repiten, se dice Filomena. Basta con comparar su vida con la de su hermana… Pero ahora, al fin, van a estar juntas.

Para cuando Filomena vuelve a prestarle atención a la voz, la oye desvaneciéndose de nuevo. Las hojuelas como copos se van asentando en el fondo del globo.

Filomena retrocede para alejarse, temerosa de que sus pisadas puedan alborotar los copos en el globo otra vez.

Filomena

—¡Filo! —grita una voz desde el otro lado del muro.

Por unos instantes, cree que es don Manuel que la llama para que oiga el resto de la historia. Pero es la dueña del salón, Lupita, de camino a su negocio luego de la pausa del mediodía.

—Tienes una llamada. Apúrate, que están esperando.

Se apresura para salir y olvida cerrar la puerta de atrás. Cuando oye la voz en el teléfono, se le va el alma a los pies. Doña Lena. Que si Filomena ha sabido algo de su hermana. Así tal cual. Doña Lena se refiere a Perla como la hermana de Filomena, y no como su propia cuñada.

¿Qué puede contestarle? Perla la hizo prometer que no diría nada. Nadie debe saber que la llamó y que llegará a la casita de su hermana.

—¿Por qué? ¿Pasó algo?

Lena le cuenta las terribles noticias. Hubo un asesinato. Una mujer y su hijito. Han arrestado a Tesoro, pero él no lo hizo. La policía está buscando a Perla por todas partes.

Filomena siente que se va a desmayar. Se apoya contra el mostrador, respirando con dificultad por la boca. Bichán está atendiendo a un cliente. Mira hacia ella.

—¿Tú 'tá bien?

Ella se recompone y asiente.

—¿Y Pepito? ¿Y Jorge Washington? ¿Están bien?

Gracias a Dios y a la Virgencita, ambos estaban de viaje. Ya van de regreso a Nueva York para reunirse con su padre.

—¿Y su madre? —aventura Filomena.

—¡Ni me hables de ese monstruo de mujer! La están buscando por todas partes. Si llegas a saber de ella, ¡me llamas de inmediato! —doña Lena le habla en el tono de voz imperioso de ama. ¿Se le habrá olvidado que Filomena ya no trabaja para su familia?

Años de costumbre la llevan a responder en automático, y ahora tiene la necesidad de mantener un subterfugio.

—Sí, doña Lena. Claro que si llego a saber algo, la llamo.

De regreso en el cementerio, Filomena se encuentra la puerta entreabierta. Dentro está su vecino Florián, sentado en el monumento de doña Bienvenida, sonriendo como niño travieso.

—¡No puedes estar aquí! —le dice ella cortante. El corazón le late con fuerza de trueno en el pecho. Necesita soledad para asimilar las noticias. Doña Lena dio a entender que Perla había cometido los asesinatos. ¿Cómo va a ser?

—¡Lárgate! —le grita a Florián y a las ideas que se le revuelven en la cabeza. Tan diferente de su docilidad con doña Lena.

—¡Ay, Mami!

—¡Qué Mami ni qué nada! ¡No soy tu mamá! ¿Qué te crees que estás haciendo aquí?

—Es mi día libre de andar apagando los incendios de los demás, así que vine a apagar mi propio fuego —se ríe de su propio chiste.

—Si no te largas, ¡voy a empezar a gritar pidiendo ayuda!

—Ay, Filo, no seas así. Ven acá, buenamoza —le dice para apaciguarla—. Te pones más guapa cada día, ¿sabías? —Su voz empalaga, como el dulce de leche excesivamente azucarado que vende Bichán y que ella solo puede comer de a poquito—. Quería ver con quién era que hablabas aquí dentro.

Filomena alza su silla plegable y va hacia él, blandiéndola como un machete.

Florián mueve las manos ante sí para aplacarla y retrocede.

—Los chismes no mienten. ¡Te estás volviendo loca aquí!

Filomena amaga con golpearlo, Florián se tropieza, se levanta y sale corriendo. Ella cierra la puerta con seguro y se recuesta sobre ella. Del otro lado queda el mundo que la sigue decepcionando, como lo hacen todos los que no se aferran a su propia historia. No hay sino que ver lo que sucede con Perla. Algo terrible sucedió y, sin duda alguna, Tesoro la va a culpar.

Filomena siente un peso que la aplasta.

No tiene energía para terminar su trabajo de hoy, pero no puede irse a casa aún porque eso levantaría sospechas. Les daría más de qué hablar a los chismosos. Ya en el colmado, Bichán y los habituales están que zumban de tantos rumores: «¿Qué será lo que le pasa a Filomena?».

Se apoya en el monumento de Bienvenida y lo bautiza con sus lágrimas.

Bienvenida

La encargada de cuidar el cementerio está de regreso, llorando. Debe haber recibido noticias tristes.

—Ya, ya —susurro con ayuda de la brisa y el gorjeo de los pájaros. Nada parece servir. A veces el mejor pañuelo para las lágrimas es una historia—. ¿Te he contado cómo fue que conocí al Jefe?

La encargada deja de sollozar sorprendida al oír mi voz.

—El señor —dice, señalando al globo de vidrio—, él también estaba hablando del Jefe.

Filomena se limpia la cara con la mano, y momentáneamente olvida su historia para dejarse llevar por la mía.

Todo el mundo llegaría a conocer a mi Jefe, pero estoy hablando de un momento anterior, antes de que se convirtiera en el Jefe de todos.

Yo pronto iba a cumplir veintidós, y ya se oían rumores: «Pobrecita, está destinada a quedarse jamona», porque yo nunca había tenido un pretendiente, o más bien, ninguno que me decidiera a aceptar. Yo era una romántica incurable, a la espera de mi príncipe azul. Mamá culpaba a mi primo Joaquín, que siempre estaba poniéndome novelas y poemas en las manos. Pero yo también era realista. Sabía que no era ninguna belleza. Bajita y regordeta, nunca lograba mantenerme esbelta. Sin embargo, me buscaban los jóvenes que ya habían sufrido lo suficiente los caprichos de alguna beldad. Yo tenía buen corazón y un carácter afable, y se me consideraba un trofeo en nuestro pueblo fronterizo, por mi piel clara y lo que la gente llamaba «pelo bueno». Yo había nacido en el seno de una de las principales familias de Monte Cristi, que no era mucho decir porque nuestro pueblo era un lugar caluroso y polvoriento que iba en franco declive. De hecho, la gente de la capital nos consideraba campesinos, pues su ciudad se iba convirtiendo rápidamente en el centro de cultura, dinero y prestigio: todas esas cosas a las que mi Jefe aspiraba.

Él ya era un hombre importante, al mando de la guardia nacional, y viajaba por el país buscando respaldo en su intención de hacerse con el poder. Cuando pasó por Monte Cristi, el concejo municipal, del cual mi padre formaba parte, organizó una recepción para ofrecerle sus respetos. Aunque Papá no era partidario de este gánster, como lo llamaba él, nuestra presencia como familia prominente era requerida.

Esa noche fue mágica. Deja que te transporte a ese momento, ¿está bien?

La encargada se acerca, atenta.

Es una noche al comienzo de la primavera: nuestro centro cultural está iluminado con lámparas de gas que penden del techo; las persianas están abiertas hacia el patio, una brisa fragante entra por ellas. Los prohombres de la ciudad han escogido un tema español para la recepción, ansiosos de demostrar la pureza de nuestra herencia, a pesar de la cercanía con la frontera. Los señores se ven tan elegantes con sus pantalones de cintura alta y fajines de seda; las damas van con peinetas y mantillas. Cuando el Jefe hace su entrada, la banda empieza a tocar el himno nacional. Luego viene un vals, seguido de un bolero lento, «Linda Quisqueya», que siempre es una de las piezas preferidas… Luego otro vals, interrumpido repentinamente cuando el Jefe levanta una mano para pedir silencio. La banda deja de tocar. Una ola de temor recorre a la concurrencia. El Jefe está molesto.

—¿Y por qué estas tonterías extranjeras? Si tenemos nuestra propia música. ¡Tóquenme un merengue! —Una cosa que sí puede decirse del Jefe es que nos hizo volver a nuestros ritmos propios.

La banda se deja llevar. Más de una matrona se ve contrariada. Los merengues todavía se consideran vulgares entre la sociedad educada, la proximidad tan clara entre hombre y mujer, las caderas moviéndose con el ritmo del deseo... ¿Cómo iba a saber yo todo eso? Confieso que mis amigas y yo disfrutábamos bailando juntas mientras cantábamos las letras de las canciones en nuestras habitaciones, con las ventanas cerradas.

Estoy de pie con mi amiga Dinorah junto a la mesa de los refrigerios y ambas hacemos grandes esfuerzos para no menear las caderas al vaivén de los ritmos pegajosos, cuando vemos que el ayudante de campo del Jefe viene en dirección nuestra. Tiendo la mano para recibir la cartera de cuentas de Dinorah mientras ella va a bailar. Pero el ayudante de campo se dirige a mí.

—El Jefe quisiera tener el honor de este baile. —Hasta la propia Dinorah parece sorprendida.

Filomena puede oír ese merengue como si estuviera presente en esa fiesta. Doña Bienvenida continúa.

Puede ser que yo no fuera la más bonita en la fiesta, pero, y perdón por pecar de falta de modestia, soy una excelente bailarina, ligera de pies. El Jefe me pide con insistencia que sea su pareja para el siguiente baile y el siguiente y el siguiente.

—Bienvenida Inocencia —el Jefe murmura mi nombre y me levanta la cara para mirarme a los ojos—. ¿Es eso cierto? ¿Eres una muchacha inocente y dispuesta a dar una acogedora bienvenida?

Le sonrío con lo que el embajador de Italia llamará más adelante mi sonrisa de Mona Lisa. Por supuesto, un montón de personas habían hecho ese mismo comentario sobre mi nombre, pero nunca un coronel buenmozo con el pecho tachonado de medallas. Le explico al Jefe que un año antes de que yo naciera, mis padres perdieron al que hubiera sido mi hermano mayor, por causa de la fiebre tifoidea, así que resulté ser un consuelo para ellos, una inocencia bienvenida, sin duda.

—Es encantador eso de que recibas un halago cada vez que alguien dice tu nombre.

Siento una oleada impropia de deseo. Bajo la cabeza para ocultar el sonrojo.

Durante los boleros, tan lentos, el Jefe me recita poemas al oído. Mis dos cosas preferidas en esta vida, la poesía y el baile… ¿Quién podría pensar que este amor no está destinado a existir?

Aunque Filomena nunca fue una jovencita rica y jamás la han cortejado, no encontró el amor verdadero ni sabe nada de poesía, sí, también le encanta bailar, así sea con su propia escoba.

A la mañana siguiente, y las que le siguen, un contingente de soldados llega a nuestra casa con cestas de flores: lirios blancos, rosas y, mis preferidas, girasoles.

—¡La sala de nuestra casa parece un jardín!

—Querrás decir un velorio —murmura Mamá.

Cada ramo viene acompañado por un poema de amor firmado por el Jefe, con versos que reconozco del *Poemario* de Rubén Darío, un regalo de mi primo Joaquín, el intelectual de la familia.

Cada noche hay una serenata. No puedo asomarme y mostrar la cara, así que me quedo tras la cortina de la ventana de mi cuarto.

Tras una semana de este cortejo por interpuesta persona, y habiendo dejado lista la escena para su entrada, con un sentido de dramatismo que el país entero conocería pronto, el propio Jefe hace su aparición. Ha estado visitando los toscos pueblitos de la frontera, inspeccionando sus tropas, y a pesar de eso se ve fresco como una flor recién cortada, como las que me ha mandado, y tan apuesto y varonil en su uniforme y sus botas de montar. Toda nuestra familia se ha reunido en la sala, pues las señoritas respetables nunca se quedan a solas con un pretendiente; sobre todo, con uno que no cuenta con la aprobación de la familia.

Filomena alisa las arrugas de su falda con la mano, como si se estuviera poniendo presentable para la visita. Ahora que está haciendo labores a pleno sol en el cementerio, usa su ropa más vieja, y guarda los vestidos buenos para ir a misa los domingos. Doña Lena siempre insistió en que usara uniforme y, a diferencia de la nueva doméstica, a ella nunca le importó pues le permitía conservar en mejores condiciones su modesto guardarropa. Pero doña Alma nunca ha exigido que Filomena se vista de determinada manera.

Todos estamos bebiendo limonada —doña Bienvenida está tan absorta en sus reminiscencias que alcanza a sentir el sabor de la limonada. Y Filomena también—. Mi hermana Yoya, siempre la más sociable, mantiene la conversación.

—Espero que no le importe, coronel, pero Bien me ha mostrado algunos de sus versos. ¡Usted es todo un poeta! —Ella sabe muy bien que el Jefe no es el autor de esas líneas, pues hemos leído esos mismos poemas en mi *Poemario* de Rubén Darío. Estoy casi segura de que Mamá le pidió que me demostrara que mi enamorado no es quien pretende ser.

—Le agradezco el honor de haber puesto su encantadora mirada en ellos —responde el Jefe con una graciosa reverencia—. Siempre he gozado de cierto talento para escribir, pero últimamente no he tenido tiempo para dedicarle por cuenta de mis muchos deberes.

—¡Qué lástima! —Mamá y Yoya me lanzan una mirada significativa: «¿Ya te diste cuenta del farsante que es?».

¿Y a quién le importa quien escribió esos poemas? Lo que importa es que el Jefe hace todo lo posible por impresionarme

Como ya dije, Mamá y Papá no lo aprueban. Un hombre sin principios, convencido de que puede rehacerse solo, tapando el sol con un dedo. Engañó a los gringos para que lo siguieran ascendiendo de rango en el ejército nacional que crearon ellos antes de irse definitivamente del país, pero a Papá no lo engaña.

A través de unas averiguaciones en secreto, mi padre se entera de noticias escandalosas: el Jefe está casado, ¡con esposa e hijos!

Me encierro en mi habitación, enfurecida, llorando a mares, y digo que estoy indispuesta la siguiente vez que el Jefe aparece a visitarme. Pero, al igual que Papá, él tiene maneras de averiguarlo todo y se entera del motivo de mi enojo. Manda un emisario, un eminente abogado de nuestro pueblo, que le explica a nuestra familia que el Jefe ya no está casado. De joven, se dejó llevar y tomó una mala decisión, pero pronto se dio cuenta del error y puso fin al matrimonio. Un divorcio civil, es cierto, pero también es algo totalmente legal. El abogado presenta una copia del documento notarizado como prueba.

Mamá resopla al oír la explicación. Todos los católicos saben que no existe el divorcio.

Pero el Jefe no es un hombre cualquiera. De hecho, ha llegado a apelar hasta al propio papa, en Roma, para que anule ese primer matrimonio. En cuanto a los rumores de que mi Jefe está mandando eliminar a sus enemigos, conspirando para tomar el poder, les explico a mis padres lo que el mismo Jefe me ha dicho: que a regañadientes está tomando el control de nuestra revoltosa mitad de la isla para establecer el orden, situación de la cual Papá se ha quejado. Lo que este país necesita es un hombre fuerte. Le cito a Papá sus propias palabras.

—Eso mismo era lo que mi padre decía del Jefe —comenta Filomena, poniéndose de parte de Bienvenida.

Nunca antes me había opuesto a Papá. Siempre me habían conocido como una masa de pan, pues me dejaba manipular con facilidad por todo el mundo. Pero me resistí a todos los esfuerzos por terminar con nuestro noviazgo, y llegué a sorprenderme hasta a mí misma.

La mayoría de las familias del pueblo boicotean nuestra pequeña boda, que se lleva a cabo sin mayores ceremonias en la sala de la casa del conocido del Jefe, el eminente abogado. Por supuesto, yo hubiera preferido una boda por la iglesia, pero esa ceremonia no puede celebrarse hasta que la anulación del matrimonio del Jefe se produzca. El único miembro de familia presente es mi primo Joaquín, que recita un poema compuesto por él especialmente para la ocasión. El Jefe está impresionado:

—Una pluma como la suya me sería muy útil en mis campañas.

—En ese momento contrata a Joaquín, y así comienza su larga carrera política.

Aún recuerdo cada uno de los versos de ese poema matrimonial: «Bienvenida Inocencia, bienvenida felicidad, bienvenida dulzura y gracia y luz».

Un pajarito cercano se une a la declamación, cantando a todo pulmón, en un esfuerzo increíble, hasta que Filomena estalla en risa, encantada. ¿Cómo es posible que las palabras logren eso?

Durante la boda se desencadena una tormenta espantosa, como un huracán que soplara desde el mar, con truenos tan fuertes que no puedo distinguir mi voz al pronunciar los votos. Enseguida después de la ceremonia civil, el Jefe me guía hacia el carro que nos espera, rehusándose a pasar siquiera una noche en ese pueblo olvidado de Dios.

—Hasta nunca, Monte Cristi —le grita a la lluvia que azota el techo del carro—. Estás perdiendo a tu joya más preciosa.

A partir de entonces, y durante las tres décadas de su mandato, nunca olvidó los ultrajes que sufrió en mi pueblo natal, pocas veces se dignó a visitarlo, y siempre que tuvo que decidir entre este y cualquier otro municipio del país escogió el otro.

El carro se abre paso por los caminos embarrados, el viento aúlla, la lluvia golpea los vidrios. Vadeamos varios ríos y al cruzarlos se inunda el interior del carro. Años después, recordaré esa tormenta y me hará pensar en una señal del sufrimiento que me espera. Pero en ese momento, soy la joven más feliz del mundo. Lo he perdido todo, pero me gané esta perla de gran valor: el amor del Jefe.

Al oír la palabra *perla*, Filomena se sobresalta. «Deténgase ahí, por favor», quisiera decirle, «antes de que usted también pierda su perla».

Pero doña Bienvenida no puede parar; su narración es como un río torrentoso que desborda sus orillas, derramándose en lágrimas que corren por el rostro de yeso. Ahora es Filomena la que acaricia la estatua, murmurando:

—Ya, ya.

Perla

En su celda en Nueva York, Perla aguarda lo que sea que vaya a suceder. Nada le importa. La mayor parte de las otras mujeres que están allí tienen la piel más oscura, hay solo otra latina de piel más clara, como ella, y dos gringas grandotas y muy arrogantes. Cuando ella ya no puede soportar más su matoneo, les dice:

—¡Putas americanas! —Y la que tiene el pelo opaco y de un rubio descolorido y un tatuaje de serpiente que se le trepa por el brazo izquierdo, la lengua en su cuello, entiende mal la primera palabra.

—Pura americana al cien por cien, *damn it!*

Perla escupe a sus pies, para traducirle bien. La mujer la empuja contra la pared, y su amiga aporta unas cuantas patadas para rematar. Perla pierde el conocimiento.

Se despierta en la enfermería con una venda y un terrible dolor de cabeza. Una vez que se recupere, la encerrarán en aislamiento por haber atacado a otra presa.

Perla podría contarle a su abogado exactamente lo que sucedió, pero ya tomó una decisión al respecto. Los policías que la arrestaron cuando trataba de comprar el pasaje para la RD en el mostrador del aeropuerto le recitaron sus derechos, con voz monótona, y los repitieron en español: «Tiene derecho a guardar silencio».

Cuando le pidan que cuente su historia, permanecerá en silencio.

Cuando llegue el momento del juicio, no va a defenderse. No piensa decir que no hay nada que quiera más que intercambiar su propia vida por la del niñito. Si acaso vuelve a ver a Tesoro, no lo va a regañar ni le va a decir a la cara que todo esto se lo buscó.

Permanecerá en silencio.

El abogado que contrata Pepito le informa que tiene suerte: Nueva York ya eliminó la pena de muerte. Incluso si la encuentran culpable, no llegarán a sentenciarla a ser ejecutada. Pero Perla reza porque la muerte llegue pronto. En la enfermería, busca cualquier cosa que le pueda servir. El personal se mantiene alerta; las camas vacías no tienen nada más que el colchón, no hay objetos cortantes ni medicamentos a la vista, ni siquiera un bolígrafo.

Pepito la visita y le explica los pasos siguientes. El abogado está tratando de que su madre sea deportada. Filomena Altagracia Moronta nunca llegó a ser ciudadana estadounidense. Su green card no la protege… los residentes permanentes que cometen crímenes de vileza moral pueden acabar en procesos de deportación.

—Eso es una suerte —dice Pepito. Las cosas serán más fáciles para Mamita de vuelta en la RD, donde la ley es más indulgente con los crímenes pasionales. Con suficiente dinero, pueden moverse los hilos aquí y allá, y luego trenzarlos para convertirlos en un lazo resistente que saque a Mamita del pozo en el que ha caído.

Pero el único lazo que Perla quiere es el de la horca alrededor de su cuello. La atormenta lo que hizo. Es como si un enjambre de avispones la estuviera persiguiendo, y todos ellos tuvieran la carita del niño. No puede dejar de mover la cabeza a lado y lado, tratando de sacudírselos de encima. Nadie la puede salvar. Ya está condenada.

No puede dejar de pensar en esa historia del libro con el que Pepito le enseñó a leer. El hombre que mató a su propia madre fue perseguido por espíritus vengativos. ¿Acaso matar a una madre y a su hijo no es mucho peor?

—Mamita, Mamita —Pepito insiste en rogarle—: Acuérdate de que tú eres más que lo peor que puedas haber hecho.

¿Dónde aprendió el muchacho a hablar así? Son bonitas palabras posadas en un lugar tan alto que Perla no puede alcanzarlas para que le sirvan de consuelo. Probablemente las sacó de un libro.

—Este no es el final, Mamita te lo prometo. —Como si eso fuera algo que se pudiera prometer.

Perla mira a su hijo, con una mirada que no necesita palabras para dar a entender todo su amor.

Bienvenida

A los tres años de casados, el Jefe se convierte en presidente, y yo me veo obligada a desempeñar el papel de primera dama, con una ronda de compromisos oficiales. A menudo se me invita a presidir numerosos actos sociales, a representar al atareado Jefe, con Joaquín a mi lado. Una primera dama espléndida, reportan los periódicos. Organizo un número interminable de recepciones y cenas, cuidando de no reír escandalosamente ni expresar una opinión o avergonzar a mi marido de ninguna manera. Superviso los menús, arreglo las flores y la decoración de las mesas, decido dónde se sienta cada quien… en resumidas cuentas, me aseguro de que todos estén contentos. Sobre todo mi Jefe, el centro de mi vida.

Estoy aprendiendo ese segundo lenguaje de todas las esposas devotas. Soy capaz de leer en las expresiones de mi marido hasta la más mínima señal de disgusto, una ceja levantada, una sonrisa forzada, y actúo en consecuencia. En las fotos de esa época se me ve de pie detrás de mi Jefe, mi rostro radiante de amor. Puede parecer cosa de vanidad, pero creo que me vuelvo más atractiva. Sirve mucho contar con una modista excelente que sabe qué estilos le van mejor a mi figura maciza, y una peluquera que se encarga de mi pelo y hace magia con cremas y maquillaje. Aunque a mí no me importa atraer más miradas que la de mi marido.

Muchas veces, después de un evento que sale bien, mi Jefe me elogia. «Haces honor a tu nombre, Bienvenida».

Cuando la primera dama de los Estados Unidos llega de visita oficial, hago todo lo posible por hacerla sentir bien acogida. «Detrás de todo hombre de éxito hay una gran mujer», le dice a mi Jefe como halago. Ella debe saberlo, pues viaja por todo el mundo representando a su marido, que sufre de polio. Por eso no pudo venir él, explica, pero ella se encargará de darle un reporte positivo. Mi Jefe me mira y me hace un guiño.

De cuando en cuando me llegan rumores. Madres que suplican clemencia para sus hijos encarcelados. Familias que necesitan ayuda para salir del país. Procuro ser una influencia bondadosa sobre mi

Jefe. Pero otros, lacayos egoístas, lo incitan a tomar medidas más y más duras, entre ellos, me avergüenza admitirlo, mi primo Joaquín. Hago todo lo que puedo sin mucho ruido, con frecuencia refiriendo a estas personas a Mamá y Papá, que sé que les ayudarán.

—Eres demasiado blanda de corazón, Bienvenida —se queja a veces el Jefe, regañándome impaciente.

—Tan solo quiero protegerte. Sabes que daría mi vida por ti.

Pero hay una sola cosa que no puedo darle: un heredero. Mi problema no es que sea estéril, porque me embarazo una y otra vez, pero, tras varios meses, pierdo a los bebés.

Los especialistas vienen y van a mis habitaciones en el palacio presidencial. Prescriben todo tipo de tratamientos: enemas vaginales, una dieta blanda, una rutina calmada, sin salidas ni reuniones ni apariciones públicas. Me engordan a punta de esta y aquella droga o remedio casero. Mi mucama, que se cree curandera, me prepara tés de manzanilla, campeche, té de San Nicolás. Me llevan a una santera para que exorcice a los demonios que puedan estar impidiendo que yo tenga un bebé. Se monitorea con cuidado todo lo que hago. Empiezo a sentirme prisionera en una jaula de oro. Lloro en brazos de mi marido en sus escasas visitas, y eso solo sirve para apartarlo de mí. A nadie se le permite ir a verme a mis habitaciones sin su aprobación… para proteger mi salud, me dicen, y mi vida. ¡El Jefe tiene tantos enemigos!

La única excepción es Joaquín, que me visita a menudo en su nueva calidad de mano derecha del Jefe, un puesto que debe a que yo lo presenté y lo recomendé, y también a su garra y su astucia. Me mantiene informada, como urraca confiable, y me trae noticias. Circula el rumor de que el Jefe tiene una aventura con una mujer que es celosa y posesiva, e igual de voluntariosa que él. Una rival de verdad, y no solo una mera entretención, como las que tienen todos los hombres. A Joaquín le preocupa lo que pueda pasar con él si yo llego a caer en desgracia.

El toque de difuntos que anuncia mi caída llega cuando la amante da a luz a un niño.

Filomena se estremece con un escalofrío. Ya llega la noche. El sol está muy bajo en el cielo, proyectando sombras extrañas detrás de cada tumba. Oscurecerá pronto y será una noche sin luna. Pero Filomena no puede irse porque la voz la retiene con su tono apremiante y su pena. Ella también quiso un niño. Ella también perdió a su Pepito.

Bienvenida sigue adelante, sin hacer caso de las reacciones de la encargada y sus cavilaciones silenciosas. Ella también está atrapada por su historia.

Un día Joaquín se aparece con buenas noticias, según dice, con la voz cargada de entusiasmo fingido, sus palabras contradicen la tensa expresión de su rostro. «Un hombre que piensa en salvarse a sí mismo por encima de todos», la frase para describirlo utilizada por esa escritora que mencioné antes. Yo detecto cada vez más distanciamiento en sus afectos. Joaquín me informa que viajaré a París, para ver a un especialista en fertilidad de renombre mundial.

Mi primera reacción es una oleada de felicidad. ¡Al fin voy a tener al Jefe solo para mí! Podremos reavivar nuestro amor al cruzar el mar, contemplando el atardecer desde la cubierta del barco.

—¿Cuándo partimos? —le pregunto a Joaquín, como la inocente de corazón que soy.

—Bien, ya sabes que eso no es posible. El Jefe no tiene tiempo para los asuntos de placer. Tiene trabajo —Joaquín cita una de las máximas del régimen, que él mismo acuñó para el Jefe—: Mis mejores amigos son los hombres de trabajo —y luego agrega, con una sonrisa—: Hombres que trabajan y mujeres que obedecen.

En cuestión de días, me embarco en un vapor hacia Francia. En

Le Havre, me recibe el embajador con la mala noticia. Durante mi ausencia, el congreso aprobó una ley por la cual un matrimonio se considera nulo e inexistente si no ha habido descendencia en un lapso de cinco años. Por supuesto, eso solo es posible porque el nuestro es un matrimonio civil. El primer matrimonio del Jefe, por la iglesia, solo el papa puede anularlo, cosa que hará unos años después.

Me desplomo en el carro de camino a mi hotel.

Filomena limpia las lágrimas que chorrean por las mejillas de Bienvenida. Los viejos en el campo dicen que, el día 2 de noviembre, las piedras en los campos donde hubo matanzas lloran, allí donde los haitianos fueron segados como caña hace años. Pero el Día de Difuntos ya pasó.

—Ya, ya, doña Bienvenida —la consuela Filomena. Debería tratar de que la pobre mujer no tenga que revivir esos recuerdos tan tristes, pero quiere oír la historia hasta el final, como si fuera una especie de exorcismo, no solo para Bienvenida, sino también para ella misma.

Me admiten en la Morada de la Serenidad, un convento en las afueras de París que también sirve de residencia temporal para solteras embarazadas, niñas y adultas. Una monja anciana y bondadosa, sor Odette, me acoge y me insiste en que debemos aceptar lo que no podemos cambiar.

—Pero es que hice todo bien —trato de alegar en mi favor, como si cambiar mi situación estuviera en sus manos—. Le di todo mi amor. ¿Cómo es posible que no lo haya notado?

—No siempre entendemos los designios de Dios —suspira la anciana monja, dejando ver toda una vida de desconcierto. El velo de la inocencia que cubría mis ojos también se va abriendo lenta y dolorosamente.

Sor Odette me seca las lágrimas, y su mano se demora un poco acariciándome las mejillas, mientras una pregunta flota en su mirada.

—Lo que no puedo entender es cómo una mujer buena, como tú…
—se interrumpe, pero yo completo la frase en mi mente: «¿Cómo
pude ir a dar con un hombre como el Jefe?». Es una pregunta que ni
siquiera la escritora de mi historia será capaz de contestarme.

Alma

A Alma le intriga el evidente afecto de Filomena por el monumento de la tumba de Bienvenida. La ve visitar todas las demás cum-
pliendo su deber, deteniéndose para ofrecer sus respetos al Barón en el
globo de nieve de Papi, meciéndolo y viendo las hojuelas caer. Pero se
pasa más tiempo frente al acongojado rostro de Bienvenida, absorta, y
a veces llegando al punto de acariciarle las mejillas de yeso.

Brava también ha notado esta afinidad, pero es algo que no le sorprende. La gente lo hace todo el tiempo ante el arte, le dice a Alma.
En galerías, museos, uno a veces ve a alguien que no consigue quitarle
la mirada a un rostro o escena pintado en un lienzo, enmarcado y
colgado en una pared. Un mural de Diego Rivera provoca miradas
de boquiabierta fascinación ante todas las manos anónimas que hacen
que el mundo siga girando. Un Van Gogh traerá a la memoria el
campo de girasoles que rodeaba la casa de infancia de alguien.

La historia de Bienvenida definitivamente ha tocado las cuerdas
del corazón de Filomena.

—No la historia en sí —opina Brava—. Más bien, la cara o la
actitud de la escultura.

Porque ¿cómo iba a conocer lo sucedido? Brava se había enterado
de los detalles para satisfacer su curiosidad cuando Alma le encargó
la escultura.

—Si uno le pregunta a cualquiera en la calle si tiene idea de quién era Bienvenida Trujillo, apuesto a que no hay una sola persona que lo sepa. Podrá ser que reconozcan el apellido, pero no mucho más. La borraron de los libros de historia —Brava hace un ademán con la mano, como pintando por encima de un cuadro que no le gusta.

Brava está en lo cierto, claro, nadie recuerda a Bienvenida. Después de que el Jefe se divorció de ella, su nueva esposa, y antigua amante, doña María, borró todo rastro de su predecesora: ya no hubo más escuelas llamadas Bienvenida Ricardo; ni avenida Bienvenida, a pesar de lo bien que suena; ni se volvieron a tocar en la radio o en fiestas las canciones compuestas para ella. El Jefe se había casado con su igual.

—A lo mejor Filomena supo la historia por otros medios —insinúa Alma—. A lo mejor los personajes del cementerio están relatando sus historias y Filomena las oye. Los traje aquí para que encontraran reposo, pero a lo mejor no es lo que ellos quieren —Alma está tratando de averiguar si Brava también puede oír las voces.

Brava se nota pensativa. Un pájaro llama con insistencia desde un árbol de laurel, el rugido distante de la carretera está puntuado por el aullido de una sirena o el silenciador de un carro que deja escapar un petardeo.

—Entonces, si Bienvenida quería que la conocieran, ¿por qué no pudiste contar su historia?

—No confiaba en mí —es todo lo que Alma consigue entrever.

—¿Y sí confía en Filo?

—Tal vez Filomena es mejor escucha. No va a aprovechar la historia de la manera en la que lo hacemos los artistas. Hay una especie de violencia en el arte —Alma piensa en Mami, su furia al pensar que la pudieran representar equivocadamente. «Pero es que es ficción», era una excusa que no funcionaba con ella. Alma recuerda a un amigo que contaba que su propia madre estaba molesta por una mujer del campo que protagonizaba una de sus novelas: «Le diste mi vida sin pedirme permiso. La pusiste en ese horrible vestido que yo jamás me hubiera puesto».

—¿Violencia? —Brava no podía estar en mayor desacuerdo—. Yo lo llamaría entrega, o amor.

«Es difícil no estar de acuerdo con eso», piensa Alma, pero a pesar de todo, no lo está. Sus discusiones sobre todo tipo de cosas, grandes o pequeñas, son la manera en que su amistad expresa su propio tipo de afecto.

Bienvenida

Han pasado varios meses de mi exilio, y sigo hospedándome en la Morada de la Serenidad. Paso los días en la sala de estar, rodeada por altas ventanas, escribiéndole una carta tras otra al Jefe, suplicándole que me dé una oportunidad más, alegando que mi infertilidad era provocada por las presiones de ser la esposa del supremo líder. Las rompo, asustada ante mi capacidad de arrastrarme ante él, y entonces escribo otras, enfadada, reclamándole por la manera en que me trata y acabo por romperlas también.

Aunque he logrado aprender un poquito de francés, me quedo aislada. Resulta doloroso verme rodeada por todas estas mujeres jóvenes a punto de convertirse en madres. Aunque no es que ellas estén contentas al saber que se verán obligadas a entregar a sus recién nacidos en adopción.

Sor Odette sugiere que me lleve uno conmigo. «Un bebé podría ayudarte a sanar tu corazón. Sería alguien a quién amar con todas tus fuerzas».

Pero no tengo un hogar al cual llevarlo. Doña María se ha asegurado de eso. Nuestra isla no es lo suficientemente grande para que quepamos las dos. Ha habido escenas bastante borrascosas en el palacio, según me cuenta Joaquín que me mantiene al tanto de los chismes. ¿A dónde se supone que iré? ¿De qué voy a vivir? Esas decisiones se me escapan de las manos bajo estas circunstancias. ¿Cómo voy a mantener a un niño? Pero le prometo a sor Odette que, si llego a tener una niña, la bautizaré en su nombre.

Una tarde, sor Odette llega a mi habitación y anuncia que tengo un visitante. Asumo que es el cónsul, que de vez en cuando se aparece para ver cómo me encuentro y me trae saludos del embajador. Ya ni siquiera llego al nivel de merecer la visita de un alto dignatario.

La hermana niega con la cabeza.

—Tu esposo —susurra, rehusándose a decir «ex», pues la iglesia no reconoce el divorcio. No he logrado reunir el valor para explicarle a ella que nuestro matrimonio fue únicamente una ceremonia civil.

A toda prisa me cambio para ponerme un vestido limpio y recogerme el pelo. No hay tiempo de nada más. El Jefe no es un hombre a quien uno pueda hacer esperar.

Desde el principio me doy cuenta de que algo anda mal. Se lo ve agotado. Tiene una mirada de espanto. Su historia brota. Le han diagnosticado un cáncer y ha venido a ver especialistas en París, desesperado por una cura. Soy su amuleto de buena suerte, según él. Fue durante nuestro matrimonio que llegó al poder, que reconstruyó el país tras el terrible huracán de san Zenón, hospitales, escuelas, carreteras. Un país agradecido lo eligió presidente. Todas esas cosas buenas sucedieron cuando me tenía a su lado. Pero desde nuestro divorcio, su suerte ha cambiado. Doña María le hizo un hechizo. El Jefe no podía creer que lo hubiera hecho. Un sacerdote vudú es visitante frecuente del palacio. Su policía de seguridad lo mantiene informado. Él sería capaz de echarla, pero su hijo es tan pequeño y muy apegado a su madre. ¿A lo mejor a él también lo tiene bajo un hechizo?

Fue un error enredarse con ella.

—Me arrepiento de haberlo hecho, de verdad. Tuve que casarme con ella para tener un heredero legítimo. Mi país insistió, mi congreso me obligó a hacerlo. Pero mi plan siempre ha sido divorciarme de ella y volver contigo.

Las nubes se abren y un cielo azul se extiende sobre mi vida nuevamente. Me traslado a la suite donde se aloja y me entrego por completo a su cuidado, acompañándolo a sus citas médicas, atendiéndolo durante todos los procedimientos, consolando sus temores. Todas las mañanas y todas las noches rezo el rosario con fervor. En el hotel me consiguen un reclinatorio como los que había en todas las habitaciones de la Morada de la Serenidad. A veces lo veo a él de rodillas allí también, algo que nunca pensé que llegaría a ver en mi vida, ¡mi Jefe arrodillado! Volvemos a intimar, como en los primeros días de nuestro matrimonio. ¡La antigua esposa es ahora la amante, y la antigua amante, su esposa! Aunque esas cosas solo suceden en las novelas que me encanta leer.

Unas semanas después de nuestro reencuentro, el Jefe recibe buenas noticias: el cáncer mortal resulta haber sido tan solo una inflamación de la próstata. Los tratamientos han erradicado cualquier indicio de infección. Los médicos lo dan de alta. El paciente puede viajar de regreso a su país tan pronto como lo desee.

La primera parte de las noticias me eleva hasta el cielo, la segunda me hace descender al infierno. Va a regresar, y aunque no lo dice, termino la frase en mi mente con pánico. «Va a regresar con ella».

—¡Te dije que eras mi amuleto de la buena suerte! —exclama, loco de contento, como un niño al que le hubieran entregado el juguete con el cual soñaba. Vislumbro fugazmente la persona que él hubiera podido llegar a ser en otras circunstancias.

Me promete que pronto volveremos a estar juntos y, aunque

debería haber aprendido la lección, de nuevo me entrego a él. Mi cuerpo es un campo fértil, listo para recibir su semilla. Estoy convencida de que esa fue la noche en que concebimos a nuestra pequeña Odette. Varios meses después, cuando ya no tengo tanto temor de perder al bebé, le mando un telegrama a mi Jefe desde París con las buenas nuevas. Está complacido, pero no vuelve a mencionar el asunto de divorciarse de su mujer.

«Quédate allá por ahora. Quiero que recibas la mejor atención médica. Una vez que nazca el bebé y puedas viajar, quiero que regreses».

Vuelvo de nuevo a la Morada de la Serenidad. Sor Odette me consuela con uno de sus dichos preferidos: «Si no puedes alcanzar lo que amas, ama lo que has logrado alcanzar». Posa sus manos sobre mi barriga crecida.

—El buen Dios protegerá tu embarazo. ¿Oyes eso, Odette? —susurra. Odette patea en mi interior a modo de respuesta.

Alma y sus hermanas

Las hermanas de Alma llaman a menudo, para saber cómo van las cosas. Ella está metida de lleno en su proyecto, así que pocas veces tiene tiempo para conversar. «Todo bien», les informa, charlan unos minutos y luego desaparece, culpando a la señal telefónica.

Las novedades, como naranjas escasas de jugo, no tienen mucha sustancia, y casi ni siquiera podrían considerarse novedosas.

—¿Qué andas haciendo en estos días? —las hermanas insisten, con toda naturalidad, a ver si de esa manera indirecta le exprimen algo.

—Nada muy especial. Salir a caminar, asolearme, recordar, recordar —eso es lo que más le gusta de estar allí: todo le trae algún recuerdo—. La isla está plagada de magdalenas. ¡Hay tantas historias!

—Entonces, ¿estás escribiendo de nuevo? —Piedad siempre sabe cuál es el tema candente.

—No todas las historias están para contarse —le replica Alma, molesta porque se lo recuerde.

—No parece que lo estuvieras diciendo tú, Soul Sister. Solo era un comentario de pasada— responde Piedad, retirando lo dicho.

Al menos, ya contrató a alguien para cuidar el solar. Eso es un alivio. No tienen que preocuparse porque ella esté sola en una zona peligrosa.

—¡Un momento! ¿Y qué tal que esa persona tenga conexiones con elementos del crimen? ¿Le pediste referencias? ¿Y dónde te estás quedando? No estarás quedándote allí, espero. —Es una teleconferencia, y todas las hermanas hablan al mismo tiempo. Alma no sabe bien quién pregunta qué. Todas suenan igual; todas le suenan como Mami.

—Por ahora, estoy en la casa de la playa de las primas.

—¿Y qué pasará después de «por ahora»?

—¿Y yo qué sé?

Sus hermanas empiezan a cantar el tema de Amparo, ahora incorporando a Alma:

—How will we solve a problem like Sherryzad? —un coro de carcajadas explosivas.

—¡Me da gusto que se estén divirtiendo! ¿Qué pasa? —Rara vez la llaman todas al tiempo. Por lo general es una por una.

Piedad es la que va al grano. Cuando Papi murió, ella se ofreció a hacer de Daniel en el foso de los leones y servir de enlace con Martillo.

—Quiere vernos en persona una vez que los documentos estén listos.

—¿Para qué? —Alma está segura de que es un truco—. Pensé que habíamos terminado con Martillo. Lo único que quedaba era firmar el acuerdo de partición de las propiedades, cosa que ya hicimos.

—No vayas tan rápido. Martillo dice que todas tenemos que firmar nuestras escrituras en persona, pues las autoridades dominicanas no aceptan firmas por DocuSign. —Era una mentira flagrante, pero si Alma ni siquiera tiene acceso a una buena señal de teléfono, probablemente tampoco tiene el ancho de banda como para buscar en Google y confirmar esa información.

—Podemos quedarnos unos cuantos días y darnos las vacaciones de hermanas que nos prometiste.

Alma se retracta. En teoría, ha echado de menos a sus hermanas, pero no está segura de querer tenerlas a su lado en este momento de la vida, todas llenas de discusiones y opiniones, haciendo que ella dude de todas sus decisiones.

—¿Cuándo pensaban venir?

—Tan pronto como nos puedas recibir.

—Pero no tengo casa propia —les recuerda.

—Hay suficientes cuartos en esa casa de playa. Admítelo, podrías alojar a todo un pueblo allí.

Un pueblo podría ser más sencillo que sus briosas hermanas.

—Siempre son bienvenidas —evade el asunto—. ¿Y por qué no esperar hasta que ya haya terminado con mi proyecto y así podré mostrárselos?

—¿Qué proyecto? ¿Te refieres a ese extraño cementerio para tus personajes? —Eso lo dice la lengua suelta de Consuelo, muchas gracias.

—Es más bien... un jardín de esculturas —dice Alma, y se lanza a describir las creaciones de Brava. Lo que sea con tal de evitar que continúe el interrogatorio.

Las hermanas acceden a posponer la visita. Piedad contactará a Martillo para que le dé una fecha estimada de cuándo estarán listos los documentos, y que las hermanas puedan ir a recogerlos personalmente. Si él les dice que «muy pronto», como siempre lo hace, ella lo presionará un poco: «Eso nos has estado diciendo durante un año. Nuestro tiempo también vale oro, ¿sabes?».

Es una lástima que su hermana menor nunca haya aprendido a dejar sus espinosos correos en la carpeta de borradores de un día para otro antes de presionar la tecla «Enviar».

Bienvenida

Transcurren los años, y yo marco su paso con el crecimiento de Odette.

Cuando le sale su primer diente, nos vamos a vivir a la casa del Jefe en Miami. No es como volver a nuestro país, pero estamos más cerca que en París, donde hemos estado viviendo con una niñera que me envió el Jefe para que me ayudara.

La primavera en que Odette empieza a hablar, conoce a su padre. En ese momento él puede viajar con libertad porque está retirándose de la vida pública luego del clamor internacional alrededor del desastroso saldo que dejó la masacre en la frontera. Es una decisión que tendrá que replantear más adelante, tras la muerte de su títere.

El otoño en que Odette entra a la escuela, nos enteramos de que podemos volver a la isla. Nos instalamos en una amplia casona de hacienda en las afueras de Santiago, lejos del bullicio de la capital y de la celosa vigilancia de doña María, la esposa del Jefe, de quien no se ha divorciado a pesar de su promesa.

Un día, mientras Odette está en su colegio de monjas, el Cadillac negro del Jefe llega a nuestra *porte cochère*, como aprendí a llamar el camino de entrada en Francia. Por lo general recibo una llamada para anunciar esas visitas, seguida por una comitiva de carros, los agentes del Jefe, que vienen a revisar el lugar. Y una vez que se aseguran de que todo está en orden, se presenta él mismo en persona.

Pero hoy, curiosamente, solo hay un carro solitario, y en lugar del Jefe es mi primo Joaquín el que se baja del asiento trasero.

Yo le había rogado a la clínica que no notificara al palacio de un incidente reciente. Pero no hay manera de ocultarle nada al Jefe y a sus espías. Y cuidado con tratar de hacerlo, pues podría interpretarse como indicio de conspiración en contra de nuestro líder supremo. ¿Por qué otra razón iba uno a esconder algo de su mirada que todo lo ve? Los ciudadanos que querían congraciarse con él ahora plasman su lealtad pintando «Trujillo y Dios», en ese orden, en los tejados de sus casas.

Entonces, no debería sorprenderme que el Jefe se haya enterado del intento de atentar contra mi vida por parte de un matón que se coló en el centro médico mientras me hacían un examen. Gracias a Dios que el individuo no era demasiado brillante, como sucede con muchos, pues los requisitos de trabajo recalcan la obediencia más que la inteligencia. El hombre, confundido, fue a dar al consultorio equivocado, cuchillo en mano, y tuvo a las enfermeras como rehenes hasta que la policía irrumpió en el lugar y lo arrestaron. En el interrogatorio, el hombre confesó que lo había enviado doña María y que su objetivo era yo.

Joaquín ha venido a comunicarme que el Jefe me envía a los Estados Unidos, por mi propia seguridad. Ya se han hecho los arreglos correspondientes: las monjas han accedido a permitir que Odette se quede internada con ellas.

Un mareo repentino me envuelve. En la clínica, los doctores han descubierto que sufro de diabetes. Estos desmayos se están volviendo más frecuentes. Pero esta vez no es un efecto del nivel de azúcar en la sangre sino de las noticias que acabo de recibir, que hacen que la cabeza me dé vueltas. No pienso irme sin mi hija.

—Bien, Bien —me presiona Joaquín, usando mi apodo de niña. Durante mi temporada como primera dama, mi primo era modelo de deferencia y cortesía, y se dirigía a mí como primera dama Bienvenida, como si no nos hubiéramos criado juntos—, por favor, no compliques más las cosas.

—¿Complicar para quién? ¿Cómo pudiste pensar que yo iba a aceptar esto? Tengo que hablar con el Jefe.

Algo en mi tono de voz convence a mi primo de que Bien, la impresionable, maleable y complaciente Bien, se ha vuelto más firme y resuelta.

Al día siguiente, el Cadillac está de vuelta, y esta vez el terreno hormiguea con guardias. El Jefe entra a la casa, con Joaquín a la zaga. Me saluda con una voz glacial que no presagia nada bueno.

—Jefe, tome asiento, por favor —Joaquín hace un ademán señalando la galería con sus cómodas mecedoras—. ¿Le gustaría algo de tomar? —Le habla con ese tono empalagoso que suele usar entre los poderosos, donde alguna vez me incluyó.

El Jefe levanta una mano en gesto de rechazo.

—¿Tú querías verme?

Mis piernas a duras penas me sostienen, pero me niego a sentarme y que así él me mire desde arriba. Aunque cuando estoy de pie escasamente llego a los cinco pies, El Jefe no es mucho más alto, pero los gruesos tacones de sus zapatos hechos a la medida lo elevan unas cuatro pulgadas por encima de mí. Yo le he quitado esos zapatos, he lavado esos pies y me he puesto cada uno de esos dedos en la boca. Lo que fuera con tal de complacerlo. ¿Acaso lo ha olvidado?

—Nunca le he pedido nada, mi Jefe —le recuerdo—, pero ahora sí pido algo: no me separe de nuestra hija.

—Hago lo mejor para Odette —dice, con expresión indiferente, sin dejar entrever que hemos compartido mucho. Es el rostro que he visto que pone cuando elimina a un disidente o silencia a un oponente. Pero esos son sus enemigos. Yo alguna vez fui su esposa, y después, para vergüenza mía, su amante, y soporté el escándalo de tener a su hija ilegítima.

—La niña tiene apenas siete años, Jefe —le suplico.

—Es lo que he decidido para mi hija —concluye él, como si fuera él y nadie más quien dio a luz a Odette.

En mi desesperación, me arrojo a sus pies, rogándole que reconsidere.

—Preferiría que me quitaras la vida a que me separes de mi hija. —Y estoy sollozando, con la cara contraída en una mueca. Sé que debo verme muy poco atractiva. Pero lo cierto es que nunca me he servido de mi apariencia para lograr algo de un hombre.

Las lágrimas podrían despertar compasión, pero no de parte del Jefe una vez que ha tomado una decisión. Se voltea y le lanza una mirada fulminante a mi primo, que trataba de no llamar la atención detrás de él.

—Me dijiste que tenía que venir por una «emergencia». —No aguarda una respuesta—. Encárgate de hacer los arreglos —ordena con esa voz baja y fría, más temible que un grito. Sin decir más, sale de la casa y deja a Joaquín para recoger lo que queda de mí.

—Bien, Bien. —Con su tacto característico, mi primo trata de consolarme—. No te desesperes. No hay mal que por bien no venga. Dios no nos impone una carga sin darnos también la fortaleza para sobrellevarla.

Quisiera alzar la mano y borrarle de una bofetada esa expresión de suficiencia. ¡Y pensar que yo lo recomendé hace años cuando el Jefe decidió contratarlo para que le escribiera los discursos! ¿Qué puede saber mi primo de la desesperación o de la devoción de una madre por su hija? Un solterón recalcitrante, con siete hermanas y una madre que lo adora, no sabe dar amor, solo recibirlo. Un hombre que piensa en salvarse a sí mismo por encima de todos. El camino hacia el corazón de algunas personas va en un solo sentido.

Filomena

Ahora que la construcción de la casita de doña Alma está en proceso, el cementerio se llena de trabajadores. El barrio está agradecido por la oferta de trabajos, y el capataz se alegra de regresar al lugar. Las labores de Filomena han aumentado, pues ahora cocina para la cuadrilla de obreros y limpia cuando ellos se van. Ya está oscuro cuando sale del sitio y no ha clareado cuando llega.

Cuando tiene un instante de paz, trata de ponerse al día en sus visitas para escuchar las historias de cada monumento. Pero únicamente la historia de Bienvenida parece atraer su atención. «Pobrecita, tener que dejar a su niña», se estremece Filomena, imaginándose el sufrimiento de su mamá que al final la llevó a dejar a sus dos hijas. «Papá no era un jefe poderoso, pero sabía ser cruel y violento. Ay, Mamá, ¡cómo debiste sufrir!».

Su cabeza es un avispero de preocupaciones. Perla está encerrada en una celda en Nueva York, aguardando un juicio por asesinato. Pepito trabaja con un abogado para conseguir que la deporten. Le preocupa que se consuma en una prisión gringa, aislada y confundida por no hablar el idioma. Pero el abogado le asegura que el sistema penitenciario está lleno de dominicanos. Su madre tendrá un montón de paisanas con las cuales hablar, si es que se decide a hacerlo.

Pepito llama a su tía todos los días para contarle cómo va todo. Ahora es muy fácil pues Filomena aceptó el ofrecimiento que doña Alma le hizo desde un principio de darle un teléfono celular. Ella nunca le ha pedido a su sobrino detalles de las acusaciones contra su madre. No hace falta que lo haga porque la historia está en las noticias por todas partes. En la radio de Bichán, en la pequeña TV de Lupita que a sus clientes les sirve para mantenerse al día de lo que pasa en el mundo mientras les alisan y secan el pelo. ¡Filomena no lo puede creer! ¿Cómo podía ser que Perla, una madre también, fuera capaz de cometer semejante crimen? Si era cierto, y las pruebas parecen apuntar en ese sentido, su hermana debió perder la cabeza. Y el culpable no es ningún otro que ese sinvergüenza con el que se casó. Un hombre sin principios. No hay sino que ver lo que le hizo a Filomena, mientras su mujer dormía con su hijo en el vientre. No es que eso la excusara a ella, pero era apenas una niña. Y ahí anda él, libre como el viento, tras haber trastornado las vidas de todos. Le gustaría clavarle su cuchillo carnicero en medio de su malvado corazón. Mejor aún, como esa historia de las noticias que puso a hablar a todo el mundo, del hombre al que le cortaron sus partes pudendas.

«¡Dios me libre!», Filomena se persigna. Allí está ella, ¡planeando un asesinato también! La verdad es que la gente es capaz de cualquier cosa. ¿Acaso todas las historias que Filomena ha oído en el campo, en el barrio y ahora en el cementerio no lo confirman?

Bienvenida

Unos cuantos días después de mi audiencia con el Jefe, me embarco para Nueva York. Había tenido la esperanza de que el Jefe me enviara a Miami de nuevo, por lo menos, para así estar más cerca de

Odette. Pero Joaquín me informa que hay una nueva favorita ocupando la mansión de la Florida, una exreina de belleza. Doña María no logra mantener a raya a sus rivales.

Es 1942 y los Estados Unidos están en guerra. Todo el mundo teme que haya submarinos alemanes patrullando nuestras aguas, ya que somos aliados de nuestro vecino del norte. Trujillo permite que haya elecciones y las gana por un enorme margen. Necesitamos a un hombre fuerte que nos defienda. Los alemanes podrían pensar en bombardearnos para así conquistar una avanzada en el continente americano.

El consulado ha reservado una suite en el hotel Essex House en Central Park South. Un lugar prestigioso, detalle importante para el Jefe que siempre ha aspirado a formar parte del pequeño círculo de familias finas y respetables; uno de mis atractivos, así lo veo ahora. Y aunque yo no sea más que la exesposa, soy también su exesposa. Hasta lo que él descarta le pertenece.

Nuevamente me paso los días escribiendo cartas: muchísimas al Jefe, suplicándole que reconsidere su decisión y le permita a mi hija reunirse conmigo. Las que le escribo a Odette están llenas de pequeñas anécdotas que ella podría disfrutar: la nevada que ha cubierto el parque como el glaseado de un bizcocho, la tienda abarrotada de juguetes, muñecas de porcelana y casitas de muñecas que a ella le encantarían, los vestidos tan bonitos en los escaparates. Y siempre cierro de la misma manera: «Escríbeme, mi adorada hijita. Cuéntamelo todo». Pero ¿qué puede escribir una criatura de siete años que sirva para llenar el vacío en el corazón de su madre? La tinta se corre tantas veces que tengo que reescribir páginas enteras.

Trato de estructurar cada día para así mantener mi tristeza a raya. Por las mañanas, salgo a caminar al gran parque que hay frente al hotel con restos de mi desayuno para alimentar a los pájaros y a las ardillas. Los martes y los jueves voy al consulado a entregar mis cartas para la valija diplomática que se envía los miércoles y los viernes. El cónsul sale puntillosamente a saludarme.

—No tenga inconveniente en transmitirme cualquier queja, doña Bienvenida —todos temen despertar la ira del Jefe—. Espero que el hotel le resulte cómodo.

No le oculto mis quejas. Cualquier lugar es el infierno sin Odette a mi lado. Una hija, y en especial una de tan corta edad, debe estar junto a su madre.

—Esto es lo mejor para la niña, doña Bienvenida… Es lo que el Jefe desea, lo que todos deseamos, ¿no es verdad? —Obviamente, no voy a encontrar apoyo de su parte.

Essex House es un lugar agradable: con flores frescas en el lobby, personal bien entrenado, un ambiente silencioso para no alterar a los residentes. Me recuerda a la Morada de la Serenidad, solo que, en lugar de jóvenes embarazadas, mi piso está ocupado por mujeres maduras, que viven allí desde hace tiempo, divorciadas desposeídas, viudas, amantes abandonadas, ricas solteronas que nunca encontraron la pareja adecuada. Los pocos huéspedes masculinos parecen ser europeos, diplomáticos probablemente.

Aún no he encontrado nadie que hable español entre los residentes de mi piso, o si lo hablan, no se hacen notar. Todo el mundo es muy reservado, como suelen serlo los ricos. Las únicas personas con las que converso son Sandrita y Chela, un par de hermanas colombianas que se encargan de hacer el aseo en las habitaciones y me cuentan todas las idas y venidas que suceden en el hotel, sobre el resto de los huéspedes y sus vidas en esta ciudad tan fría. También hay un puertorriqueño, Arístides Ramos, un hombre mayor y apuesto, extremadamente cortés y amable. Tras haber sido policía encubierto, la gerencia del hotel lo contrató para «cuidar el gallinero», como dice Sandrita, la más irreverente y lengua suelta de las hermanas. Arístides ya está jubilado con una buena pensión, así que en realidad no tendría que trabajar, pero, nuevamente según Sandrita, aceptó el turno de la noche porque perdió a su esposa hace poco. Sus dos hijos están al otro lado del mar, en el ejército, y él se preocupa por ellos. Mantenerse ocupado es un calmante para él.

Un día en el ascensor, oigo que uno de los diplomáticos habla en voz alta en francés (lo aprendí en Francia) sobre negociaciones para lograr llevar a ciertos judíos prominentes a los Estados Unidos.

En otras circunstancias, yo me hubiera jactado de mi propio país. A pesar de su pobreza, había dado un paso al frente en la conferencia de Evian para ofrecerse a acoger a cien mil judíos. Joaquín ha estado involucrado en esas negociaciones. Al principio, ni el Jefe ni mi primo tenían intenciones de permitir el ingreso de judíos. Los españoles los habían expulsado de España por buenas razones. Pero al final, el Jefe se había despojado de sus recelos. Lo importante era que los judíos eran blancos y que posiblemente se mezclarían con los habitantes de la isla, impulsando así su campaña para limpiar nuestra sangre de la invasión africana procedente del vecino de al lado. Además, el país necesitaba un golpe humanitario tras la vergonzosa masacre de la frontera.

Yo me había enterado de «el corte», como se lo llamaba, a través de mi hermana Yoya, en una carta que me había enviado desde Nueva York, adonde había ido con su marido, un miembro de la Marina estadounidense al cual había conocido durante la ocupación, para visitar a la familia de este. Ocurrió durante mi ausencia en Francia, rodeada de tanto sigilo que era difícil saber cualquier noticia. Las matanzas habían sido numerosas alrededor de Monte Cristi, me contó ella. Junto con su esposo, Harry, habían ocultado a su muchacha haitiana y a los hijos de esta bajo un montón de ropa lavada cuando la guardia se metió a la casa para registrarla. Según Joaquín, el Jefe no sabía de la masacre. Pero nada sucede en nuestra islita que escape al conocimiento del líder supremo. Mamá y Papá me habían advertido de que era capaz de cualquier cosa con tal de mantenerse en el poder.

Pero también es el padre de mi niña. Son los ojos de él los que me miran desde su carita: lo veo en la manera decidida y resuelta en que ella se mueve por la vida, en su rebeldía, sus arrebatos temperamentales, su sonrisa pícara, como si se guardara algo. Por mi propio bien, me aferro a la versión oficial: este infortunado incidente se produjo por un levantamiento popular de campesinos enfurecidos y hartos de las incursiones desde el otro lado de la frontera. Al fin y al cabo, si hubieran sido los militares del Jefe, habrían usado balas y no machetes. Y por eso, como dice el dicho: no hay peor ciego que el que no quiere ver.

A pesar de todos mis esfuerzos, de mis rutinas cotidianas, de las historias que me cuento para esquivar los hechos, me doy cuenta de que estoy perdiendo las esperanzas. Estoy convencida de que nunca volveré a reunirme con mi hija. El único pecado imperdonable, como me lo recordaba a menudo sor Odette, es no confiar en que Dios encontrará el camino. Si eso es cierto, estoy condenada. La vida se me ha hecho insoportable.

En mi desesperación, tomo una decisión: un secreto que no quise que Odette supiera, y que me llevé a la tumba. Ahora lo puedo contar. Nuestra encargada es un alma de Dios, como decimos, que no opina de más, a diferencia de la escritora que quería darme una voz. Yo no quería una voz. Lo que quería era mi privacidad. Quería silencio.

Una noche, la congoja me invade. Tomo el frasco de pastillas para los nervios que conseguí en Santo Domingo, donde las farmacias venden lo que sea que uno quiera comprar, siempre y cuando tenga el dinero para hacerlo. Me las trago una por una como si fueran dulces, las mentas que tanto me gustan. Preparo el baño con agua tibia por

si acaso: mi plan es meterme en el agua, de manera que, si las pastillas no cumplen con su cometido, perderé el conocimiento y acabaré
ahogada. Se me olvida cerrar la llave del agua y el huésped del piso
de abajo llama a la recepción. Su techo está goteando. Ya es tarde,
y el encargado de mantenimiento se ha ido, así que de la recepción
mandan a Arístides para averiguar qué es lo que sucede.

Toca a la puerta, y luego golpea, gritando mi nombre. Como no
hay respuesta, trata de abrir con su llave maestra, pero yo he tenido la
precaución de pasar la cadena. Arístides se apresura por el pasillo
hasta la escalera de incendios, recorre a gatas una cornisa, se mete
por la ventana y me rescata justo a tiempo. Me llevan a toda prisa al
hospital, y allí me hacen un lavado de estómago. Arístides se queda
al lado de mi cama toda la noche, en caso de que se necesite alguien
para traducir.

A la mañana siguiente, el alarmado cónsul se presenta en el hospital. Habrá que notificar al palacio. No serviría de nada tratar de
mantener mi sobredosis en secreto.

—El Jefe me decapitaría a dentelladas, seguro —se queja amar-
gamente el señor—. ¿Cómo se siente? —me pregunta un momento
después.

—Le pido que se retire, por favor —le contesto con la voz más
firme que puedo, en mi estado.

—Doña Bienvenida, comprenda, por favor, he venido porque estaba preocupado —añade que Essex House ya notificó al consulado,
que se encarga de pagar mis cuentas, que deberá hacerse responsable
de daños a la propiedad: el suelo empapado tendrá que repararse.
Más quejas. Además, ya no me recibirán en ese lugar. El cónsul tendrá
que encontrarme un nuevo lugar de residencia. Qué inconvenientes
le ha provocado mi desesperación.

Pierdo el control.

—¡Lárgate de aquí! —le grito. Casi que siento lástima por el hombre, que huye a la carrera, como animal asustado.

Arístides ha estado sentado afuera junto a la puerta de mi habitación, para no entrometerse. Cuando se asoma para ver si me encuentro bien, le cuento que el hotel ya no me recibirá.

—¿Recibirla? —pregunta indignado—. ¡Por quinientos dólares al mes! —Hasta ese momento, yo no sabía cuánto había estado pagando el Jefe por mi vivienda.

Me quedo unos cuantos días en el hospital, antes de que me den de alta. Arístides me visita todos los días, Sandrita y Chela pasan cuando salen del trabajo, de camino a su casa. El otro visitante es un joven dominicano que trabaja en mi piso como auxiliar de enfermería mientras espera a que sean aprobadas sus credenciales médicas extranjeras.

—Doctor Manuel Cruz —se presenta. Cuando le cuento que había un médico con el mismo nombre en la clínica donde me atendían en Santiago, su expresión se hace tensa. —Nunca tuve el gusto de conocerlo —agrego—, pero sí oí al personal que lo elogiaba.

—Tanto Cruz como Manuel son comunes —me recuerda, y no le da importancia a la coincidencia. Este Manuel Cruz no da mucha información sobre su familia: su padre ya falleció, sus hermanos están dispersos por varios lugares, él no se mantiene en contacto con sus parientes… todo eso es bastante raro para un dominicano. Pero tal vez él también huyó de una situación dolorosa. Mis preguntas deben estar abriéndole viejas heridas, y eso lo hace más reservado en mi presencia. A nosotros, los extranjeros, nos pueden incomodar ciertas preguntas personales de parte de los estadounidenses. Pero ocurre a menudo que les preguntemos a otros latinoamericanos perdidos en este país de qué parte del continente vienen.

Hay otra persona que habla español en el hospital. Una mujer mayor con una cara larga y angosta, que me recuerda gratamente a un caballo, con el pelo blanco muy corto… esa apariencia andrógina de las estadounidenses de cierta edad. La doctora Beale formó parte de una unidad de ambulancias durante la guerra civil en España, y ahí aprendió su español de acento marcado. Nunca se casó (por decisión propia, según dice ella, algo que yo jamás había oído que una mujer confesara abiertamente). En lugar de eso, se dedicó a su profesión: la medicina es su verdadero amor. Ya no tiene edad para trabajar tanto, pero dice que no piensa retirarse nunca.

—¿Qué más podría hacer con mi vida?

Una tarde me visita, tras oír mi historia de labios del doctor Cruz.

La doctora Beale resulta ser una mujer que no le tiene miedo a decir lo que piensa. Me da un buen regaño. Algún día me reuniré con mi hija, y mi pequeña Odette necesitará una madre más que nunca.

—Claro que sí —asevera, sabe todo sobre el Jefe. Solo contribuiré al sufrimiento de esa niña si me quito la vida y la dejo huérfana, desde el punto de vista moral, dado el calibre del monstruo con el cual estuve casada. Esto me sirve para enderezarme y levantar la cabeza. Estoy decidida a mantenerme con vida.

La doctora Beale me da su tarjeta y me invita a visitarla en su consultorio cuando necesite alguien con quien hablar. Antes de irme del hospital quiero agradecerle al doctor Cruz por sus cuidados. No ha venido en los últimos días, quizás mis preguntas lo hicieron tomar distancia. Sospecho que sus ambiciones profesionales no son la única razón para su larga estancia en Nueva York. Según cuenta Arístides, hay varios disidentes dominicanos en la ciudad.

En mi último día, lo veo corriendo por un pasillo, al lado de una mujer que gime en una camilla, a punto de dar a luz.

—¡Doctor Cruz! ¡Manuel!

Levanta la vista, sorprendido, y me dedica la misma mirada desconfiada que he visto antes. Luego agita la mano bruscamente, ese gesto que hacemos cuando saludamos y también cuando dejamos atrás a una persona que no tiene importancia.

Filomena

El doctor Manuel Cruz… Filomena saborea el nombre como si estuviera chupando una mentica para refrescarse el aliento. ¿Acaso podrá ser el mismo personaje que habló cuando ella movió el globo de vidrio en el sitio del Barón? Ese Manuel también era un doctor que trabajaba en Nueva York. Por un momento, se olvida de Perla y de las circunstancias en que se halla, de Pepito y de cómo le estará yendo en medio de la tragedia de su madre. ¿Qué habrá sido de Manuel Cruz? ¿Lograría volver a casa con su amada madre? Cuando pasa por esa tumba, más tarde, no puede evitar darle un golpecito al globo… las hojuelas de nieve flotan, un torbellino de blancura, y poco a poco se asientan.

Esas historias reavivan las añoranzas de Filomena. Todavía siente nostalgia de su Pepito, siempre un niño en sus sueños, y de Mamá, que regrese tal como lo prometió. A veces, en viajes al campo, ha preguntado por noticias. Le llegan trozos de chismes y cuentos que han guardado para contarle: que vieron a su madre en Jarabacoa, bajándose de un carro público; que ha estado trabajando para una familia alemana en Playa Dorada; que vende billetes en la calle en Puerto Plata; que estaba borracha, bailando en una barra en Cabarete; que está casada y con un hijito en Nueva York. ¡Hay más historias que Altagracias para vivirlas!

Cada una es un chorrito de esperanza que fluye hacia un río, desbordando su cauce, hasta que Filomena está segura de que se ahogará en la tristeza. Trata de olvidar, sepultando sus esperanzas en el fondo de su corazón. No debe entregarse a la desesperación, como doña Bienvenida.

«Ay, Mamá», murmura Filomena mientras hace sus quehaceres. «Ay, Mamá», cuando se corta con las tijeras de podar. «Ay, Mamá» En la radio de Bichán, en el colmado, oye un informe sobre otro gringo moreno asesinado en la calle. Ocho minutos, cuarenta y seis segundos lo tuvo la policía contra el suelo, ¿y qué fue lo que el pobre hombre gritó mientras agonizaba? «Momma, Momma», como dicen *Mamá* en inglés. Jesús también lloró llamando a su madre en la cruz, según el padre Regino. ¡Hasta el mismo Dios necesita una madre!

En las noches, saca su caja de cigarros de debajo del colchón y examina la foto de su madre que guarda allí. Papá la había roto en pedazos y la había tirado a la basura, pero Filomena rescató los pedazos y los pegó con cinta. La imagen tiene arrugas como las líneas del monumento de la tumba de Bienvenida, pero alcanza a distinguir la dulce cara morena tan parecida a Perla, pero con los ojos penetrantes y algo hundidos de Filomena.

Besa la foto y luego saca otros recuerdos: la mantilla de Mamá para ir a misa; su rosario de cuentas blancas como perlas, con la pintura descascarada; tres piedritas con un anillo alrededor, para significar la buena suerte; y por último una diminuta medalla de la Virgencita de la Altagracia. Filomena besa esa imagen también.

De niña tuvo que esconder estos tesoros de su papá, que se enfurecía con la sola mención de esa «puta sinvergüenza de porquería». En cuanto a la promesa de regreso de Mamá, Filomena no se atrevía a hablarle de eso a nadie más que a Perla, que le decía que era un sueño ingenuo.

Ahora, trabajando en el cementerio, Filomena abriga la idea de enterrar su caja de tesoros también, tal vez junto a doña Bienvenida o, mejor aún, junto a don Manuel, donde tendría la protección adicional del Barón. ¿Y quién sabe? Tal vez el Barón podría utilizar sus poderes para reunir a Filomena con su madre. Piensa en pedirle permiso primero a doña Alma, pero ¿qué tal que ella empiece a hacerle preguntas para enterarse de más detalles? ¿Qué es todo eso? ¿Quién es la mujer que sale en esa foto? ¿Qué fue lo que le dijo cuando se fue? Filomena no iba a poder soportarlo. La herida aún estaba abierta. Además, más vale no molestar a la doña con una cosa más.

A la primera oportunidad, Filomena planea enterrar su caja junto a la de don Manuel. A cambio de este arreglo, le promete a don Manuel que será tan fiel en las visitas a su tumba como lo ha sido con la de Bienvenida.

Rodea el globo con sus brazos y lo besa, despertando su movimiento.

Manuel

Tengo que leer varias veces el nombre en la historia clínica de la paciente para creerlo: «¡Bienvenida Trujillo!». Siento curiosidad, pero debo ser precavido. Por andar huyendo, he aprendido a ser prevenido. Todo el mundo conoce a alguien que sabe quién es uno en nuestra islita. Si se llegara a filtrar la noticia de que Manuel Cruz está vivito y coleando, y trabajando en Nueva York y no pudriéndose en los montes de la cordillera Central, en su frustrado intento por escapar hacia Haití, mi familia sufriría las consecuencias. Y las cosas no terminarían ahí. El largo brazo del régimen llega lejos en el exterior. Ha habido dominicanos asesinados en la Ciudad de México, La Habana y en esta misma ciudad.

El hospital St. Vincent no tiene a muchos doctores extranjeros, ya que nuestras credenciales no son reconocidas fácilmente aquí. Pero debido a la guerra, los médicos escasean, y gracias a la intervención de la doctora Beale, me contrataron como auxiliar, haciendo cualquier labor que se necesite. La doctora Beale le expuso mi caso a la junta de médicos del hospital, y tiene la esperanza de que pueda obtener mi licencia tras aprobar los exámenes. Una vez que eso suceda, planea contratarme como médico de planta en su equipo.

Mientras tanto, se hace de la vista gorda y me deja ocuparme del cuidado de sus pacientes. *Just keep it under wraps*, me dice, usando una expresión que aún no he aprendido en las clases de inglés gratuitas que tomo en la biblioteca, pero su significado es suficientemente claro: nadie puede saberlo, así que mantén el secreto. Tener que hacer las cosas a escondidas es degradante, pues ya era un médico con todas las de la ley en la isla, parte del personal de la clínica en la cual doña Bienvenida solía recibir atención, en Santiago. Nunca nos cruzamos allá; ella estaba exiliada en Francia. Para cuando regresó y sucedió el atentado contra su vida, yo ya me había ido. Me alegro de que no nos hubiéramos conocido en ese entonces, ya que ahora estamos cara a cara en su habitación del hospital en Nueva York.

Es una señora agradable, sencilla, sin pretensiones ni arrogancia, tal como lo había oído de mis colegas. Pero la historia tendrá que rascarse la frente para entender por qué una mujer tan buena pudo acabar casada con el mismo diablo. Claro, ahora es una exesposa. A pesar de eso, no voy a bajar la guardia. Podría traicionarme incluso sin tener la intención de hacerlo.

Doña Bienvenida tiene uno que otro visitante y sospecho que algunos podrían ser espías del Jefe. El que viene con más frecuencia dice ser un puertorriqueño que se retiró recientemente del cuerpo de policía de Nueva York. Entre más preguntas me hace el tal Arístides

Ramos, más incómodo me siento. Siempre que tengo que pasar por la habitación de doña Bienvenida cuando él se encuentra allí, procuro ser rápido y eficiente.

La doctora Beale entiende mi precaución, por supuesto. Ella estuvo en España durante la guerra civil y lo ha visto todo: infiltrados, traidores, agentes secretos, los cadáveres que eran arrojados a fosas comunes… Sin embargo, siente lástima de esta pobre señora. Una inocente camino al matadero… por decisión propia, con certeza. Pero a veces uno ha andado demasiado por la vida como para abrir los ojos y vivir con todo lo visto. La doctora Beale calla, mientras mira algo que solo ella ve. «¿Cuál será su historia?», me pregunto. No lo que me ha contado: la escuela de medicina, la guerra, conducir una ambulancia, sino la historia que llevamos dentro y guardamos o que a veces tratamos de esquivar, y que cuenta quiénes somos y qué es lo que amamos y si nuestras vidas son un reflejo de eso o no.

A la doctora Beale le preocupa lo que pueda pasarle a nuestra paciente una vez que salga del hospital. Un alma frágil, esa pobre mujer no soportaría enfrentar la verdad cara a cara. Apenas un vistazo la mataría, como ya casi sucede en esta ocasión. A veces necesitamos nuestras historias, incluso si son mentiras nada más.

Claro, yo puedo compenetrarme con la situación de doña Bienvenida, atrapada, como Mamá, en un matrimonio con un hombre cruel. ¿Qué historias se contaría Mamá para sobrevivir? A lo mejor Alfa Calenda fue para ella un refugio tanto como lo fue para mí.

Bienvenida

El intento de suicidio, enmascarado como una sobredosis involuntaria, termina por tener un lado bueno. No hay mal que por bien no venga. Hasta los sosos dichos de boca de Joaquín y otras personas a veces demuestran ser verdad.

El Jefe está preocupado, me informa Joaquín cuando llama. Al fin se dio cuenta de que estoy dispuesta a quitarme la vida si me arrebatan a mi hija. Además, se han recibido reportes alarmantes de las monjas con respecto al mal comportamiento de la pequeña Odette. Que mordió a otra niña. Que se niega a hacer la tarea, a tender su cama, a dejar limpio su plato. Que ha perdido peso, que hace berrinches. La combinación de todas estas cosas probablemente no sería suficiente como para hacer que el Jefe cambiara de idea, pero la guerra lo tiene desconcertado. Un submarino alemán se internó en nuestras aguas y hundió el carguero *Presidente Trujillo*; algo que, conociendo lo supersticioso que es, seguramente debió tomar como una señal.

—En junio planea venir a Nueva York —me informa más tarde el cónsul—. Ahora que hay guerra en Europa, sus chequeos médicos se hacen aquí. Traerá a Odette. Estamos apenas a principios de marzo—. Y una vez más —sigue el cónsul—, el Jefe tiene la razón. Odette debe terminar el año escolar en Santiago —y agrega—: Para entonces, usted estará en su propia casa

Como ya no soy persona grata en Essex House, el Jefe le ha pedido que adquiera una casa en un suburbio tranquilo con una escuela católica cercana para Odette. También está la opción de irnos a Montreal, donde se han establecido otros dominicanos. Pero Canadá es demasiado frío y está aún más lejos de mi adorada patria.

Queens es donde vive Arístides. Hay casas de buen precio a la venta cerca de la suya, en Astoria, según me cuenta. Pero cuando se lo comento al cónsul, rechaza mi propuesta.

—El Jefe prefiere un entorno más elegante, como Jamaica Estates.

Termino en Forest Hills, en una casita agradable sobre una calle tranquila llena de casas idénticas, como si nadie quisiera llamar la atención, al igual que los temerosos ciudadanos de mi país. Se me van abriendo cada vez más los ojos, pero, con mi hija como rehén, me obligo a cerrarlos de nuevo. Estamos en abril para cuando me mudo, con los arbustos en flor, azaleas y forsitias, como me enseña Arístides. En muchos de los jardines hay árboles llamados cornejos y otro conocido como sauce llorón. Mi árbol llorón está en el jardín trasero.

Me siento más aislada aquí que en Manhattan, donde podía salir a caminar al parque y distraerme conversando con Sandrita y Chela, o ir al consulado en busca de noticias de mi país. Aquí, los vecinos rara vez asoman la nariz. Unos cuantos me dicen «Hello» y agitan la mano cuando salen a recoger su periódico o revisan el estado de su jardín. Más vale así, pues si fueran a dirigirme la palabra, tendría que negar con la cabeza: No English.

Arístides pasa a verme a menudo. Dejó su puesto en Essex House. Quiere un trabajo con horario más conveniente y que esté más cerca de su casa. Aunque me pregunto si su decisión habrá tenido que ver con el trato que me dieron en el hotel.

Una tarde en que estoy en el jardín trasero, bajo el sauce, no lo oigo llamar a la puerta del frente. Al no recibir respuesta, da la vuelta hasta la parte de atrás. Y allí me encuentra.

—¿Estás bien? —me saluda. Creo que le sigue preocupando que la tristeza me lleve a cometer una locura.

—No tienes por qué preocuparte —le aseguro, con una sonrisa forzada—. Odette estará aquí pronto.

—¿Y qué vas a hacer entonces, Bienvenida? —Ya hemos llegado al punto de llamarnos por el nombre de pila y tutearnos.

—Bueno, veamos —le contesto, como si fuera una santera a punto de leer el futuro en el café—. Odette entrará a la Immaculate Conception Academy y allí aprenderá inglés, y le enseñará a su madre a hablarlo. Tendrá lecciones de música, piano y canto, y danza, algo que a mí me encantaba y no he hecho en muchos años. Muy pronto llegará el momento de celebrarle sus quince años. Haremos una fiesta aquí, en el jardín.

Mientras más busco posibilidades felices, más vacía me siento. Le estoy planeando a mi hija un futuro en el exilio. ¡Qué solitaria será esa vida! Para cuando ella se case y viva con su marido y sus hijos en esta misma casa, la fantasía no resistirá.

—Colorín colo… —Bajo la cabeza para disimular las lágrimas. No puedo terminar la frase para rematar esa historia.

—¿Y qué tal pensar en un final diferente? —La voz de Arístides es muy cercana, una caricia sonora. Levanta mi cara para mirarme a los ojos—. Tienes tu propia vida por vivir, Bienvenida. Y también puede ser una buena vida.

—Mi vida siempre le pertenecerá a él. Siempre seré la madre de su hija. Me la podrá quitar en cualquier momento. Puede amenazarme con eso.

—No si depende de mí —dice Arístides y calla como si se diera cuenta de que ha ido demasiado lejos.

Me intriga con ese límite que casi estuvo a punto de cruzar.

—¿Qué es lo que propones? —le pregunto.

—Podemos casarnos. Yo adoptaría a Odette. La criaremos juntos. Tendrá dos hermanos mayores que la protejan, y tú y yo nos tendremos uno a otro.

¡Qué imaginación! ¡Él, un policía jubilado, enfrentándose a nuestro poderoso Jefe! ¡David contra Goliat! Me río incrédula y halagada.

—Es muy bonito de tu parte, Arístides, pero ese tipo de finales felices solo se ven en las novelas.

—¿Y quién dice que las novelas no pueden hacerse realidad? —Me besa con ternura, un roce tímido de labios, pero suficiente para encender el fuego que creí que se había extinguido.

Después, en mi habitación, me siento rara. Todo lo que sé sobre el amor y la intimidad lo aprendí con el único hombre con el que he estado. Me arrodillo en el suelo para quitarle los zapatos a Arístides, tal como le gustaba al Jefe que hiciera, pero él me levanta de nuevo.

—Te quiero a mi lado, no a mis pies —susurra.

Filomena

Pepito mantiene a su tía al tanto de los avances del caso de su madre. En una de sus llamadas, le cuenta que irá a visitar a Perla a la cárcel donde está, en Nueva York.

Filomena anhela oír la voz de su hermana.

—¿Podré hablar con ella?

—No sé si estará permitido, tía. E incluso aunque la dejaran, Mamita no quiere hablar con nadie.

—Pero me llamó y habló conmigo.

—¿Cuándo fue eso?

—Me llamó para contarme que vendría tan pronto como pudiera subirse a un avión.

—Eso debió de ser antes de que la detuvieran en el aeropuerto. Desde ese momento, se negó a hablar con nadie. Ni con el abogado, ni con la trabajadora social, ni siquiera conmigo —A Pepito se le quiebra la voz.

—Haré que hable, ya verás—promete, como si ella alguna vez hubiera conseguido que su hermana mayor hiciera algo que Filomena le pedía.

Pepito tiene la esperanza de que a su madre la deporten pronto. El abogado estadounidense opina que hay buenas posibilidades de que así sea. Es cierto, pues, aunque su madre ya superó el límite de cinco años de residencia antes del cual la persona puede ser deportada tras cometer un crimen, ella perpetró dos asesinatos (tres si contamos al perro), y eso la clasifica para deportación. El abogado también señala las irregularidades en sus documentos. Filomena Altagracia Moronta lleva años identificándose como Perla Pérez, según informan quienes le han dado empleo y otros testigos. Esto no constituye un delito en sí, pero se suma a las evidencias del carácter poco confiable de la acusada.

Pepito detesta que su madre quede descrita en esos términos, pero está dispuesto a aceptar cualquier versión que permita que la sentencia sea menos grave.

—¿Sabía, tía, que todos los papeles de Mamita no llevan el nombre de ella sino el suyo? Espero que eso no la vaya a meter a usted en problemas en el futuro.

—¿Qué futuro? ¿A quién le importa el futuro? —Filomena quiere ayudar a su hermana en este momento. Se ofrece a confesar que fue ella quien cometió los crímenes de los que la acusan—. Yo puedo ir a la cárcel en lugar de ella.

—Ay, tía… las cosas no funcionan de esa manera.

—Pero en la Biblia funcionó. Jesús murió por nuestros pecados —¿Por qué Filomena no puede hacer lo mismo con alguien de su propia familia?

—¡Qué buena hermana es usted, tía! Pero no hay necesidad de semejante sacrificio —Pepito ya contactó a un abogado en la República Dominicana—. Allá las cosas serán más sencillas. Tal vez diez años, o menos. El dinero puede lograr muchas cosas. Mamita todavía tendrá vida por delante cuando salga libre. —La voz se le quiebra de nuevo. ¡Qué buen hijo!

—Si va a estar aquí, yo puedo ir a visitarla… llevarle comida, medicinas, lo que necesite. Tengo mi trabajo. Puedo ayudar con los gastos.

—¿O sea que no la despidieron después de lo que sucedió? —Pepito está perplejo. No, no sabía que su tía Filo ya no trabaja para la familia de su padre. Esas noticias no le llegaron, pero también es cierto que su padre ya no le habla—. ¿Y dónde trabaja ahora, tía?

—En un cementerio, pero no de difuntos —Filomena repite lo que doña Alma le ha explicado sobre ese lugar.

Su sobrino está intrigado.

—Suena como cosa de Borges. ¿Y qué es lo que hace allí?

—Casi nada —confiesa ella—. Barrer, mantenerlo todo limpio, lavar los monumentos... —Se siente cohibida de que le paguen tan bien por hacer tan poca cosa. Solo hasta hace poco, con la construcción, su trabajo ha aumentado. A pesar de eso, tiene dos días libres, completos. Vacaciones pagadas. La doña le preguntó por seguro médico—. Ella es de «allá», donde los patrones se rigen por ciertas reglas.

Pepito quiere saber más.

—Entonces, ¿es americana?

—Una gringa dominicana, ni chicha ni limoná, como tú —contesta, bromeando.

—¿Sabe cómo se llama?

—Tiene un nombre raro. Nunca puedo acordarme bien, pero insistió en que le dijéramos Alma, Alma Cruz.

Si es esa Alma Cruz en la que Pepito está pensando, ¡resulta que él usa sus libros como material para sus cursos! Sherezada es su seudónimo, pero las dos son una y la misma persona. De hecho, él lleva años tratando de entrevistarla. Filomena no ha oído a su sobrino reírse de esa manera desde que era niño. Todas sus llamadas recientes han sido tan deprimentes.

—Definitivamente quiero conocerla cuando viaje allá con Mamita Si es que ella no sale corriendo para el otro lado —agrega.

—Ella no tendría por qué hacer eso. Es muy amable y muuuy curiosa. —Filomena extiende la palabra como una cinta de medir para mostrar hasta dónde llega la curiosidad de doña Alma. A veces ella no alcanza a terminar sus quehaceres porque la doña la bombardea con una pregunta tras otra sobre su vida—. Yo podría preguntarle si te puede atender —ofrece Filomena—. Podría decirle que tú eres mi sobrino, el que enseña sus libros.

No sería una buena idea. Más vale no decirle a ella su nombre. Se ha convertido en persona non grata con su agente literario por culpa de su insistencia.

—¿Y cómo está usted, tía? —Qué muchacho más considerado.

—'tamo vivo —responde ella de la misma manera tan común en el campo. Las cosas podrían ser mucho peores. No quiere agobiar a su sobrino con sus asuntos y sus inquietudes.

Además, con la construcción en proceso, Filomena no tiene tiempo de preocuparse o sentir tristeza. Al levantarse, se toma su café con leche acompañado de pan de agua (no tiene tiempo de prepararse su mangú), reza sus oraciones al santo del día según el calendario, le da un vistazo al contenido de su caja de tesoros y se apresura a cruzar la calle.

A menudo, la arquitecta ya ha llegado y está dándole órdenes a todos, incluida Filomena, aunque no forme parte de la brigada de obreros a cargo de la construcción. Pero el don de mando de doña Dora pone a moverse a los hombres. La casita va levantándose en tiempo récord, pintada de morado con un ribete rosa, con su galería techada y dos mecedoras, como la casa de su viejita.

Cuando la casita está terminada, doña Alma hace una fiesta e invita a todo el barrio. Los vecinos terminan embolsillándose dulces y bocadillos a montones, para llevarse a sus casas para la cena; queda basura y plástico desperdigado por todas partes; los niños golpean una y otra vez el globo de nieve, como si fuera una piñata, para ver levantarse los copos y volver a caer, hasta que lo desencajan de su base. Cae rodando hasta llegar junto al monumento de doña Bienvenida, con una grieta del ancho de un pelo en la superficie.

A pesar de todo, doña Alma declara que la fiesta resultó un éxito. Cuando Filomena señala la grieta en el globo, doña Brava le asegura que puede arreglarse sin problemas con una línea de pega.

—Lo importante —agrega doña Alma—, es la buena voluntad de los vecinos. —Ahora ellos van a cuidarla.

¡Doña Alma planea vivir en la casa! Filomena había supuesto que la casita sería una de esas cabañas que las personas con dinero se mandan construir en el campo. Un lugar donde los dueños pueden pasar un día de ocio el fin de semana, y a veces se quedan a dormir si las fiestas terminan demasiado tarde para tomar la autopista y regresar a la capital, o si se demoran con sus queridas. Esas casitas son bastante populares, pero por lo general están en el campo o en playas reservadas, y se supone que son temporales, no una vivienda permanente.

La casita de doña Alma no es más grande que aquella que compartieron Filomena y Perla con su padre cuando eran niñas. Pero la doña insiste en que tiene todo lo que necesita: un dormitorio, baño, una sala y una cocina afuera, bajo una enramada.

—¿Dónde está la habitación del servicio?

—No planeo contratar una doméstica. —Y doña Alma se explica mejor: espera que Filomena esté de acuerdo en hacer la limpieza y algo de cocina allí de vez en cuando—. Soy una pésima cocinera —dice, como si eso fuera una virtud.

Los quehaceres serán menos ahora que la brigada de obreros ya se fue y que todos los monumentos están instalados. Y añade que, si es mucho oficio, Filomena siempre puede contratar a alguien más para ayudarle.

Filomena puede con todo eso sin problemas ahora que la construcción terminó. Otra vez se ha estado sintiendo como una holgazana, sentada por ahí, sus labores terminadas a mediodía, perdida en la contemplación de los monumentos, aunque la doña haya dicho que eso es parte de sus tareas. Está a punto de rehusarse a la idea de alguien que la ayude cuando se le cruza por la mente que para el momento en que Perla sea liberada, va a necesitar algo qué hacer. Un trabajo le permitiría alejar la mente de sus problemas. Será como en los viejos tiempos en el campo, de arreglar y llevar la casa y trabajar una junto a la otra, y ambas recibiendo una paga por ello, además.

Mientras el globo de vidrio está en reparación y se refuerza el soporte que lo sostiene y la tierra se remueve un poco, Filomena aprovecha para enterrar su caja de cigarros junto a los papeles de don Manuel. Si alguien llegara a descubrir su secreto, ella dirá que no sabe nada de nada. Que algún devoto del Barón debe haberla puesto ahí. Los martes y los viernes, estos personajes siguen saltándose el muro en las noches para hacer sus ofrendas y brujerías.

—A ver, deme eso —les dirá—. Yo me encargo.

Se persigna para absolverse de la mentira que planea contar. Tras pasar meses entre tantos cuentos, ha aprendido a inventar la verdad, en lugar de solo decir las cosas como son.

Manuel

—¿Tiene tiempo para oír una historia? —le pregunto a doña Bienvenida. Es como si nos hubiéramos tropezado uno con otra, cuando mi globo de vidrio se desprendió, gracias a los niños descontrolados en la fiesta del vecindario.

—Claro que sí —contesta riéndose—. ¡Tenemos ni más ni menos que toda la eternidad!

—Poco después de su partida del hospital St. Vincent, una joven llega a Emergencias, en la víspera de Año Nuevo. Mis dudosas credenciales médicas no importan en esos momentos en que los doctores reconocidos están en celebraciones. Mi corazón todavía siente la pena por la pérdida de mi madre, en noviembre. No estoy de ánimo para festejar.

La señorita llega con un tobillo que se torció bailando en una fiesta que ofrecía una de sus primas en el Waldorf Astoria. Es muy conversadora, y su inglés es tan bueno como el de mi profesora en la biblioteca. Al ver que me cuesta trabajo, me habla en español. Quiere saber de dónde soy.

—¡Lo sabía! —aplaude como si acabara de adivinar la respuesta correcta en un juego—. Yo también soy dominicana. Lucía Amelia Castellanos, a sus órdenes —se presenta fingiendo formalidad—. Mis amigos me dicen Lucy, Papi me llama Lulú, ¡y Mami dice que no tengo remedio! —Su risa resuena como campanadas en mi Año Nuevo. Mi ánimo sombrío se despeja.

Quiere saber por qué ejerzo como médico en Nueva York. ¿Acaso estudié Medicina allí? ¿Extraño mi país?

He aprendido a evitar las preguntas haciéndolas yo. ¿Que dónde aprendió su inglés tan bueno?

—En un internado —me dice—. Cerca de Boston.

—¿Y en qué curso está?

Me responde con una mirada ofendida.

—¿Cómo así? ¡Me gradué hace tiempo!

«Hace tiempo» resulta ser el año anterior. Cuando terminó el bachillerato, empezó a asistir a la Escuela de Secretariado de Katie Gibbs, allí en Manhattan, antes de que sus padres la arrastraran de vuelta a casa. Se le acerca con actitud conspiradora:

—No les gustaba mi novio estadounidense.

Siento una punzada extraña… ¡de celos! Yo, sintiendo eso por una chica bonita que acabo de conocer.

—Ahora me trajeron con ellos en este viaje para mantenerme a distancia de «ya sabemos quién». —No dice a quién se refiere, pero me lo puedo imaginar. Solo hay un «ya sabemos quién» en nuestro país. Y tiene buen ojo para las muchachas bonitas.

Siempre desconfío un poco cuando acabo de conocer a un dominicano pues no sé si apoyará al régimen o no, pero no soy capaz de resistirme a los encantos de esta joven. Antes de que se vaya, me aseguro de enterarme de dónde se está hospedando.

Al día siguiente, paso por el Waldorf Astoria para ver cómo va su tobillo. Y luego al siguiente, y al siguiente también, un poco decepcionado de ver la rápida recuperación, pues perderé el pretexto de ir a verla. Sus padres están muy agradecidos por mis atenciones e insisten en pagarme, pero me rehúso.

—Con mucho gusto —les aseguro.

Durante cada una de mis visitas, Lucía me bombardea con preguntas. Acabo contándole de mi infancia… Alfa Calenda, mi adorada madre, el sobrenombre que me puso de niño, Babinchi («¡Así te voy a llamar de ahora en adelante!»), los pequeños actos de crueldad de mi padre, la muerte de Mamá el pasado 10 de noviembre («¡Es mi cumpleaños!»). Le cuento sobre mis estudios de Medicina en una universidad de la capital. «¿Te pagaste tú mismo tu educación?», no lo puede creer. Y nos internamos en aguas más profundas. Le cuento que tuve que huir del país tras unirme a un grupo de disidentes que se oponían a «ya sabemos quién», y le hago un guiño. Vamos creando ese tesoro de cuentos, frases en clave, chistes privados, entre nosotros.

No creo haber hablado tanto de mí mismo desde los tiempos de mis confidencias nocturnas en mi dormitorio con Mamá.

Lucía está sentada apenas en el borde de su asiento, atenta a lo que oye.

—Ten cuidado —le digo—, no vaya a ser que te caigas de nuevo y te tuerzas otro tobillo.

—A lo mejor lo hago —se ríe—, y así puedo verte más.

Me conquista con su belleza y su vitalidad. Yo la conquisto con mis historias.

—Mi Jefe hizo lo mismo con su poesía —comenta Bienvenida con voz soñadora.

¿Su poesía? ¡Dudo mucho que fuera suya! El Jefe era prácticamente iletrado. Por eso contrató al primo de ella, Joaquín Balaguer, para que fuera su verbo elocuente. Pero claro que no le digo nada de eso a Bienvenida, para no herir sus sentimientos.

Los padres de Lucía, don Erasmo y doña Amelia Altagracia, no están nada contentos con su nuevo pretendiente. Un exiliado, un hombre al cual ella no voltearía a mirar en su país. «¡Más bien, que ustedes no se voltearían a mirar!», les contesta ella desafiante. Después me relata estas escenas entre lágrimas.

Tienen razón. Lucía es muy solicitada. En los años venideros llegaré a oír de tantos novios y pretendientes, tantas vidas que ella podría haber vivido. Hasta el dictador, como ella misma me insinuó, que la vio en una fiesta y preguntó quién era, y por eso sus padres consideraron que era mejor sacarla del país durante unas semanas, con la excusa de algún problema de salud. De modo que su visita al hospital había sido totalmente fortuita. Para cuando regresen, el veleidoso corazón del Jefe se habrá fijado en la siguiente cara bonita.

«¡No pienso volver!», se resiste. Prefiere morirse antes que regresar.

Sus padres ya debían saber algo que yo descubrí en los años siguientes: que cuando a Lucía se le metía algo en la cabeza, nada la hacía cambiar de idea. Al final, nos dan la bendición. Don Erasmo lentamente me cobra afecto. Doña Amelia Altagracia me muestra los dientes en una sonrisa forzada.

La boda no puede ser de inmediato, pues yo no tengo manera de mantener a una esposa y menos a una acostumbrada a lo mejor. Vivo en una pensión en Washington Heights, hago mis comidas en la cafetería del hospital, me visto en tiendas de segunda mano. No tengo nada que pueda considerarse ahorros, pero sí tengo mi orgullo, que me impide aceptar limosnas. El compromiso al que llegamos es que Lucía esperará en la isla hasta que yo consiga mi licencia y logre ganar lo suficiente como para instalarnos en una casa en Nueva York. Será cuestión de unos meses. Doña Amelia Altagracia parece aliviada con este plan, pues tal vez abriga la esperanza de que el ardiente amor de su hija se enfríe con el paso del tiempo (confieso que yo me temo eso mismo).

Unos días después de su partida, recibo noticias que me desilusionan: la junta médica ha rechazado mis credenciales dominicanas de médico. La doctora Beale ha intentado obtener todo el apoyo posible, pero sin suerte. Me recomienda irme una temporada a Canadá, donde los requisitos son menos exigentes. Allí podría matricularme en unos cuantos cursos de actualización y obtener la licencia canadiense para ejercer, que sería más sencilla de convalidar en los Estados Unidos. Al parecer, no tengo otra opción si decido dedicarme a mi carrera en el exilio.

El traslado temporal a Canadá se alarga y termina por abarcar tres años. No sé cómo fui capaz de soportarlo, pero uno hace lo necesario para sobrevivir. «Lo que no mata engorda», solía decirles a mis hijas cuando querían darse por vencidas. No les gustaba ese dicho, pues querían verse delgadas. Gringuitas, al fin y al cabo. Yo trataba de explicarles que, en los países pobres como el nuestro, estar rellenitas

era algo bueno. «Pero estamos en los Estados Unidos», me recordaban, como si yo pudiera llegar a olvidarlo.

Bienvenida

—Así es la vida, Manuel, mucha lluvia y unos pocos rayitos de
sol. Me acuerdo de que nos vimos justo antes de que se fuera para
Canadá. Nos encontramos por casualidad enfrente del hospital.
Usted estaba enamorado y tan feliz, pero al mismo tiempo triste por
la inminente separación.

—¡Tiene usted una vista muy aguda, doña Bienvenida!

—No lo suficiente como para vislumbrar el diluvio de penas que
el Jefe me traería. Mamá, Papá, Yoya, todos trataron de advertirme.
Hasta Papá Dios, cuando envió la tormenta la noche de mi matrimonio. Pero no puedo quejarme. Incluso en el exilio, no todo ha sido
nubes y nieve. A menudo recuerdo esos momentos de sol, y trato de
revivirlos. Arístides y yo locamente enamorados, ¡como un par de
adolescentes! Empiezo a llevar el pelo a la moda, peinándome con
unos victory rolls que me añaden unos centímetros de estatura; adel-
gazo y me visto con más esmero. Arístides me cubre de elogios. Ahora
veo que no es el dinero el que me da belleza sino la felicidad.

Planeamos una boda íntima. Una ceremonia civil, pues es poco
probable que la iglesia nos permita casarnos una vez que confieso
que estoy divorciada. No importa. La iglesia ha dejado de ser un
consuelo para convertirse en una prisión, una manera de domar un
corazón salvaje en el corral de los diez mandamientos. Voy dejando
atrás esas ataduras. Tal vez he aprendido una o dos cosas por vivir
en un país libre.

De alguna manera, el periódico *La Nación* se entera de nuestros planes. En las páginas sociales aparece un breve anuncio: «Doña Bienvenida, ex primera dama, va a contraer nupcias con Arístides Ramos, puertorriqueño, retirado del cuerpo de policía de Nueva York». La siguiente noticia que recibo es que Odette no se reunirá conmigo. El Jefe no quiere que su hija crezca en una casa con otro hombre. Me cortan la pensión. Tengo que dejar la casa, que está a nombre del Jefe.

—Vente a vivir conmigo —ofrece Arístides. Pero eso solo resolverá uno de los problemas, el menor de ellos, comparado con el hecho de perder a mi hija. Así que no nos casamos, pero él intenta otro camino—. Vivamos juntos. Nadie tiene por qué enterarse. —Niego con la cabeza, triste. Él es el inocente, no yo, por pensar que podemos mantener algo en secreto sin que el Jefe lo sepa.

La decisión es clara: una vida con Odette y también una pensión (lo cual no es poca cosa, pues no cuento con dinero propio) o una vida desolada en el exilio al lado de un hombre que nunca podrá llenar el vacío de perder a mi hija. Ese agujero crecerá hasta tragarnos a ambos y destruirá la felicidad que podríamos llegar a encontrar juntos.

Arístides se niega a aceptar mi decisión. Sigue apareciéndose en mi casa con la excusa de que no he respondido sus llamadas y se preocupa por mí.

—Estás haciendo las cosas aún más difíciles —le digo, despidiéndolo en la misma puerta. Sería una tentación muy grande dejarlo entrar, y tampoco puedo arriesgarme. Al final, Arístides desaparece como los disidentes en mi país, saliendo de su casa en medio de la noche. Me preocupa que los agentes del Jefe hayan eliminado a mi apasionado pretendiente. Pero a través de Sandrita y Chela me entero de que perdió a uno de sus hijos en Normandía. Le escribo para expresarle mis condolencias, pero hago pedazos la carta. ¿Para qué agrandarle la pena al recordarle otra pérdida?

Una vez que rompo el compromiso, Odette se reúne conmigo. El cónsul me informa que podemos seguir en la casita, pero yo ya no quiero vivir en un lugar que está lleno de recuerdos de Arístides. La misma ciudad es un campo minado con su presencia. Cuando me vi obligada a mudarme de Essex House, el cónsul propuso la idea de irnos a Canadá. Otro país, una oportunidad de empezar de nuevo con mi hijita.

El cónsul parece aliviado cuando le recuerdo esa opción. No dudo de que le encanta la idea de deshacerse de mí. Sin embargo, debe consultarlo primero con sus superiores. El Jefe aprueba la mudanza, tal vez contento y aliviado de que haya distancia de por medio entre mi antiguo enamorado y yo.

Antes de irme de Nueva York paso a despedirme de la doctora Beale y a agradecerle una vez más todas sus atenciones. Llevo conmigo a mi niña, para presumirla.

La doctora Beale tiene curiosidad de saber por qué me voy a Canadá. ¿A quién conozco allá y qué pienso hacer? Le comento que hay unas cuantas familias dominicanas afincadas en una zona conocida como Westmount, donde el cónsul en Montreal ya me encontró una casa para que vivamos Odette y yo, cerca de una buena escuela y un parque. Hablo francés gracias a mis años en París. Será un cambio positivo. Sigo hablando, para esquivar la verdadera razón de mi partida.

La doctora Beale me estudia con atención. Sé que no está convencida de que haya sido decisión propia. Menciona al doctor Cruz.

—¿Recuerda al joven médico que nos ayudó a tratarla? —Va a decir algo más, pero se interrumpe como si recordara un secreto que más le vale no desvelar. —¿Y qué hay de aquel amable caballero que pasó la noche sentado junto a su cama cuando estuvo internada en el hospital? ¿Qué fue de él?

—A mi madre no se le permite tener novios —dice Odette—. Y a mí tampoco —agrega.

La doctora parece divertida con la presencia imprudente de mi pequeña chaperona.

—¿Es eso cierto? ¿Y puedo preguntar quién estableció esa regla?

Odette mira a la anciana doctora como si ella hubiera estado escondida bajo una piedra.

—El Generalísimo —responde—. Mi padre. Cuando tenga edad suficiente, los muchachos tendrán que pedirle permiso a Papá antes de invitarme. —Asiente muy convencida.

Cuando nos despedimos con un beso en la mejilla, la doctora me susurra:

—Logró recuperarla justo a tiempo.

Afuera, en la calle, nos topamos con usted. Esta vez no sale corriendo, sino que me saluda atentamente.

—¿Y quién es esta jovencita? —pregunta usted, como si no lo supiera. Incluso cuando no era más que una bebé, Odette era la viva imagen de su padre. Y también tiene su temperamento, como constataron las monjas en el internado. Confío en que el tiempo y una tierna firmeza me permitan domar su carácter, cosa que nunca pude hacer con el de su padre.

—Odette Altagracia Trujillo Ricardo —contesta con su nombre completo—. ¿Y usted, quién es?

Su desenfado hace que usted responda de manera juguetona:

—¿Yo? «Yo soy el aventurero…» —canta un par de líneas de la conocida canción. Hablamos brevemente. Le pregunto por su examen para obtener la licencia: en el invierno estaba preparándose para tomarlo. Y eso interrumpe la conversación. Su expresión muestra desencanto. Su título extranjero no puede convalidarse allí. La doctora Beale recurrió a todos sus contactos, pero no pudo modificar esa política.

Pero agrega que tiene buenas noticias. ¡Conoció a la mujer con la cual va a casarse! Y no, no es estadounidense sino dominicana. Los padres de ella no quieren anunciar el compromiso hasta que la fecha esté más cerca, y ya que usted y su novia deberán esperar a casarse cuando pueda conseguir la licencia para ejercer. La doctora Beale le aconsejó que intentara obtenerla en Canadá y está haciendo todos los arreglos con un colega de la Universidad de Montreal. Usted está esperando recibir respuesta.

—Nosotras también vamos a Canadá —interrumpe mi aplomada hija antes de que yo pueda comunicarle nuestras noticias.

—Pero supe que había comprado una casa en Queens. Que estaba por casarse...

Mi mirada lo hace callar.

—Todo eso quedó en el pasado —le contesto, con la vista puesta en mi joven hija, tal como se hace para darle a entender a alguien que no podemos hablar sin rodeos en presencia de un niño—. Haga el favor de buscarnos en Montreal. El cónsul le podrá decir dónde encontrarnos.

Al oírme mencionar al cónsul, su expresión se hace rígida.

—Sí, claro —contesta en tono evasivo.

Me doy cuenta de que usted oculta algo más que el nombre de su novia. Tendrá razones para querer reservarse información, razones que la doctora Beale debe conocer.

—Dicen que hace mucho frío allá —continúa Odette—. Va a necesitar ropa de abrigo.

—Ay, señorita, si usted me dedicara otra de sus sonrisas una vez allá, será suficiente para no sentir el frío.

Odette levanta la barbilla, sin prestar atención al cumplido. En el camino de regreso a Queens me pregunta sobre usted:

—¿Quién era ese señor, Mamá? ¿Es el novio del cual me habló Papá?

Me digo que debo de leer todas las cartas que ella escriba a casa antes de ponerlas al correo.

Manuel

Tengo que reírme al recordar a esa muchachita.

Hablando de cartas, retomo mi historia tras dejarla a medias para que doña Bienvenida pudiera ponerme al tanto de la suya.

Durante esos tres años en Canadá, las cartas y tarjetas de Lucía son lo que me mantiene a salvo. Incluso durante la guerra, me llegan con regularidad. Las leo y las releo una y otra vez.

Más adelante, le entregaré a mi hija Alma la caja con esas cartas y tarjetas de su madre para un libro que quiere escribir sobre nosotros dos. Pero Lucía veta la idea.

—Puedes escribir todo lo que quieras sobre tu padre, ¡pero conmigo no te metas!

—Ay, Mami —trato de hacerla entrar en razón.

—No me vengas con eso de «¡Ay, Mami!». Alma va a sacar a la luz hasta el último secreto para exagerarlo hasta que ya no se parezca a la verdad y se lo soltará al mundo entero. —Eso me obliga a callar, claro.

Al fin, con mi licencia canadiense en la mano, apruebo el examen ante la junta de Nueva York y me reúno con mi amada. Nuestra esperada boda tiene lugar. Nos instalamos en un oscuro y minúsculo apartamento con barrotes en las ventanas, como una cárcel, según dice Lucía en broma, un chiste que se torna en amargos reclamos. Por primera vez en su vida tiene que cuidar los gastos y hacer lo que puede con lo que yo gano. Añora su casa y está cansada de limpiar y cocinar (de hervir y quemar, bromeo, por primera y última vez), pues no hay servicio doméstico que la atienda. Cuando queda embarazada, la presión aumenta.

Mis suegros han regresado a la isla y quieren tener cerca a su hija y sus futuros nietos para así ayudarnos, lo cual es un insulto a mi capacidad para mantener a mi propia familia. Allá podemos vivir en medio del lujo. En medio de sus lujos. Me rehúso una y otra vez, señalando que, como disidente, me apresarán en el momento en que aterrice el avión.

—¿A lo mejor será eso lo que quiere tu madre? —comento, y eso da pie a otra ronda de discusiones.

Ahora que la guerra ha terminado, los Estados Unidos pueden volcar su atención sobre el caos de su hemisferio. Bajo la presión de los yanquis, el Jefe ofrece una amnistía general a todos sus detractores y se compromete a celebrar elecciones libres. ¡Los candidatos de oposición serán bienvenidos!

Lucía está eufórica.

—¡Ya podemos regresar!

—¿No te das cuenta de que no es más que un show montado para los gringos?

—No, no es cierto. Lo que pasa es que yo no te importo.

Y así seguimos. La segunda guerra mundial ha terminado. La tercera guerra mundial está en plena acción.

Me resisto todo lo que puedo. Pero la infelicidad de Lucía es un desgaste para ambos. Cuando pierde a nuestro primer bebé, me doy cuenta de que tengo que escoger: o bien me divorcio de Lucía o me tomo el trago amargo. Si el rey de Inglaterra es capaz de renunciar al trono para casarse con su novia divorciada, yo puedo renunciar a mi sueño americano por mi esposa.

El padre de Lucía consigue una exoneración a mi nombre, con lo cual queda garantizada mi integridad personal, al alegar que mi disidencia anterior era nada más un capricho político de juventud. El país necesita mi capacidad. Como médico con una sólida formación, con una licencia recién obtenida para ejercer la medicina en los Estados Unidos, tengo mucho para ofrecerle al régimen del Jefe. Y funciona. El dinero puede abrir puertas, muy bien.

Regresamos para instalarnos en una casa que nos consiguen mis suegros, con su carro y su chofer a nuestra disposición, así como la casa de la playa donde nuestra familia que va creciendo puede disfrutar los fines de semana con primos y abuelos. El Jefe no se atreve a tocar a los oligarcas mientras ellos no se metan con él, y ninguno lo hace. No es cuestión de adulación sino de superioridad. Se encuentran por encima de la dictadura.

Estar en esa burbuja de privilegios, mientras que muchos miembros de mi propia familia y algunos de mis colegas caen en redadas, resulta ser otra forma de exilio. No puedo soportarlo. Y por eso, cometo «el estúpido error», palabras de mi esposa, de ir a juntarme otra vez con colegas disidentes. Pronto mi familia queda bajo escrutinio; periódicamente me detienen para interrogarme y don Erasmo siempre se las arregla para sacarme de allí. Los hermanos de Lucía también acaban implicados, porque los he involucrado en mi célula clandestina. Cuando comienzan los apresamientos, conseguimos salir del país, mi esposa y nuestras niñas, con una pretendida beca de pasantía montada nada más ni nada menos que por la doctora Beale, desde la junta médica del hospital Columbia Presbyterian. Atrás dejamos a la familia de mi mujer, sufriendo las consecuencias de mi indiscreción. Su estatus y sus contactos los protegerán, me digo. A pesar de eso, no creo que Lucía llegue a perdonarme nunca por lo que, según ella, los hice pasar en esos horribles años.

Este segundo exilio es mucho más duro. Ahora no solo sufro con mi nostalgia y mis quejas sino también con las de mi esposa y las de cuatro hijas. Mi licencia para ejercer está vencida tras diez años en el exterior, así que trabajo en el turno de la noche como auxiliar, y estudio para tomar los exámenes una vez más. Sé que Lucía recibe inyecciones de efectivo de sus padres, que se transfieren a una cuenta que ella abrió a escondidas. He visto los estados bancarios, pero me hago el ciego. ¿Cómo voy a rehusarme cuando le debo tanto por las penurias que ella y nuestras hijas han soportado?

Unos cuantos meses después de nuestra llegada, obtengo la licencia. Trabajo siete días a la semana para proveer a mi familia de todo lo que pueda necesitar. Nos mudamos con frecuencia, de vivir en subalquiler en Manhattan pasamos al Bronx, de allí brevemente a Brooklyn, para luego comprar una casa pequeña en Queens. Adondequiera que vamos, mis hijas se quejan de que las hostigan en la escuela. Cada día tenemos una escena para lograr subirlas al bus. Al final, mi esposa contacta al exclusivo internado al cual ella asistió, y con una ayuda de su padre, las niñas se van a Massachusetts una por una, con cierta renuencia al principio, a medida que alcanzan la edad necesaria. Al poco tiempo, todas se comportan como si hubieran nacido y siempre hubieran vivido en los Estados Unidos.

Me da satisfacción verlas crecer, pero las echo muchísimo de menos. Mi esposa también, al principio, pero con el tiempo ella también escapa del nido vacío y se ofrece como voluntaria para trabajar en la misión dominicana ante las Naciones Unidas. Ahora que el dictador ha caído, ella se ha convertido en fiera defensora de su país.

Con su apellido de alcurnia y su inglés fluido, su encanto y sus contactos, es más que bienvenida. El embajador ciertamente prefiere otros atractivos de la ciudad —los espectáculos, los restaurantes, las compras...— al tedioso trabajo de ser un don nadie representando a una república bananera. Lucía llena el vacío que deja el señor y asiste a todas las reuniones de comités, redacta y mecanografía todos «sus» reportes y comunicados. Sale de la casa temprano en la mañana y a veces no regresa sino hasta bien entrada noche. Confieso para mis adentros que estoy muy orgulloso de ella. No sabía que pudiera trabajar tan duro cuando algo le gusta.

Mis hijas también se distancian. Tratan de disimularlo, pero me doy cuenta de que las avergüenza su Papi: mi acento marcado, que trato de corregir con clases privadas una vez que puedo darme el lujo de costearlas; mis modales y actitudes provincianas; mi forma de vestir; eso que llaman mis chistes desabridos.

—¿Habrá algo de mí que sí tenga la aprobación de ustedes?

—Ay, Papi, no seas así.

Trato de atraerlas de nuevo al escribirles largas cartas con historias de Babinchi, usando mi sobrenombre de infancia con lo cual puedo permitirme darle vuelo a la imaginación. No recibo ninguna respuesta. Cuando pregunto el por qué, las niñas se quejan de que les cuesta mucho leer en español. Así que hago el esfuerzo supremo de escribirles en inglés. Solo Alma, la segunda de mis hijas, me responde, enviando el original con correcciones en los márgenes. «Este pasaje es confuso». «Esta no es la palabra adecuada». «Y, perdón, Papi, pero Alfa Omega es algo demasiado rebuscado». «Es Alfa Calenda», le corrijo. «Como sea», responde.

Así como mis hijas encuentran defectos en mi forma de vestir y de comportarme, ahora Alfa Calenda tendrá que pasar por mejoras. Así que dejo de compartir mis historias con ellas.

De eso también se quejan. «Nunca nos hablas de nada». Pero cuando me lanzo a ofrecerles alguna anécdota, ponen los ojos en blanco: «Esa historia ya nos la contaste», responden, infectadas por la obsesión estadounidense por lo más nuevo, como si las historias y los cuentos tuvieran fecha de caducidad.

Durante su primer año en la universidad, Alma nos pide que no vayamos a verla en el fin de semana de visita de padres. Tiene demasiado trabajo. Necesita aprovechar esos dos días para dedicarlos a su ensayo de fin de curso.

—Pero tus profesores... tus amigos... van a pensar que eres huérfana.

—¿Están relajando? La mayoría de los padres de mis amigos tampoco van a venir.

Su madre y yo decidimos darle una sorpresa, a pesar de todo. Cargamos el carro con toda su comida favorita de la bodega que hay cerca de donde trabajo, café Bustelo, tostones y una caja de pastelitos hechos por la señora dominicana que limpia mi consultorio: exquisiteces que Alma no puede conseguir en los campos de Vermont. Nos aparecemos muy contentos con nuestra sorpresa. El plan es entregarle los regalos y luego dejarla con sus estudios hasta la hora de la cena, y entonces recogerla para ir a un restaurante. Tan solo un par de horas de su tiempo. Al fin y al cabo, todo el mundo tiene que comer.

Pero Alma no aparece por ninguna parte.

—A lo mejor está en la biblioteca, trabajando en su ensayo —le sugiero a la joven que atiende la recepción del dormitorio universitario. La joven resopla como si yo acabara de llegar del espacio exterior: —Alma salió de fin de semana con su novio.

No hemos dado permiso de tener novios. Alma lo sabe.

Manejamos de regreso al motel. Esa noche, mi esposa tiene que tomarse un Valium, algo que no hacía desde nuestra huida. Cuando se duerme, me visto a oscuras y salgo a hurtadillas de la habitación.

Voy a la universidad y doy vueltas rodeando el campus, como si fuera a ver de repente a mi hija en la ventana de su cuarto, saludándome.

No sé qué más hacer. No puedo lanzarme en su búsqueda. No tengo la menor idea de dónde estará. ¿Y de qué me serviría encontrarla? El daño ya está hecho. El lazo está roto. Manejo durante mucho tiempo, hasta que estoy a kilómetros del pequeño pueblo.

Me tienta la idea de seguir adelante y desaparecer, de dejar que mis hijas y mi mujer reconstruyan sus vidas sin mí. Me las imagino: Amparo con su gran corazón será una buena trabajadora social. Alma escribirá sus libros. Consuelo y Piedad no están tan definidas en mi imaginación. Pero estarán bien también. Lucía se recuperará rápidamente, rodeada por su familia. Se casará con alguno de sus primos lejanos, uno de esos gays que se ocultan tras un matrimonio y que no le piden a su cónyuge nada más que organizar fiestas y reuniones, y ocuparse de la casa y el servicio doméstico. Siento amargura y mucha lástima de mí mismo.

Me pongo a pensar en Alfa Calenda, en el alivio que solía darme visitar ese mundo de ensueños con Mamá. Los rostros y los lugares de mi infancia, los cuentos, los poemas, los olores, los sonidos, las voces murmurando en esa lírica lengua materna, recuerdos y sueños… todo lo que dejé atrás, lo que he perdido en inglés vive todavía allá.

Siento que algo se me afloja en el pecho, así como el hielo de los lagos se agrietaba en los días menos fríos de la primavera en Canadá. Doy media vuelta y regreso en el carro al motel. Entro a la habitación a oscuras y me meto en la cama; mi esposa se mueve, pero no se despierta.

Alma y sus hermanas

Las hermanas de Alma dejan la llamada de aviso para el último momento. ¡Allá van! Ya se compraron los pasajes, no precisamente baratos porque es Semana Santa, los únicos días libres que les coincidían a las tres. Todas están ya jubiladas, ¿acaso tienen que cumplir horarios? Pero Alma sabe que más vale no preguntar.

—El Martillo quiere vernos cuanto antes —explica Piedad. El abogado de sus padres ya terminó con todo el papeleo: la herencia está al fin definida, los documentos de cada una redactados, pero el Martillo tiene un último asunto pendiente sobre el que ellas deben decidir.

—Aquí vamos de nuevo. ¿Y ahora qué?

—Hablaremos de eso cuando nos reunamos allá.

Alma les ha dado suficientes largas a sus hermanas. Al menos ahora tiene su propia casita donde puede mantener cierto grado de soledad. Es demasiado pequeña como para recibir huéspedes, aunque lo cierto es que ningún lugar es lo suficientemente amplio para acomodar a sus extrovertidas hermanas. En todo caso, ellas prefieren la casa de la playa, a la orilla del mar, con personal doméstico que incluye una señora que cocina. Podrán ser minorías en los Estados Unidos, pero están a la altura de una vida de privilegiadas en la isla, otro tipo de minoría.

Cuando Alma le anuncia a Filomena que sus hermanas irán a visitarla por Semana Santa, la semana próxima, el rostro de la mujer se ilumina. ¡Qué bien que la doña tenga hermanas!

Ya es abril, pero aún hay nieve cubriendo el suelo de Vermont, donde Alma solía vivir. Mece el globo de vidrio para ver nieve. Las dos mujeres observan los copos revolotear y escuchan el torbellino de voces. Cuando hace viento, a ciertas horas del día, la brisa lleva el monótono rugir del tráfico de la autopista a lo lejos, puntuado por sirenas y bocinazos que exigen respeto a las jerarquías: «Quítate de ahí. Déjame pasar. Soy más grande que tú». Si uno escucha con más atención, más allá del estruendo del tráfico y el alboroto del barrio, alcanzará a oírlos, a la diáspora de personajes esbozados que regresan a las cenizas de sus borradores inacabados.

Alma tiene una petición especial para hacerle.

—Agradecería que no mencionaras lo de las voces frente a mis hermanas —Filomena le asegura a su doña que ella no es chismosa. No dice nada de que es con los chismes como el diablo riega sus mentiras, porque no quiere insultar a las hermanas de doña Alma.

Al día siguiente, por la tarde, Alma está caminando por los senderos cuando su teléfono timbra. El nombre de Piedad se despliega en la pantalla. Alma acepta la llamada:

—¿Dónde estás?

—¿Dónde crees? Aquí, en la puerta. ¿Qué diablos es este lugar? ¿Un cementerio? Pensé que habías dicho que era un jardín de esculturas. Y esta cosa de la entrada no funciona. ¿Cuéntame un cuento? —remeda la voz del intercomunicador—. ¡Por favor! Déjanos entrar, ¿sí? —Cuelga antes de que Alma pueda contestar.

Alma también se siente molesta. Jamás le han gustado las sorpresas. De pequeña, el juguete que más odiaba era la caja de la cual saltaba de repente un muñeco con resorte. Se toma su tiempo en llegar hasta la entrada, sin hacerle caso al teléfono que timbra de nuevo. Al pasar frente a cada escultura, oye versos de viejos poemas, frases de cuentos, pasajes de novelas abandonadas. Creía que quemar y enterrar todos esos manuscritos serviría para acallarlos con el tiempo. Pero se desvanecen nada más para volver, permaneciendo ahí como si quisieran ser contados.

Justo frente a la puerta de entrada hay un taxi detenido junto a la

acera. Sus hermanas lo despiden y se vuelven hacia Alma, sin saber
si serán bienvenidas.

—¡Refuge! ¡Consolation! ¡Pity! —las saluda. ¡¿Cómo fue que se
les ocurrió a sus padres ponerles esos nombres como de personajes
de una alegoría?! Cada vez que le preguntaban, Mami decía: «Pre-
gúntenle a su padre», que a su vez las mandaba de regreso con ella.
Un circuito de secretos que los unía entre sí.

—¡Soul! ¡Soul! ¡Soul! ¿De verdad te alegras de vernos?

—Claro que sí. —Alma las acoge entre sus brazos, conmovida por
el afecto, queriendo protegerlas de lo peor de su propio carácter—.
Pero ¿por qué no me dijeron que llegaban hoy?

—¿Y arriesgarnos a que salieras huyendo lo más lejos posible? De
ninguna manera.

La verdad en el fondo de esa respuesta hace que Alma baje la
cabeza para que no puedan ver la confirmación en su cara.

Consuelo ha estado inspeccionando el intercomunicador, con
curiosidad. Presiona una y otra vez el botón. «Cuéntame un cuento.
Cuéntame un cuento».

—¿Cómo funciona esta cosa, coño?

Alma suspira, tratando de contener su enojo.

—Presionas el botón una vez y cuentas un cuento. —Así de fácil,
pero esto último lo calla.

Consuelo se inclina, poniendo la oreja cerca de la cajita negra,
como si el intercomunicador fuera una concha marina a través de la
cual fuera a oír el mar.

—¿Y todo el mundo logra entrar?

—No, no todo el mundo. No todos los cuentos son iguales.

Amparo no puede resistirse a hacer el comentario.

—Pensé que tú eras una defensora del arte de contar y que estabas
abierta a cuentos de todo tipo, incluidos los de las tradiciones orales.
Cómo era que lo llamabas, ¿«oratura»?

Alma está un poco sorprendida de que Amparo recuerde eso. A lo mejor sus hermanas sí prestan atención a lo que ella dice.

—El problema —explica—es que hay muchas personas que creen que no tienen nada qué contar, entonces lo que narran es alguna trama de telenovela enlatada o alguna tontería importada estilo Disney que creen que uno quiere oír.

A Alma le recuerda que sus estudiantes se quejaban de no tener ningún tema sobre el cual escribir, y entonces le entregaban alguna historia predecible y trillada que habían copiado de alguna serie de TV o de una película.

—Veamos, ¿qué cuento puedo contar para entrar? —Consuelo menea las caderas, con la mirada pícara—. ¿Qué tal esa vez que a nuestra querida Soul Sister se le ocurrió decir frente al general que vivía al lado que Papi tenía una pistola, y casi nos matan a todos?

Piedad tiene uno mejor. Cuando Alma se acostaba con ese tipo en la universidad y Papi se enteró de todo. Entra en detalles sustanciosos, tomándose libertades creativas. Está inspirada.

—Bueno, ya fue suficiente. Adentro. No hace falta que se metan con lo de la caja —agrega Alma—. Ustedes entran de gratis. Hermanas con beneficios —dice con grandilocuencia, haciéndose a un lado y ejecutando una reverencia para que entren.

—¡Un momento! —Consuelo sigue con lo de la caja—. ¿Y quién oye los cuentos y decide si deja entrar o no?

—¿Quién crees que lo hace? No es que yo tenga personal para eso. —En realidad, tiene a Filo. Le ha pedido que se encargue también del intercomunicador además del resto de sus labores. A menudo lo apagan, salvo en horas muy específicas—. ¿Entramos? —repite de nuevo y esta vez no hace reverencias.

Las hermanas ingresan al lugar, llevando sus maletas de rueditas.

—¿Qué pasa aquí? —pregunta Piedad, mirando a su alrededor—. ¿Todo esto lo hiciste tú?

—Lo hizo mi amiga Brava. ¿Se acuerdan que les conté de ella? Las hizo como monumentos para marcar el lugar donde enterré mis historias —explica—. También se pueden pedir réplicas de lo que sea que les guste.

Amparo suspira.

—Es tan triste… pensar que desperdiciaste años en todo esto… Alma se encoge de hombros.

—¿Y qué hubiera hecho si no?

—A lo mejor te habríamos visto con más frecuencia. —Un comentario tierno de Consuelo.

Llegaron directo desde el aeropuerto y planean pasarse por la oficina de Martillo.

—Ha estado tratando de comunicarse contigo, pero dice que jamás contestas el teléfono. Como sea, quiere vernos a todas *juntas*. —Piedad hace énfasis en la última palabra en caso de que Alma se comporte como siempre.

—¿Y les dio alguna pista de qué se trata el asunto? —Por su experiencia con abogados, Alma sabe que siempre están planeando algo, aferrándose a todo el tiempo que luego puedan cobrar.

—De hecho, sí. —Piedad calla un momento, saboreando el momento de ser la única que sabe, algo que pocas veces le sucede a la menor de la familia—. Antes de repartir los activos y disolver la herencia de Papi, necesita saber qué queremos hacer con los pagos automáticos que se hacen cada mes a otra cuenta. Le pregunté el nombre del titular de esa cuenta y… ¡imagínense que me dijo que no estaba en condiciones de darnos el nombre! ¡Que no podía decirnos adónde iba a parar nuestro dinero! —Piedad está indignada.

«El dinero de Papi», la corrige mentalmente Alma, pero no lo dice para evitar que se desate en su propiedad un fuego que ni Florián con todos los bomberos podrá extinguir.

—Lo único que conseguí sacarle es que son asignaciones mensuales que Papi dejó sin instrucciones de término. Con la demencia que padeció, es probable que se hubiera olvidado de poner eso en orden. O tal vez dejó un rastro a propósito, que llevara a ese lado secreto que él nunca mostraba. —Más preguntas que se amontonan con todas aquellas sin respuesta que ya tienen. Y Alma ya no está inventando historias para rellenar los vacíos.

Cuando las tres hermanas ven la casita de Alma sueltan todo tipo de exclamaciones de fascinación.

—¡Qué belleza! —Es idéntica a las casitas tradicionales de su infancia—. ¿Y ahí vive la encargada de cuidar el cementerio?

—Yo vivo ahí —dice Alma sin rodeos—. Y por favor no vayan a empezar con lo de siempre. Los vecinos me cuidan. De hecho, aquí estoy más segura que en una casa grande que anuncie que ahí vive alguien que vale la pena secuestrar o robar.

Las tres hermanas menean la cabeza, sus labores de rescate claramente delineadas ante ellas. Más vale que se vayan a la oficina de Martillo antes de que sea la hora de cerrar.

—Mañana es viernes. Luego viene Semana Santa y todo el mundo va a estar de vacaciones.

Se amontonan en la camioneta, entre exclamaciones porque al fin Alma pudo conseguir el vehículo que siempre había soñado. Se está permitiendo tener lo que siempre se había negado, sin importar que sean antojos extraños: una camioneta roja usada, un cementerio. De camino a la puerta de entrada, las hermanas señalan este o aquel monumento. Las enormes gafas que amplían las hojas de la grama; la tinaja llena de mierda de los pájaros; el rostro con los labios cosidos por palabras y lágrimas que le corren por las mejillas; las tijeras de hojas afiladas que solo cortan el aire; el globo con copos que caen como en una tormenta de nieve enfurecida.

Manuel

—Tengo una cosa qué confesarle, doña Bienvenida. Es algo que nunca debe salir a la luz del día, ni plasmarse en las páginas de una novela, un secreto que me llevé a la tumba.

Siento una punzada de dolor y miro desesperadamente a mi alrededor en busca de la orilla del silencio a la cual regresar. Pero ya es demasiado tarde. La resaca me ha arrastrado hacia el fondo. Lo único que queda de mí es mi historia.

—Siga, siga —dice Bienvenida, para animarme.

—¿Recuerda la manera en que Mamá y yo nos consolábamos uno a otro?

Percibo que Bienvenida está recordando, «Alfa Calenda», las palabras vuelven a mí, como olas que rompen en la playa.

Con el paso de los años, como mi esposa se involucra cada vez más en sus asuntos de Naciones Unidas y mis hijas se distancian (entre estudios universitarios, matrimonios, postgrados, empleos en otras ciudades) vuelvo a menudo a Alfa Calenda. Me pierdo en los recuerdos, sentado en mi consultorio después de que todos los demás se han ido, o en casa oyendo música, mientras espero que Lucía regrese. Pero con el tiempo, el consuelo que me da mi invención empieza a desvanecerse. Me doy cuenta de que la nostalgia no basta para que Alfa Calenda funcione. Así como lo hice con Mamá, necesito compartirla con alguien.

Mencioné a la dominicana que limpia mi consultorio y que además prepara comida típica para completar sus ingresos. Lucía es una de sus clientas recurrentes, y le pide pastelitos y tostones, empanaditas, dulces, para mandarles a las muchachas a la universidad y para brindar en las recepciones que la misión dominicana ofrece en la ONU.

Paso mucho tiempo allí, para no sentirme solo en la casa. Una vez que el personal se ha ido, esta mujer entra a hacer la limpieza. La primera vez que me encuentra allí, sentado a oscuras ante mi escritorio, se sobresalta. La cubeta que lleva se vuelca, derramando agua jabonosa por todo el piso.

—¡Ay, doctor! ¡Qué susto me dio! No sabía que todavía estaba aquí. Puedo volver por aquí más tarde. Pero primero déjeme secar este charco para que no vaya a resbalarse.

—No, no. —Le hago señas para que siga—. Ya me iba.

Pero no me voy. Me quedo, observándola trabajar, y noto sus brazos fuertes, la cintura esbelta. Una mujer en sus cuarenta que ha mantenido la figura, algo que no es muy común entre mis pacientes de mediana edad. Yo debería saber su nombre, pues Lucía lo ha mencionado con frecuencia. Pero nunca le he puesto mucha atención, hasta ahora.

—Altagracia —me dice, y toca la medallita que lleva al cuello en una cadena. Es el nombre de mi suegra, que no me trae asociaciones agradables, así que siento alivio cuando agrega—: Pero todo el mundo me dice Tatica.

Cuando Tatica termina de trapear, nuevamente se disculpa por haberme molestado y retrocede hacia el pasillo.

Empiezo a hacerle preguntas para demorar su partida. Que de dónde es, que cuánto lleva aquí, que cuándo planea regresar a la isla.

Tatica no se extiende en sus respuestas, tal como hacen las personas que hablan con un jefe. Resulta ser que viene del campo, de la zona en las montañas donde yo solía salir a montar y a cazar guineas con mis hermanos mayores. Me escucha contar de nuestras salidas los fines de semana, apoyándose en el trapeador. Siento que me alienta a que siga, un cuento tras otro.

—Perdóneme, pero es que no me sucede todos los días que encuentre a alguien que esté dispuesto a escucharme.

—El gusto es mío, doctor. Sus historias me llevan allá. Ya sabe cuánto extrañamos nuestro país cuando estamos lejos.

A la tarde siguiente, me veo retrasando mi salida, a la espera de la llegada de Tatica, pero no aparece. Tal vez su horario es irregular. A la mañana siguiente, le pregunto a Linda, la administradora del consultorio, con qué frecuencia va la señora que se encarga de la limpieza, y procuro no decir su nombre para ocultar mi interés.

—Ahora está viniendo dos veces por semana, y también en los fines de semana, para hacer un aseo más profundo. —Entre una y otra vez, Linda y el resto del personal ordenan y limpian por su lado—. ¿Por qué me lo pregunta? ¿No está haciendo un buen trabajo?

—No tengo ninguna queja —le aseguro—. Pero tal vez debería venir con más frecuencia. El personal ya trabaja bastante duro como para tener que agregar tareas de mantenimiento y limpieza.

Y así, nuestras visitas se hacen más frecuentes, nuestras conversaciones se alargan. A veces llego a casa después de que Lucía ha regresado. Es una buena sensación eso de que mi atareada esposa me espere y se preocupe y tenga ganas de verme.

En una de mis reminiscencias, menciono el dulce de guayaba de Mamá, relamiéndome los labios al saborear el recuerdo. La tarde siguiente, Tatica se aparece con un frasco para compartir...

—Con su esposa —agrega, teniendo buen cuidado de no cruzar ningún límite.

—Creo que no voy a ser capaz de esperar —le digo, llevándome el frasco a la cocinita donde el personal y yo comemos nuestro almuerzo—. Pero no soy un comesolo. Venga conmigo. —Acerco una silla a la mesita. La trapeada puede esperar. Y así, compartimos nuestra primera comida: saladitas con dulce de guayaba, un festín si se come en compañía.

Estos encuentros se hacen habituales, delicias que ella trae, habichuelas con dulce, kipes, más dulce de guayaba, que yo complemento con una botella de Bikáver, mi bebida preferida.

—Sangre de toro, la llaman en Hungría. —Ella retrocede con repugnancia—. No es cierto que sea sangre de toro —contesto riendo. Ella prefiere algo más dulce, una Coca-Cola con un chorrito de ron. Empiezo a guardar una botellita en el gabinete de las muestras, bajo llave.

Le cuento historias de mi niñez, las mismas que hacen quejarse a mis hijas porque ya las han oído, entre suspiros de impaciencia. La severidad de mi padre, la adoración de mi madre, mis estudios, cuentos que le he contado a usted, doña Bienvenida, internándonos poco a poco en aguas más profundas: mi demandante esposa, mis hijas agringadas, avergonzadas de su padre. No sé cuándo sucede, pero de repente me doy cuenta de que, sin haberla invitado, Tatica se ha unido a mí en Alfa Calenda.

Cada noche me cuesta más y más salir de allí.

De hecho, muy a menudo es ella quien pone fin a nuestras conversaciones.

—Doña Lucía debe estar esperándolo. —Manda latas de delicias como regalos para mi esposa: un recordatorio para ambos de que nada raro está sucediendo. Me entero de que, además de mi consultorio, Tatica limpia y cocina en las casas de varios dominicanos. Los fines de semana, tras terminar con mi espacio, hace un turno en un pequeño restaurante de dominicanos. Todo sin reportar, «por debajo de la mesa».

También le pago en efectivo, aumentando un pequeño extra cada vez, como propina.

—Usted necesita descanso —le digo desde mi punto de vista profesional—. Está trabajando demasiado, doña Tatica.

—Tatica —responde para corregirme. Ya nos tratamos con más familiaridad.

Empiezo a notar que todas las historias de Tatica terminan en su infancia, incluso después de que yo dejé atrás mis propias anécdotas de niño para ponerla al día de sucesos más recientes. La tanteo, como haría mi curiosa hija Alma.

—¿Cuándo se fue de Jánico? ¿Y su padre era agricultor? ¿Acaso tenía un novio? Seguro que sí… una señorita tan buenamoza debía tener un montón de jóvenes pretendientes tras de sí.

Ella baja la cabeza, ocultándome su rostro, para finalmente soltar un simple:

—¿De verdad lo cree? ¿Eh?

Y ahí termina. Las puertas de su historia se cierran.

Perla

Varias veces por semana, a Perla la sacan de su celda para llevarla a la sala de visitas para reunirse con Pepito y los abogados. El más reciente es uno especializado en deportaciones, que Pepito contrató. Los clientes de este abogado por lo general están buscando permanecer en los Estados Unidos, pero este extraño caso quiere que la envíen de regreso.

—Mis padres son dominicanos. De pura cepa —enfatiza, tratando de agradarle a Perla y hacerla hablar. El proceso sería más expedito si ella confesara sus crímenes y también el hecho de haber falsificado su identidad, para que así la deporten de vuelta a casa.

¿De vuelta a casa? Pero si Perla lleva fuera treinta años. La única casa y hogar que encontrará allí será al lado de su hermana, que tiene todos los motivos del mundo para rechazarla. Y a pesar de todo lo que ha sucedido, su hermana está dispuesta a acogerla. Eso la emociona hasta las lágrimas. Si hay alguna salvación a todo esto, está allí, con ella.

A veces quien la visita es una trabajadora social, una mexicana estadounidense, que trata de asegurarse de que Perla sí cometió esos crímenes y no está tratando de inculparse para encubrir a su marido. El grado de su culpabilidad. Los cargos de asesinato podrían reducir su severidad alegando razones de locura. ¿Habrá algún historial de enfermedades mentales en la familia?

Es una tentación la idea de echarle la culpa de todo a Tesoro, pero ¿de qué serviría? Perla nunca podrá librarse de las horribles imágenes que se le presentan en la memoria: el niñito en un charco de sangre, su madre derrumbándose a su lado, con una mano tratando de contener la sangre que le sale a borbotones por un tajo en el cuello, la otra mano acunando a su hijo, como para consolarlo.

—Sé que nada borrará lo que sucedió —la aconseja Pepito. Como ella se niega a hablar, él se presta a traducir sus expresiones para los abogados y la trabajadora social. No solo puede «leer» su rostro, sino que también alcanza a oír sus pensamientos y siente en su corazón los sentimientos de ella. Le da un apretoncito en la mano a Perla.

—Mientras más pronto te saquemos de aquí, sé que nos sentiremos mejor los dos.

Bendito él por pensar que puede aliviar el dolor de su madre. Sana, sana, colita de rana. Así de fácil. Si su hijo supiera de los demonios que habitan su mente, metiéndose en sus pensamientos, en sus sueños, hasta que la hacen despertar gritando. Sus compañeras de celda se han quejado. Pero ella no quiere quitarle la ilusión de que puede hacer algo para ayudarla. Ya le arrebató a un niño lo más esencial de todo.

Perla no ha oído una sola palabra de Jorge, pero por los comentarios de Pepito, deduce que su otro hijo se ha puesto del lado de su padre, a quien Pepito tampoco nombra. No los culpa, ni a Jorge ni a su esposo. Ella tampoco quisiera estar emparentada consigo misma.

Pepito trata de mantenerla de buen ánimo. Están haciendo avances. Parece que a Perla la deportarán pronto y la entregarán a las autoridades dominicanas para que se encarguen de castigarla de la manera en que lo determine el sistema penal de allá.

—Yo también viajaré allá —agrega Pepito—, así que no temas.

Los propietarios del edificio de apartamentos en el que viven sus padres los han expulsado del lugar. Cuando él estaba empacando las cosas, se encontró el primer libro que le regaló a su madre. Sostiene el pequeño libro de bolsillo ante ella. Su hijo parece haber olvidado la truculenta ilustración que tiene en la cubierta: un hombre que levanta una cabeza cortada. Perla se estremece.

—¿Qué pasa, Mamita? Este libro te gusta, ¿recuerdas? —Escoge una de las historias que contiene y se la lee en voz alta.

A Perla le cuesta prestar atención, con la andanada de recuerdos espantosos que le pisan los talones. Pero poco a poco la historia le llega. Escucha, sintiendo alivio, sintiendo que no está sola, que su pena es compartida. Hay otros que también han sufrido. Otros que han llevado a cabo terribles fechorías y que vivieron para contarlas.

Manuel

—Me mortifica contarle esta parte de la historia, doña Bienvenida. Debo pedirle que no la repita. Me avergüenzo de la reprobable manera en que me comporté.

—Mis labios están sellados —me asegura ella.

—Mi esposa y mis hijas notan que me he distanciado. «Tierra llamando a Papi, Tierra llamando a Papi», bromean. «¿Será que hay mucha acción en Alfa Calenda?».

¡Si supieran!

Mis hijas se decantan por la explicación de que su padre está siendo tan poco comunicativo como siempre. Papi es un hombre hecho y derecho, responsable de sí mismo. Ellas tienen sus propias vidas por delante. Todos estos consejos por cortesía de los terapistas que yo les pago.

Pero Lucía se huele que algo pasa. Sus celos salen a la superficie. Empieza a escuchar mis llamadas a escondidas. Abre las cartas que me llegan a la casa. Ha aprendido a manejar y yo le compré un carro elegante para que nunca más tenga que usar el subway cuando sale tarde en la noche de alguna reunión. Una mañana sale hacia la misión diplomática, pero veo que le da la vuelta a la manzana. Un Mercedes plateado me sigue hasta Brooklyn, y bueno, no hace falta que yo sea un agente del Servicio de Inteligencia Militar del Jefe para darme cuenta de eso.

Al final, mi esposa queda convencida. Además, el mundo la mantiene ocupada. Ha sido nombrada en un comité especial para los derechos de la mujer y viaja continuamente para participar en foros y conferencias. Viena, Copenhague, la Ciudad de México, incluso uno en la China, donde será una de las oradoras.

—Puedes venir tú también, pero me imagino que te aburrirás. Yo estaré ocupada todo el día con reuniones. —Una invitación templada que incluye motivos para declinar.

Por lo general, yo hubiera aceptado de inmediato la posibilidad de ir con ella, sin importar que me sintiera como un accesorio, como su sirviente. Pero ahora también tengo mis asuntos. Se me cruza por la mente que mi resentimiento por el desinterés de mi esposa es parte del atractivo que representa Tatica.

—¿Y qué iría yo a hacer en Pekín? ¿A pasar las páginas de tu discurso? —le contesto—. ¿A sentarme en una mesita con un grupo anónimo mientras tú presides el estrado y te codeas con líderes mundiales?

Me mira con tanta pena que me duele el corazón de puro amor por ella.

—Babinchi —me llama con mi apodo de infancia, una señal de cariño—, tú sabes que dejaría todo eso si me lo pidieras. Pero yo también necesito algo con qué llenar mi vida. Tú siempre has tenido tu profesión. Y yo no me quejo cuando regresas tarde a casa o tienes que trabajar los fines de semana, ¿cierto?

Bajo la vista, temeroso de que el secreto que me hace sentir culpable se pueda notar. No he hecho nada malo, me digo. No he ido más allá de una conversación amistosa, pero existe una atracción que no puedo negar.

Durante los primeros días tras la partida de Lucía, me voy a casa de inmediato al salir del trabajo y dejo una nota sobre mi escritorio explicando que tengo un compromiso. A la mañana siguiente, encuentro la nota exactamente en el mismo lugar del escritorio, al parecer intacta, y sin que nadie la hubiera leído. Al final le pregunto a Linda si cambió el horario de la señora que va a hacer la limpieza.

Solo le pedí que viniera con más frecuencia, como usted lo solicitó.

Esa noche me quedo hasta más tarde, para asegurarme. La veo entrar y se ve cansada, apesadumbrada. Una vez más, se sobresalta cuando doy un paso para saludarla. Tras una primera sonrisa cálida, me dice que más vale que se ponga a trabajar. Que dejará mi consultorio para el final.

—¿No hay dulces esta noche? —bromeo para aligerar el ambiente.

—Los que dejé en el refrigerador se echaron a perder —dice con voz temblorosa. Cuando se recompone, pregunta—: ¿Acaso fue que lo ofendí?

—¿Y por qué ibas a pensar eso? ¿No leíste las notas que te dejé? —incluso si eran mentiras, yo había tenido la buena educación de informarle que estaba ocupado una noche tras otra. Recepciones, reuniones, eventos... todas esas excusas, como si fuera yo y no Lucía a quien buscan tanto.

Ella menea la cabeza despacio.

—No, no las vi.

Esa noche, cuando Tatica termina con la limpieza, la invito a cenar a un restaurante dominicano en Washington Heights, donde nadie me conoce. El mesero se comporta como si fuéramos marido y mujer. Nos reímos del malentendido. El lugar es como un rinconcito de la isla, con banderas, carteles con fotos de nuestras playas en las paredes, palillos de dientes en las mesas, los menús en español.

—¿Qué quieres comer? —le pregunto a Tatica, ojeando el enorme menú plastificado.

—Lo que tú vayas a comer —contesta ella. Supongo que está siguiéndome la corriente y que no quiere estar en la situación de pedir algo más costoso que se le antoja, para no dar la impresión de que se aprovecha de mí.

—Pide lo que quieras —la apremio—. Es mi bonificación por lo bien que haces tu trabajo —señalo uno u otro plato del menú, tanteándola, como si empezara a darme cuenta de lo que pasa: las notas que no leyó, la recatada negativa a pedir algo de comer. Es muy posible que Tatica sea analfabeta. Muchos de mis pacientes no saben leer ni escribir, y no solo en inglés. Siento aún más el impulso de protegerla.

Tras varios tragos, abordo de nuevo el tema de su familia en la isla. Le he contado tanto de mí y su reticencia empieza a saberme mal. Me recuerda el reclamo de mis hijas de que soy como un libro cerrado.

—Cuéntame de tu campo. ¿Todavía tienes familia allá?

Al no recibir respuesta, yo también callo.

—¿Y qué te pasa? —pregunta, tomando mi mano, un nuevo límite que cruza—. ¿Qué es lo que quieres saber?

—Lo que sea que me estás ocultando.

Me suelta la mano, como si fuera una atadura, y bebe un trago de su ron con Coca-Cola, para lanzarse a contar su historia: de cómo a los catorce años un hombre mayor en su campo se la llevó; que la golpeaba cuando se emborrachaba, que lo soportó durante años, para luego huir a la capital, donde trabajó de muchacha de servicio para una familia rica. En uno de sus viajes a Nueva York, donde esta familia tenía un apartamento, la llevaron a ella también para que les ayudara. La noche antes del regreso a la isla, ella se les escapó. Tras varias semanas, su visa de estadía se venció, pero se las arregló para encontrar trabajo y un lugar para vivir junto con otros dominicanos que tampoco tenían papeles. Ha logrado salir adelante por más de veinte años. Ha oído que el presidente de los Estados Unidos podría perdonar a los inmigrantes sin papeles y permitirles seguir en el país.

—¿Pero no quieres volver a la isla? ¿No te sientes muy solita aquí?

Algo semejante a la expresión dolida de Lucía se dibuja en el rostro de Tatica. Las lágrimas se acumulan en el rabillo de sus ojos. Estiro una mano para enjugarlas. El mesero nos deja en paz, sin acercarse a retirar los platos. Debe pensar que necesitamos algo de privacidad; tal vez el marido le está rompiendo el corazón a su esposa. Nuevamente tengo la sensación fugaz de que es Lucía la que está sentada a la mesa frente a mí.

—Perdóname —y es algo que le digo a las dos mujeres. Pero son las manos de Tatica las que tomo—. A lo mejor podría ayudarte, con tus papeles y eso, para que puedas ir y venir sin problemas.

La cara se le ilumina.

—Te lo agradecería tanto. Limpiaría tu consulta sin cobrar nada, prepararía cualquier antojo que quieran tú y tu esposa, lo que quieras como pago. —Con esta última oferta, su expresión se aviva, como me sucede cuando aprendo una palabra en inglés para nombrar un sentimiento que solo conocía en español. Interés, eso es lo que veo en su cara.

Meneo la cabeza.

—No tienes que pagarme nada. Eso es lo que hacemos: nos ayudamos unos a otros.

Me besa las manos, una señal de gratitud, pero viniendo de una mujer atractiva en estas circunstancias, sospecho que también es una invitación. Sospecha que ella confirma cuando me pregunta si quiero acompañarla adonde vive.

Mi esposa está al otro lado del mundo, en la China. Me aguarda una casa vacía. Cualquier llamada a mis hijas irá a parar a una contestadora automática. Lo único que quiero es compañía, alguien con quien hablar. Pero es muy arriesgado ir a su habitación en el apartamento que comparte con otras dominicanas, algunas de las cuales son pacientes mías. Me doy cuenta de la situación en la que estamos. Mi mujer podría enterarse. No quiero meterme en problemas. Ahora que hemos cruzado un límite en nuestra relación, el simple hecho de estar aquí, en un restaurante de dominicanos, me pone nervioso. Pienso en lugares donde podríamos estar juntos, en coartadas que podría dar.

Estoy maquinando cosas como un mujeriego, convirtiéndome en mi padre.

—¡Ay, doctor, me propasé! Perdóneme. —Volvemos a cierto nivel de formalidad. El sonrojo no se notaría en su piel trigueña, pero un hermoso brillo se extiende sobre su rostro. Uno que merece un beso, en la frente, como el que podría darles a mis hijas. Y esta mujer podría ser una de mis hijas, con unos años más. Probablemente sea mejor terminar la velada en este momento.

—Se está haciendo tarde —le digo.

Pero ya es demasiado tarde.

La llevo hasta su edificio y, cuando nos estamos despidiendo, caemos en brazos uno del otro, para besarnos y acariciarnos, turbados por la transgresión, y nos pasamos al asiento trasero, cual adolescentes. Después, me siento entusiasmado y asustado a la vez. Es algo embriagador, a estas alturas de mi vida, eso de abrir las compuertas de la posibilidad para que irrumpa lo imposible.

A la noche siguiente nos encontramos en el trabajo. Disculpe, doña Bienvenida, que le dé tantos detalles, pero tengo que decirle que las camillas de un consultorio tienen múltiples usos.

Cuando mi esposa regresa de su viaje, me pregunta cómo me fue. Me encojo de hombros.

—Bien —le contesto, sin agregar mi frase habitual: «Me hiciste mucha falta».

—Me hiciste falta —me dice ella, aguijoneándome.

Me inclino para besarla en la frente como hice con Tatica. Una oleada de vergüenza me invade. Me comporté con verdadero descaro. Y a pesar de eso, lo volvería a hacer si me dieran la oportunidad, cosa que sucederá una y otra y otra vez.

En cada ocasión en que mi mujer se va de la ciudad, Tatica y yo compartimos cenas y parte de la noche. Son curiosas las pequeñas restricciones que me impongo para minimizar mi transgresión. Puedo tener relaciones sexuales con esta mujer, pero debo ir a dormir a mi casa. Debo amanecer en la cama que comparto con mi esposa, aunque ella no esté. No puedo invitar a Tatica a un restaurante al que haya llevado a Lucía o en el que podrían conocernos a cualquiera de los dos. Mientras mantenga mi vínculo con Tatica en la parte de mi cerebro que pertenece a Alfa Calenda, puedo concederme cierto grado de amnistía moral.

Es doloroso relatarle esta historia, doña Bienvenida. Espero que me perdone.

—Recuerde, Manuel, que todos tenemos mucho que perdonar. —Su bondad me llena el corazón de lágrimas. Recita el padrenuestro—: «Perdónanos nuestras ofensas, así como nosotros perdonamos a los que nos ofenden».

Me quedo pensando qué será exactamente eso por lo cual Bienvenida necesita que la perdonen.

Ella responde a la pregunta tácita que acabo de hacerme, con la claridad que nos deja el habernos contado nuestras historias. Me doy cuenta de que podemos adentrarnos cada vez más en los pensamientos del otro.

—Fui una cobarde —confiesa—. No quise ver lo que tenía ante mis ojos. Y también cometí el pecado de caer en la desesperación, como bien lo sabe.

—Ojalá esos fueran mis pecados.

—Le parecerán poca cosa, Manuel, pero para mí son enormes. Pecamos mientras nos guiamos por nuestra naturaleza.

—A pesar de eso, doña Bienvenida, me mortifica confesar todo esto. ¿Cómo pude vivir así?

—Son muchos los hombres que mantienen... esas relaciones —dice Bienvenida, desde su punto de vista más amplio—. El Jefe tuvo decenas. —Calla, tal vez al caer en la cuenta de que su ex es una persona con quien no quiero que me comparen. Pero tiene razón. No fui menos cruel ni desconsiderado en mis actos.

—Usted no es el primero ni el último en romperle el corazón a una mujer.

—Si fuera solo eso... —le contesto.

Alma y sus hermanas

La firma de abogados Matos, Martínez y Martillo está ubicada en una zona exclusiva de la ciudad, entre una galería de arte, ¡Mira!, y una pastelería, Patisserie Pati.

¿Por qué iba alguien a llamar a una pastelería «patisserie»? El español tiene una palabra perfecta para ese tipo de comercio. Piedad dice que puede percibir que las tarifas de la firma de abogados van subiendo a la par que su presión sanguínea. Y empieza a cantar «If I Had A Hammer». Consuelo se une al canto y Amparo hace los efectos sonoros, con golpecitos rítmicos sobre el tablero.

—A ver, mejor nos callamos —advierte Alma—. Limitémonos a lo que nos incumbe si queremos salir de aquí sin quedar en la quiebra. Respondemos sí y no, sin irnos por las ramas, y preguntamos dónde tenemos que firmar. Las discusiones, las anécdotas cada vez más abundantes, todo eso nos cuesta dinero. ¿Se acuerdan de la última vez?

Papi aún vivía, y las hermanas se reunieron con Martillo para revisar detalles de la herencia de su madre. Martillo comentó que apoyaba un decreto reciente que impedía que los haitianos nacidos en la República Dominicana tuvieran derecho a la nacionalidad, y Amparo se lanzó en una diatriba sobre derechos humanos y, por Dios, todas tuvieron que pagar la cuenta de sus ideales justicieros. Como si el Martillo fuera a hacerle caso a ella.

Las oficinas están en un edificio con cierto estilo industrial y elegante, de líneas muy fluidas, vidrio y acero, como un lugar en el que se procura la justicia a la medida de quienes pueden darse el lujo de costearla.

El portero a la entrada del estacionamiento no sabe si levantar la barrera y dejar entrar la vieja camioneta de Alma a ese entorno privilegiado, con una hilera tras otra de vehículos Audi, BMW, Mercedes, algunos de los cuales ronronean como gatos sobrealimentados, con los choferes dormitando en la comodidad del aire acondicionado. Al final, el portero les hace señas para que sigan… un puñado de doñas, la verdad. ¿Qué hay de malo en eso?

La puerta principal está cerrada; un intercomunicador les pide identificarse. Sus cuentos los contarán en el interior. En la recepción se siente un aroma perfumado con un soplo de cigarro. Un arreglo llamativo de aves del paraíso decora una mesita de centro de vidrio. Consuelo las revisa, tocando las hojas.

—Son artificiales —concluye. En inglés, afortunadamente.

Una joven recepcionista con pinta de reina de belleza las mira, y esta vez no es su automóvil lo que despierta sospechas sino su forma de vestir, los arrugados blusones de algodón, los pantalones holgados, sandalias Birkenstock, y no los trajes de seda de diseñador y tacones de aguja de las doñas dominicanas. Las guía a través de un laberinto de pasillos hacia la oscura sala de reuniones con sus paredes enchapadas en madera. Una empleada de servicio con uniforme gris entra con una bandeja de cafecitos y menea la cabeza a modo de disculpa cuando Consuelo le pregunta si no tendrá algo más fuerte.

—Es un placer verlas de nuevo —las saluda el licenciado Martillo al entrar. Es un hombre de mediana edad, con cabello negro salpicado de canas y la figura esbelta de un torero. Lo considerarían guapo a morir si no fuera su astuto abogado. Esperaban una fría bienvenida tras las espinosas comunicaciones con Piedad y el hecho de que Alma bloqueara sus mensajes de voz. Pero a Martillo parece no importarle la opinión que tengan de él y se lanza en una retahíla de alabanzas de su difunto padre (todo un caballero) y su madre (una mujer ejemplar) y luego afirma sentirse privilegiado y honrado por hacerse cargo de los negocios de la familia durante todos estos años.

Las hermanas cruzan miradas, cargadas de insinuaciones.

Martillo anuncia su firma como un bufete bilingüe de abogados, pero las hermanas no tienen pruebas en su historial de comunicaciones de que él entienda a cabalidad las instrucciones que le han dado. Para muestra, un botón: han transcurrido casi dos años y la herencia de su padre todavía no se ha repartido. Piedad ya le ha explicado a Martillo incontables veces, y hasta tiene los correos impresos para aportar como evidencia, que las propiedades deben dividirse así y asá, los títulos de propiedad deben cambiarse, las cuentas cerrarse, los fondos distribuirse entre las cuatro hermanas, fin de la historia.

Es un poco más complicado, es lo que ha respondido Martillo: su padre tenía doble nacionalidad, y las leyes de aquí y las de allá a menudo se contradicen entre sí. Toma tiempo resolver estas cosas de la manera correcta, para no encontrar problemas más adelante, líos legales, sanciones, posibles sentencias de cárcel. Ha enumerado una lista impresionante de posibilidades aterradoras.

Sin embargo, hoy tiene el placer de informarles que se están acercando al final de su relación legal. Las hermanas ponen todas una cara triste y Martillo no capta la ironía. Los títulos definitivos de las propiedades están listos. Llama a la recepcionista, Valentina, por el intercomunicador, para pedirle que traiga las copias. Mientras tanto, todas las cuentas se han liquidado a excepción de una sola a nombre de su padre, que procederá a cerrarse una vez que las hijas se pongan de acuerdo en qué hacer con los pagos mensuales que salen de esa cuenta. En caso de que quieran continuar con ese acuerdo…

—Por ningún motivo —Piedad lo corta—. Quiero decir, ¿por qué seguiríamos haciendo unos pagos si usted no nos dice quién los recibe?

—No es algo que me corresponda a mí revelar. —Martillo les muestra sus manos abiertas, como para darles a entender que es algo que está más allá de su control—. Fueron instrucciones de su padre.

—En ese caso, demos el asunto por terminado. —Piedad mira a sus hermanas.

—Claro que sí. —secunda Consuelo.

—*No ticket, no laundry* —aprueba Amparo, pero a Martillo se le escapa el significado de la expresión.

Se voltean hacia Alma para confirmar. Su expresión sugiere que no vayan tan de prisa. Las tres hermanas la fulminan con la mirada y desafían a Alma a derrotar a ese frente unido.

—Podría decirnos al menos, licenciado —pregunta Alma con amabilidad, tal como Mami le enseñó a hacer para lograr lo que quiere—, sin nombres ni datos personales, ¿de qué se tratan estos pagos?

—Yo mismo no lo sé bien —dice Martillo—. No averiguo nada sobre los asuntos privados de mis clientes, a menos que pueda haber algo ilegal involucrado. Pero es perfectamente legal continuar con este tipo de acuerdos después de la muerte. Una vez tuve un cliente…

Las tres hermanas menean la cabeza mirando a Alma: «Mira en la que nos metiste. Estas anécdotas nos van a costar…».

—… que dejó estipulado que a su viuda se le enviara un ramo de flores el primero de cada mes por el resto de su vida, a menos que ella se volviera a casar. En ese caso, los envíos debían terminarse.

—¿Y alguna vez ella…? —Alma calla cuando la sandalia de Piedad se planta con fuerza sobre su pie.

Martillo le manda a Valentina un mensaje para que lleve un formulario adicional para cerrar la cuenta de don Manuel, y que las hermanas Cruz lo firmen. Mira la hora en su reloj, cosa innecesaria pues hay un enorme reloj digital en uno de los extremos de la mesa de la sala de reuniones, que además muestra la fecha, el día de la semana, la temperatura y la humedad. ¿Será que quiere exhibir el suyo?

—Ya es muy tarde para enviar este formulario el día de hoy —dice—, pero se hará mañana a primera hora.

Valentina entra en la sala con una serie de carpetas para que las hermanas firmen. El rostro de Martillo se ilumina como un reflector a su máxima intensidad. Alma se pregunta si en el testamento de

Martillo estará estipulado que ella reciba un ramo de flores mientras no se busque otro amante.

Alma lee por encima el formulario de cierre de la cuenta. Es una cuenta en el Banco Santa Cruz en Higüey, no en el preferido de sus padres, el Banco Popular, que pertenece a alguien de la familia de Mami. Tras firmar, Alma pide una fotocopia del formulario, junto con los títulos.

—Es para nuestros archivos —agrega, pues hasta sus propias hermanas la miran con extrañeza.

Una vez afuera, les explica su plan. Tiene la esperanza de encontrar a la persona adecuada en el Banco Santa Cruz, que les pueda dar el nombre de quien recibe ese pago mensual antes de que la cuenta de su padre se cierre y el rastro se pierda. Podrá ser que las habilidades de Alma hayan menguado en potencia, pero no las ha perdido del todo. Mañana muy temprano saldrán hacia Higüey, para llegar al banco justo cuando se abran las puertas y antes de que las instrucciones de cierre lleguen de la capital.

—¿Muy temprano? —reclaman sus hermanas—. Pero si estamos de vacaciones, en caso de que no lo hayas notado. ¿Cuál es la prisa?

Alma explica su premura: si se tardan en llegar, la cuenta puede ya estar cerrada. La semana siguiente será Semana Santa. El país entero se paraliza.

—Salgamos de los asuntos legales, para luego poder disfrutar. Claro, podría hacerlo por mi cuenta, pero qué tal que averigüe algo terrible. Necesito a mi banda junto a mí.

No hay nada como la carnada del dramatismo para azuzar a sus hermanas y ponerlas en movimiento.

Todas tienen sus propias teorías sobre la persona beneficiaria de esa cuenta. A lo mejor es algo tan inocente como una pensión para un antiguo empleado fiel o un pago de indemnización para uno picapleitos. ¿O tal vez esos giros mensuales eran algún tipo de seguro o protección que salía a través de un banco dominicano y que su padre se olvidó de cancelar una vez que empezó a fallarle la memoria? Alma recuerda cuando trabajaba en el consultorio de Papi en los veranos, en su adolescencia. Un par de tipos sospechosos se aparecían por allá de vez en cuando. Linda le había explicado que a esos hombres había que tratarlos con guantes de seda y llevarlos directamente a ver su padre. La parlanchina administradora bajaba la voz: estos hombres exigían una cuota de dinero a cambio de mantener el consultorio de su padre y a él mismo a salvo de «accidentes».

Fuera lo que fuera que Papi tenía entre manos, ahora las hermanas se han embarcado en el plan de Alma, igual de dispuestas a resolver el rompecabezas de Papi. No es que eso les permita avanzar mucho, pero sí les dará una historia más sobre la cual hablar.

Perla

Perla arriba al aeropuerto de Las Américas acompañada por un agente de migración de los Estados Unidos, que va sentado junto a ella en la primera fila de la cabina. En la pista aguardan las autoridades dominicanas. Pepito, quien va en el mismo vuelo, pero mucho más atrás, en la fila 23, se apresura para llegar hasta ella en la rampa, y le entrega ese primer libro que le regaló. Los oficiales dominicanos le informan que eso no está permitido. Pepito desliza un fajo de dólares, un marcalibro, les explica. El libro puede pasar; los «marcalibros» se trasladan a un bolsillo. A pesar de las lecturas, que lo llevan lejos de la realidad, su muchacho conoce el mundo.

—Mañana te veré junto con el abogado —le avisa a gritos a Perla, mientras los policías la escoltan para llevársela.

El abogado dominicano que Pepito contrató ha hecho varios arreglos. Gracias a una cantidad adicional, Perla estará en una de las celdas más desocupadas, mientras aguarda su audiencia y la sentencia. Le llevan su comida por encargo, por un servicio especial proporcionado por la esposa del director de la cárcel. Filomena se ofreció a hacerlo, pero Pepito insiste en que esto es mejor. Es una forma de congraciar a Mamita con los peces gordos que mandan allá.

Perla sospecha que todo esto debe estar costando un dineral. Si llega a salir de la cárcel algún día, trabajará noche y día hasta el día de su muerte para pagarle a su hijo. Lo que le debe a ese pequeño al que le arrancó la vida nunca lo podrá pagar. Su alma está en bancarrota. Para siempre… hasta que abre el libro de historias y se acuerda de ese bálsamo consolador que era la voz de Pepito leyéndole, y cómo su cuerpo se llenaba de calma y su corazón vacío, de esperanza.

Se vuelca en el libro en su celda.

—¿Es la Biblia? —pregunta una de las reclusas—. Léenos. Me caería bien un chin de Jesús en este infierno.

—Le estás pidiendo a una muda que hable —resopla otra, meneando la cabeza—. ¿Acaso crees en milagros? ¿Por qué no pides un milagro que sí sirva? ¡Sácanos de este hoyo de mierda!

Esa noche, mientras están todas en sus catres, Perla comienza a leer en voz alta. Varias de las mujeres se incorporan para apoyarse en un codo. Hasta las desencantadas, que amenazan a cualquiera que tenga una insignificante oportunidad de experimentar placer, están perplejas. La muda ahora puede hablar. La escéptica se persigna.

El cuento habla de una muchacha campesina que está fuera de sí, pues la persigue un violador. Cuando la alcanza, ella grita pidiendo auxilio. Algún dios se apiada de ella y consigue un milagro: la convierte en un árbol de laurel.

—¿Eso pasó de verdad? —pregunta una reclusa jovencita con la cara dulce de una niña.

«¿Tendrá edad suficiente para estar presa?», se pregunta Perla. La muchacha admite sin rodeos que acuchilló a un tío que durante años las violó a ella y a su hermanita. Pero eso la convirtió en una reclusa, nada más.

—Nosotros teníamos un árbol de laurel en el campo —cuenta otra—. La abuela siempre nos preparaba una tisana con las hojas para aliviar los cólicos menstruales.

Una mujer procedente de las montañas, cerca de Jarabacoa, se pregunta si esa campesina será tal vez una ciguapa. Las que vienen de la ciudad jamás han oído hablar de esas criaturas, más que en la canción romántica de Chichí Peralta. Pero las que vienen del campo sí conocen la leyenda. Las ciguapas, fuertes y bellas, seducen a los hombres para luego ahogarlos en el río…

—¡Silencio! —ladra la guardiana patrullando.

A la noche siguiente, Perla lee un cuento sobre una tribu de feroces guerreras, en la que no hay ningún hombre y todas son excelentes arqueras. Se cortan uno de los senos, para que no vaya a interferir con el manejo del arco y la flecha.

—¡Dios santo! ¡Esperen! ¿Y cómo tienen bebés si no hay hombres en la tribu?

Perla no responde. Ella no es más que una voz, leyéndoles estos cuentos antiguos.

Manuel

La encargada se ha vuelto más asidua visitante desde que su tesoro está enterrado junto a la caja con los borradores de mi historia.

Tiene rasgos atractivos: ojos penetrantes, piel color café con leche, un cierto parecido con mi Tatica. ¿Podrá ser que mis confesiones hayan resucitado a la mujer a la que agravié?

Pero la encargada no es producto de mi imaginación culpable. Está vivita y coleando, como se suele decir, con sus propios secretos y su caja de recuerdos. Una de las cosas que conserva allí es una medalla de la Virgencita de la Altagracia, y el solo nombre es como una brasa ardiente en mi conciencia. No he tenido un solo momento de paz desde que ella enterró su caja aquí… la nieve de mi globo de vidrio permanece en constante movimiento.

Hoy, cuando la veo pasar, la intercepto. Siento el apremio de concluir mi historia, pero quisiera ahorrarle a doña Bienvenida los detalles vergonzosos de lo que sucedió hacia el final. A pesar de la tranquilidad que expresa, debe resultarle difícil escuchar el relato de un hombre que traiciona a su esposa, tal como el Jefe hizo con ella.

Al ver pasar a la encargada, me lanzo de lleno en mi narración. Se detiene, deja la cubeta en el suelo, y me limpia repasándome un trapo.

—Pasan los meses —comienzo—, y Tatica se descuida cada vez más en nuestros encuentros en mi consultorio. Una vez, se le olvida su enagua. Linda la encuentra, colgada de la lámpara. Una de mis pacientes la debe haber olvidado al cambiarse de nuevo a su ropa de calle.

Así como Tatica se relaja, yo me voy haciendo más y más cauteloso. También voy aumentando de peso con las delicias que me prepara, un problema que no había tenido antes pues Lucía jamás aprendió a cocinar, solo a darle órdenes al servicio y a pedir comida a restaurantes.

La encargada escucha atenta, inclinándose tan cerca de mí que su aliento cubre de vaho el globo de vidrio. Lo limpia una y otra vez.

—Mi madre se llamaba Tatica —me informa.

—Hay cientos de Taticas, miles —le recuerdo—. Casi la mitad de las mujeres que andan por la calle llevan ese nombre. —Es una exageración, pero es que resulta muy incómodo que, al contar un cuento, la persona que está oyendo se detenga en un detalle insignificante.

La encargada guarda silencio tras oír el tono de reprimenda en mi voz. A lo mejor teme que me niegue a mantener el secreto de su caja si me importuna.

—¿Puedo continuar? —pregunto con un dejo más cortés.

—Por favor, continúe —Bienvenida interviene. Ha estado escuchando todo el rato. Ahora también ella está en la imaginación de la encargada. Estamos todos juntos en esta historia.

—Como venía diciendo, pasan los meses. Nuestros encuentros en el consultorio empiezan a ponerme nervioso. Una noche en que voy saliendo del trabajo ya tarde, veo a Lucía en su Mercedes plateado. Hace sonar la bocina al verme y se ríe del susto que me da.

—¿Qué haces aquí? —le pregunto, examinando su cara. No sabe nada, creo.

—¿A qué te refieres conque qué hago aquí? Mañana es nuestro aniversario. —Cierto. Ya lo había marcado en mi calendario mental: cumplimos treinta y tres años, para ser exactos—. Pensé que podríamos ir a celebrar hoy pues tengo una recepción mañana en la noche. Por cierto, ¿vino Tatica hoy a hacer la limpieza? Quiero pedirle dos docenas de pastelitos y kipes para servir a los invitados. La he estado llamando, pero no responde. —La mirada de mi esposa resbala por mi hombro y su rostro se ilumina—. ¡Justo a tiempo, Tatica! —la llama.

En ese momento, ella va sacando la basura, aunque se le ha dicho que no lo haga, pues los drogadictos terminan abriendo las bolsas para ver si encuentran jeringas dentro. La recepcionista está atenta al paso del camión, y solo en ese momento se sacan las bolsas. Es otro caso en el que veo que Tatica ya no sigue mis instrucciones.

Empiezo a llevar la cuenta de las pequeñas libertades, los riesgos que Tatica puede asumir como soltera y que yo no; las exigencias que hace, insistiendo en que vayamos a lugares que están más allá de los límites de lo que considero seguro. ¿Cómo acabará esta historia? No quiero herir a mi esposa. A veces se necesita la amenaza de la pérdida para darnos cuenta de la manera en que amamos a alguien… no soporto pensar en mi vida sin Lucía. De hecho, estaba más contento con Tatica cuando sencillamente intercambiábamos historias.

Empiezo a inventar excusas: que este fin de semana estaré fuera visitando a una de mis hijas. Que tengo que acompañar a mi esposa a una recepción. Con mi ayuda, Tatica ha alquilado un pequeño estudio en el que podemos tener cierta privacidad. Las escaleras son demasiado para mí. Alego cansancio. Tengo casi sesenta y cinco años. Me quejo de mi salud, algo que nunca había hecho. Hay que ponerle fin a esto. Pero cada vez que traigo el tema a colación, Tatica se derrumba entre sollozos. Se va haciendo cada vez más demandante y arriesgada, y yo percibo el matiz de amenaza en sus exigencias.

Una noche, poco después de la sorpresa de que mi esposa fuera a buscarme, Tatica me anuncia que quiere hacerse una prueba de embarazo.

—¿Por qué? —Debe pensar que es una pregunta muy tonta viniendo de alguien involucrado en una aventura amorosa. Y más si es un médico.

—¡Adivina adivinador! —me responde en tono provocador, con las manos en la cintura—. ¡Adivina!

Yo no estoy de ánimo para juegos. Hay algo que no le he contado a ella porque me avergüenza admitirlo, como si me hubieran castrado: hace años me hicieron una vasectomía, cuando Lucía, luego de cuatro hijas y de las pastillas que la hacían sentir mal, insistió en que había llegado mi turno. Siento alivio de poderme jugar esa carta ahora. Si Tatica está en verdad embarazada, y tengo mis dudas de que así sea, querrá decir que anda con otro al mismo tiempo. No se me cruza por la mente en ese momento que yo le hago exactamente lo mismo a Lucía.

—Más vale que le digas al padre, si crees que estás embarazada.

—Pero es que tú eres el padre —insiste, y estalla en llanto.

Siento una punzada de dolor por esta mujer que llora entre mis brazos sin nadie más a quien confiarse. En realidad, tiene al menos otro amante: el padre de la criatura que supuestamente lleva en sus entrañas. Sigo al ataque.

—No puede ser mío. Si fuera necesario, podemos hacer una prueba de ADN.

La Madonna que llora se transforma en una furia.

—¿Te crees que soy tu juguete? —me grita—. ¡Que no se te olvide que este juguete puede hablar!

Tatica es lo que mis hijas llamarían «una bala perdida», que no sabe dónde va a caer. No sé qué hacer, ni a quién confiarle mi problema. Nunca he tenido amigos cercanos en este país. En mi trabajo, solo tengo empleados y pacientes. Solo con Tatica he cruzado esa raya. Si llegara a confesarle a Lucía, sé lo que sucedería. Mi esposa no es el tipo de mujer que perdone una traición. Me espera una amarga vejez.

Sucede que tengo un par de contactos que se aparecen periódicamente por mi consultorio a cobrar mi cuota de seguridad. Les digo que necesito que me hagan un trabajo. ¿Tienen algún contacto en la oficina de migración? Tengo una empleada problemática e indocumentada. Preferiría que mi revelación se mantuviera en secreto, ya que podría alejar a muchas de mis pacientes sin papeles si llegaran a enterarse de que su médico ha roto la confidencialidad para entregar a alguien. Me aseguran que no hay ningún problema con eso. Toman nota de toda la información, y unos días después me reportan que la redada ya se produjo, que la persona fue detenida y pronto será deportada. Cambio las cerraduras en el consultorio, por si acaso.

Una vez que me entero de que ha sido repatriada, a través de mi abogado dispongo que se le hagan pagos mensuales, con la condición de que guarde silencio. Pero como sucede con todas las personas culpables, vivo con el temor de que me descubran, en especial porque mis hijas se hacen mayores y sienten cada vez más curiosidad respecto a mi pasado. Con los años he levantado una muralla de silencio que ellas no pueden escalar. Cuando hablo, repito las mismas historias de siempre, y ellas se quejan de que las han oído miles de veces. En mis últimos años, estas repeticiones y mis largos silencios las convencen de que, al igual que su madre, he sido víctima de la demencia senil, un mal común en nuestra isla. Solo Alma persiste en tratar de trepar las paredes de mi yo de leyenda, agobiándome con preguntas. Debe sospechar que hay más del otro lado.

—No lo tortures —la regañan sus hermanas—. ¿No te das cuenta de que no recuerda las cosas?

Es una tortura que me recuerden lo que no puedo olvidar y que tampoco me perdono por haber hecho. A veces, antes de que pueda evitarlo, el rostro de Tatica pasa como un relámpago ante mis ojos, y pronuncio su nombre.

Alma y sus hermanas

A la mañana siguiente, muy temprano, Alma pasa a recoger a sus hermanas en la casa de la playa, para luego tomar la carretera y manejar dos horas hasta Higüey. Las oficinas de Matos, Martínez y Martillo abren a las nueve de la mañana, y a esa hora Valentina, tras retocarse el pintalabios y aplicarse la última capa de esmalte de uñas, empezará a enviar los correos. Cuando las acompañó a la puerta, Martillo les explicó el proceso. Hacia el mediodía, la sucursal bancaria de Higüey recibirá las indicaciones de la central en la capital para cerrar la cuenta. Mientras más pronto lleguen al lugar, más probabilidades tendrán de obtener la información que buscan. Los primeros en llegar a las oficinas del banco serán los de los niveles inferiores, los peor pagados, acostumbrados a apegarse a las órdenes superiores o a las exigencias de un cliente.

Alma encuentra a sus hermanas aún en la cama, molestas porque las despierten en medio de la noche.

—No estamos en medio de la noche —les informa, abriendo las cortinas como prueba.

—*No way, José.* —Necesitan su café. ¿Y qué hay de ese mangú con cebollitas con el que han estado soñando desde que se bajaron del avión? La cocinera no ha llegado aún.

—Nos detendremos a desayunar por el camino —les promete Alma. A las malas, las tres hermanas empiezan a vestirse, quejándose entre dientes.

—Eso no va a funcionar —Alma veta los cómodos blusones y camisetas, y los pantalones holgados de yoga que se están poniendo. Necesitan verse como doñas dominicanas si esperan que un empleado de un banco les preste atención, y además que les proporcione información—. Los dominicanos tenemos un detector de peces gordos, muy sensible a las clases sociales: joyas de oro, ropa de marca, celulares de última generación y toda una actitud. —Alma lo sabe bien. Ya lleva viviendo casi un año allí.

Sus hermanas intercambian miradas. Esto tenía que suceder.

Que Alma se convirtiera en una más de esas. No hace falta que pregunte quiénes son «esas». Dejar de ser una de ellas ya es suficiente ofensa.

—Soy camaleónica —admite Alma—. Es una deformación profesional. ¿Alguna vez han oído hablar de la capacidad negativa, del desapego de los artistas? —Como solía decirles a sus estudiantes, los autores «siempre están traicionando a alguien», para citar a Joan Didion. Alma añadiría que lo hacen para llegar a una verdad más profunda, para así no parecer la idiota dispuesta a empujar a la abuelita bajo las ruedas del bus que va pasando. A medida que sus propias capacidades fueron menguando, y que sus acciones en la bolsa de la popularidad cayeron en picada, Alma empezó a perder la fe en esa habilidad camaleónica como parte de su desencanto con el oficio. Pero se le había convertido en un hábito eso de ser varias personas a la vez.

Sus hermanas suspiran.

—Ahórranos la lección. Es demasiado temprano para que nos estés hablando de Joan Didion. —¿Cuándo se le meterá a Alma en la cabeza que ellas no son sus estudiantes?

—Miren, si no quieren hacer esto, voy sola. —Alma toma su cartera, busca las llaves, una escenificación fiel de los ultimátum de su madre, cuando amenazaba con que iría a parar a Bellevue si no se portaban bien—. Pero después no me vengan con que les cuente lo que llegue a averiguar. Me llevaré el secreto de Papi a la tumba.

—¿Quién dijo que no queríamos ir contigo? —Las tres hermanas se ponen en movimiento, vistiéndose de negro; ahora suelen meter ropa de ese color en la maleta. Parece que siempre hay alguna muerte en la familia cuando están de viaje por allá.

A Alma la entristece constatar que, a pesar de lo lejos que se encuentran de la infancia, el truco de Mami sigue funcionando.

Paran en un Krispy Kreme para comprar unos vasos grandes de café y una bolsa de donas.

—No puedo creer que vinimos hasta RD para acabar comiendo comida del primer mundo —refunfuña Amparo, arrancándole un bocado a su dona de mermelada.

—Al menos es de mermelada de guayaba —comenta Alma para hacerla cambiar de humor—. Además, los estadounidenses saben lo que es *fast-food*. Los dominicanos son notoriamente lentos. Uno no se limita a pedir, sino que entra al lugar y se queda un rato a comer y a conversar. —Ella sí que lo sabe—. Llevo casi un año aquí y…

—Si vuelves a decir eso de que llevas aquí un año, voy a vomitarme en tu camioneta —amenaza Piedad. Ya viene mareada de estar embutida en el asiento trasero con Consuelo—. Han sido apenas diez meses, para tu información —y empieza a contar los meses.

Cantan viejas canciones de campamento y luego pasan al himno nacional dominicano, pero lo dejan porque ninguna se sabe la letra más allá de las primeras líneas de la primera estrofa. Cantan un poco de *West Side Story*, de *Hamilton*, ninguna de ellas tiene buena voz. Alma enciende la radio, una insinuación poco sutil. Pero esa opción es igual de mala: bachatas llenas de estática, o hip-hop, rock o un presentador de noticias con el típico tono melodramático que a ellas siempre les suena a parodia.

—¿Ya casi llegamos? —preguntan una y otra vez, como niñas cansadas de un viaje por carretera.

Dos horas después, y media docena de discusiones de por medio, entran a la pequeña ciudad, famosa por ser el lugar en el que la Virgen de la Altagracia se le apareció a una niña en un naranjal. La isleta que divide la avenida principal está plantada con naranjos. Las imágenes de la Virgen abundan en los escaparates de las tiendas. Hay calles, escuelas, clínicas y hasta una piscina con su nombre. Hay anuncios que la nombran en todas partes, la versión local de esas placas en bares y hoteles que dicen: «George Washington se alojó aquí», «Dylan Thomas se emborrachó hasta morirse en este lugar». «La Virgencita se apareció aquí».

El banco es el único edificio moderno en una cuadra de casitas de madera. Con su amplio ventanal de vidrio polarizado que no deja ver el interior, parece que el edificio llevara gafas oscuras. Y resulta muy adecuado porque el sol brilla enceguecedor, a pesar de que apenas pasan de las nueve de la mañana. Encuentran un lugar para estacionar justo frente a la entrada. El guardia armado que está apostado afuera les hace una señal para que entren. No hace falta que se identifiquen, pues sus ropas y su piel blanca son prueba suficiente de que tienen asuntos por resolver en el lugar donde está el dinero. En cuanto a la camioneta vieja, Higüey no es la capital. Cualquier tipo de vehículo sirve para darle más estatus a una persona. Lo único que sí llama la atención es que sea una mujer quien maneja.

En el interior del banco hay silencio, a excepción del murmullo del aire acondicionado y el ocasional timbre de un teléfono. La oficial que las atiende, Miriam Altagracia Pichardo, según dice su etiqueta, va vestida con el uniforme del banco: un traje de color café claro que hace juego con su piel, con una blusa blanca y una diminuta cruz dorada alrededor del cuello.

—Buenos días—las saluda—, ¿en qué podemos servirles?

—¿Habla inglés? —pregunta Piedad, yendo al grano. No se siente tan segura en su lengua materna.

—Lamentablemente, no —responde Miriam con cortesía, y no se percibe ni una nota de indignación en su voz. La verdad es que ¿por qué tendría que saber inglés una dominicana en su propio país para atender a algún cliente que lo requiera?

Alma se adelanta.

—Dejen, que yo me encargo.

—Tú eres la experta —dice Piedad con cierta malicia.

—Lleva casi un año viviendo aquí — intervienen Consuelo y Amparo.

—Diez meses —las corrige Piedad.

Alma le explica a Miriam lo que buscan, omitiendo uno que otro detalle. Su padre, Manuel Cruz, tiene una cuenta en ese banco. Murió hace poco, así que ellas van a cerrar la cuenta. Se ha venido haciendo un pago mensual automático, y ellas, las hijas, quisieran continuar con esos pagos, pero tendrían que averiguar el nombre del beneficiario de la generosidad de su padre.

Miriam estudia a una hermana, luego a la otra. La capacitación que terminó hace poco no incluía una petición semejante.

—Aquí tiene una copia de la cédula de nuestro padre y de su pasaporte, el certificado de defunción, y aquí tiene mi pasaporte y mi pase de conducir —Alma apila las pruebas sobre el mostrador—. Y este último documento me autoriza como apoderada suya para estas gestiones.

Lamentablemente, Miriam no conoce este tipo de documentos legales.

—Tendremos que esperar a mi supervisor.

Alma lo entiende, por supuesto. Pero ellas no están pidiendo ningún cambio en la situación. Lo único que quieren es obtener el nombre y datos de contacto de la persona que recibe esa suma mensual. Nada más.

Miriam titubea antes de repetir su respuesta de cajón:

—No estoy autorizada para dar esa información.

—Pero es que la cuenta es nuestra; nuestro padre murió, ¡somos sus herederas! —¿Quién dijo que Piedad no sabía defender su caso en español?

—Comprendo —dice Miriam. Su padre murió el mes anterior. Siente empatía hacia otras personas en la misma situación. Pero tampoco quiere perder su empleo.

—No permitiremos que eso suceda —le asegura Amparo. Miriam no está del todo convencida.

Alma guarda un as bajo la manga: un recorte del periódico nacional. Brava quería publicidad para sus obras exhibidas en el cementerio, y consiguió que un periodista fuera a visitar ese «nuevo jardín de esculturas», con el interés añadido de que el proyecto había sido concebido por Sherezada. El periódico le había dedicado bastante espacio, y una foto algo vieja de Alma recibiendo una medalla de parte del presidente de los Estados Unidos: «FAMOSA AUTORA DOMINICANA REGRESA A SU PATRIA», decía el encabezado. Alma les muestra a sus hermanas con un gesto y se los entrega para que ellas lo pasen, pues quiere parecer humilde. Como dijo Hamlet, «Uno puede sonreír, y sonreír, y ser un villano». ¡Que sean sus hermanas las que se jacten!

Los ojos de Miriam se abren como platos. Mira la foto, y luego a Alma, para volver a la foto.

—¿Usted?

Alma sonríe con falsa modestia.

—Apreciaría mucho su ayuda.

La oficial mira hacia atrás: la oficina de su supervisor sigue teniendo las luces apagadas; la información de la cuenta está en su pantalla, los pagos mensuales; los detalles todos alineados. Rápidamente garabatea un nombre.

—No estoy autorizada para dar información sobre las cuentas de nuestros clientes —dice en voz alta mientras desliza la nota hacia Alma. Ella también sabe jugar a «sonreír y sonreír, y ser una villana».

—De acuerdo —contesta Alma, y se mete el papelito en el bolsillo.

—¿Hay algo más en lo que pueda ayudarles? —dice Miriam, de nuevo con cara de preocupación.

—No, gracias —contestan las hermanas a coro, en uno de esos raros momentos de unión.

De vuelta en la calle, revisan la nota. «Convento de las Hermanas de la Madre Dolorosa». ¿Será que Miriam las engañó después de todo?

—Parece algo inventado. —Consuelo menea la cabeza.

—Para nada —ríe Piedad—. Dio justo en el clavo. ¡Somos nosotras las hermanas de la Mami de los Dolores!

Alma se acerca al guardia del banco. ¿Por casualidad él sabrá la ubicación de las Hermanas de la Madre Dolorosa?

—Claro, el hospicio —lo llama.

¿En serio? ¿Un hogar geriátrico en ese país? Mami y Papi habían dicho que era casi un anatema en su cultura.

—¿A lo mejor es para las monjas ancianas? —propone Amparo.

El hospicio está ubicado en las afueras, es una edificación amplia, estilo campestre, de una sola planta y con una larga galería en el frente y una decena de mecedoras que miran hacia la carretera. La entretención debe ser mirar el paso de carros y camionetas y burros cargados con sacos de naranjas.

No se ve a nadie en la galería. Las monjas deben estar rezando o haciendo lo que sea que hacen las monjas a esta hora de la mañana. La puerta principal está abierta, pero el ingreso está bloqueado por una de esas barreras plegables que se utilizan para evitar que los bebés vayan a rodar por las escaleras. Una monja anciana, con la cara velluda, hábito completo y toca y velo en la cabeza, se acerca a la puerta.

—Ave María Purísima… —las saluda.

—Buenos días… —¿Cómo se dirige uno a una monja en español? A Alma se le olvidó cómo hacerlo. Se presenta, y a sus hermanas también, y le pregunta a la hermana su nombre. Sor Corita está encantada al oír los nombres virtuosos de las cuatro hermanas.

—Somos las hijas de Manuel Cruz —prosigue Alma. Su padre ha estado haciendo contribuciones mensuales al hospicio. Pero ahora que ha muerto, los abogados cerrarán sus cuentas.

—Ay, sí, Manuel Cruz, ¡que en paz descanse! —La anciana monja toca la cara de cada una, como para secarles las lágrimas que están en sus propios ojos. A Alma la hace pensar en la bondadosa sor Odette de Bienvenida, en su fallida novela—. ¡Tan buen hombre! —continúa la monja en sus reminiscencias. Durante muchos años ha apadrinado a una de las residentes con una generosa donación, que les ha permitido a las hermanas cubrir los gastos del hospicio—. ¡Tantos de nuestros viejitos son tan pobres! Estamos muy agradecidas. Vamos a extrañar esa ayuda. Aunque seguramente Dios proveerá.

—Y nosotras también —dice Amparo. Sus hermanas asienten, manifestando su acuerdo.

—Tan solo queremos conocer a esta persona que evidentemente significó tanto para nuestro padre.

—Cuando muere uno de nuestros viejitos, nos deja tantas preguntas sin respuesta...

—Por eso estamos aquí —reconoce Alma, esta vez con sinceridad—. Ya no podemos pedirle a Papi que nos presente o que nos explique por qué ha decidido apoyar a esta persona.

Hay algo en el lugar: las puertas corredizas que dejan ver desde la entrada un patio sembrado con vegetales escuálidos que riega un viejo, el canto de los pájaros en los naranjos, el pasillo arqueado, los azulejos agrietados... todo en proceso de deterioro, pero sin demasiada prisa. La bondadosa y anciana monja busca las manos de las hermanas.

—Vengan, vengan… usted también —le dice a la que no alcanza a tomar de la mano, y todo queda envuelto en silencio como si hubieran entrado en una dimensión amorosa en las que las reglas de «toma y vete» no se aplican. Alfa Calenda, diría Papi probablemente.

Un grupo de ancianos residentes enfilan para salir del comedor, en caminadores y sillas de ruedas improvisadas, con cinturones de seguridad fabricados con cuerda y tiras de cuero. Una mujer diminuta con solo encías en lugar de dientes y una sonrisa vaga y beatífica, se les acerca:

—Mamá, Mamá, 'ción, 'ción —suplica, y otros ancianos se unen a sus palabras, pidiendo la bendición y pensando que las visitantes son sus madres.

—Ya, ya, retírense ya. —Sor Corita los aleja, mirando enternecida cómo se dirigen hacia la galería, tomados de la mano como preescolares.

La monja lamenta que la reverenda madre esté en un retiro en el Santo Cerro. Ella es la que tiene la información del motivo y el destino de las donaciones del señor Cruz.

—Solo queremos conocer a esta persona a la que nuestro padre apoyaba. ¿Sor Corita sabrá de quién se trata?

—Sí, claro. Tatica, así le decimos. No estoy segura de cómo se apellida. La reverenda madre debe saber.

¡Tatica! El nombre que Papi repetía cuando ya andaba medio ido. Tras haber escrito historias de ficción toda su vida, Alma debió sospechar algo semejante.

—¿Podemos conocerla?

Sor Corita no ve por qué no podrían hacerlo. Las lleva a través del comedor desierto hacia la cocina que hay detrás, de donde sale el ruido de las ollas y los platos entrechocando, y el tintineo de los cubiertos. Antes de seguir más allá, tiene que advertirles una cosa:

—La memoria de Tatica está muy deteriorada. Muchos de nuestros viejitos sufren demencia. No quiero que se vayan a molestar si no recuerda a su padre.

—Solo queremos ver su cara —le asegura Alma a la monja. Otra vez está diciendo la verdad. Esto podría llegar a convertirse en un hábito.

Entran a la amplia cocina con sus largas mesas de aluminio y repisas con vasos y platos apilados. Dos jóvenes monjas, con su toca y su velo, los hábitos que les llegan casi a los pies cubiertos con enormes delantales, están lavando y secando platos en un fregadero profundo; las mangas arremangadas dejan a la vista los brazos mojados de agua jabonosa… y hay algo deliciosamente íntimo en el hecho de que vayan todas tan cubiertas pero que dejen esas zonas de piel a la vista.

—Ave María Purísima —las saluda sor Corita.

—Sin pecado concebida —responden ellas, con una pequeña reverencia.

En el cuarto de la despensa, una mujer de cabellos grises, algo mayor que Alma y sus hermanas, o tal vez incluso de la misma edad, aunque es difícil saberlo con esa desteñida batola suelta que lleva, está limpiando frenéticamente una y otra vez las grandes mesas con un paño de cocina.

—Tatica —le dice sor Corita—. Estas amigas vienen a verte.

Tatica no parece darse cuenta de que se dirigen a ella y continúa con su limpieza. Sor Corita baja la voz.

—Cree que trabaja aquí, y la dejamos que ayude en lo que se pueda.

—Ven, ven —le ordena—. Hay una cosa que quiero que hagas.

—Y le guiña un ojo a Alma y sus hermanas. El truco funciona, Tatica se acerca, con el paño en la mano, como si fuera a limpiarle la cara a sor Corita.

Alma estudia a la mujer, el pelo húmedo pegado a la cabeza con pasadores, pero con mechones ya secos que se escapan, la mirada perdida que recuerda a la de Mami y la de Papi. Esos doctores del Columbia Presbyterian no exageraban. El Alzheimer está aquí por todas partes. ¿Cuándo les llegará a Alma y sus hermanas? ¿En qué giro de la memoria quedará atrapada cada una de ellas, como los círculos del infierno de Dante en ese pasaje que a Papi le gustaba recitar? ¿Qué sería lo que hizo Tatica que la hace pensar que tiene que limpiar la cocina del hospicio? ¿Acaso lavaría platos en un restaurante en otros tiempos? ¿O era parte del servicio doméstico en casa de alguna de las primas?

Alma se dirige a la mujer con voz suave y tranquila, evitando que se sobresaltara como cuando Mami se asustaba con los extraños, que, a medida que su demencia avanzaba, terminaron por ser todas las personas.

—Hola, doñita. Somos las hijas de Manuel Cruz. —Hace un gesto para abarcar a sus hermanas.

Tatica las mira mal y, luego de una corta pausa, vuelve a la limpieza de las largas mesas.

Sor Corita intercede.

—Tatica, la señora te está hablando. Manuel Cruz era tu benefactor. Debes agradecerles a sus hijas.

Pero Tatica está absorta de nuevo en su limpieza, frotando y frotando una mancha que solo ella ve. Una de las monjas jóvenes se le acerca y le arrebata el paño de cocina.

—¿No oíste a sor Corita? No te lo pienso devolver hasta que no les agradezcas a estas señoras tan amables que vinieron a verte. —Tatica suelta un gemido como el de un niño al que le hubieran quitado su juguete preferido.

—No importa— le dice Alma a la monja. Hay algo que le resulta cruel en esta insistencia porque Tatica recuerde a su padre. —Solo queríamos conocerla, eso es todo —Trata de tocar la mano de la mujer, pero ella la retira, tal vez pensando que le van a quitar el paño de cocina una vez más.

—¿Tiene algún familiar? —quiere saber Piedad. A lo mejor hay alguien más que les pueda dar una clave de la razón por la cual su padre se encargaba del cuidado de esta desconocida.

Sor Corita menea la cabeza, buscando lentamente en lo que ha oído decir.

—Cuando Tatica llegó al hospicio, ya tenía la mente ida. Llevaba años viviendo en Higüey. Se nos dijo que era paciente de su padre, pero nunca tuvimos el honor de conocerlo. Él hizo los arreglos para su cuidado con las superioras de la orden, en la capital. Es una verdadera hija de Dios, sin nadie más que la Virgen y Papá Dios y su padre para velar por ella.

—Y usted —añade Alma con generosidad.

Sor Corita baja la cabeza, aceptando el elogio en nombre de Dios.

—Estamos aquí para cuidar de nuestros semejantes.

—¿Querrán conocer el lugar antes de irse, para ver cómo se están aprovechando las contribuciones de su padre?

Alma mira a sus hermanas. Ellas también están sobrecogidas, acalladas por la cualidad etérea de esta casa de muertos vivientes, quizás preguntándose si este es el final que las espera a todas. La mitad de una isla poblada por personas desmemoriadas. Algo que podría ser una bendición, debido a lo que puede recordarse. No como en el caso del señor Torres, uno de los personajes de otra de las novelas fallidas de Alma, que torturó y desapareció a mucha gente para acabar muriendo rodeado por los rostros de sus víctimas.

Van a conocer los dormitorios, una habitación grande para las diez o doce residentes femeninas, y una más pequeña para alojar al puñado de varones. Los pequeños catres están alineados como en los libros de Madeline: «En dos filas partían el pan, se cepillaban los dientes y se iban a acostar». Las camas están hechas, algunas luciendo peluches o cojines bordados: «YO ♥ ABUELA»; «DIOS TIENE EL CONTROL DE MI VIDA», regalos de las asociaciones filantrópicas de mujeres que visitan el lugar con regularidad o de sus familias, cuando las tienen. Sor Corita señala la cama de Tatica. Hay dos bebés muñecas recostadas en su almohada.

—Sus niñitas —sonríe la monja—. Ya ha olvidado cómo se llamaban.

Al partir, las hermanas le aseguran a la amable monja que continuarán con las contribuciones de su padre. Sor Corita las bendice y lamenta una vez más no haberles podido ser de gran ayuda.

—Si quieren regresar cuando la reverenda madre se encuentre de vuelta, son más que bienvenidas.

Las tres hermanas se irán de nuevo a los Estados Unidos en una semana, así que regresar será cuestión de Alma, si ella lo desea.

Pero ya ha visto suficiente. Ya no cree ser capaz de desenterrar los misterios de otro corazón, y menos los que guarda el de su padre. No es labor de Sherezada resucitar las historias que Manuel Cruz no quiso contar. Hay límites que ni siquiera Joan Didion cruzaría. Lo que permanece sin contar es suelo sagrado. No se deben perturbar las historias enterradas. Hay motivos para que se hable de un «más allá». Su turno llegará pronto.

Filomena

Antes de que Filomena visite a Perla en la cárcel, en la capital, donde está encerrada a la espera de la sentencia, Pepito le advierte a su tía que su madre aún no habla ni con él ni con sus abogados.

—Vamos progresando —agrega—. Me cuentan que les está leyendo en voz alta a las otras reclusas.

Filomena también ha estado aprendiendo el abecedario. Doña Alma insiste en que así sea. Ahora ya puede trazar todas las letras y escribir su nombre en forma legible de manera que otras personas lo puedan leer. Ya conocía todos los comercios de su calle, quiénes son los dueños, qué venden, pero ahora puede descifrar los nombres en los letreros. Bichán, por ejemplo, se la pasa repintando el de su colmado para cambiarle el nombre. «Es pa mantener el interés de los clientes», dice. El colmado La Vitamina pasó a ser La Milagrosa. «Para cuando las vitaminas fallan», aclara bromeando a quien le pregunta por el nuevo nombre.

—Mamita ha cambiado —le recuerda Pepito—. Acuérdese que han pasado más de treinta años.

Su sobrino no sabe que Filomena ha podido captar vislumbres de su hermana y de él mismo cada vez que han venido de visita. Ha visto crecer a su muchachito: niño, adolescente, hombre joven, cada etapa con una sorpresa agridulce, pues en sus sueños él vuelve como el niño pequeño que fue. Con los años, Tesoro ha mantenido sus atractivos, a pesar de las canas en el pelo y de unas cuantas libras de más; obviamente, está prosperando. En cambio, a Perla la había visto cada vez más deteriorada e infeliz: el pelo teñido de un negro que se nota artificial, con las canas a la vista, la cara hinchada y con un gesto de disgusto permanente, su cuerpo afeado por el exceso de peso. ¿Qué será lo que le pasa?

Mientras tanto, Filomena ha ido cosechando más y más cumplidos. No es que crea en los piropos de Florián, pero hay otros que les hacen eco. Esas cosas pasan: la que era una belleza a los quince se convierte en un esperpento mientras que alguien casi de la misma edad, que en la juventud no despertaba suspiros, en la madurez hace que la volteen a mirar. Así como las hermanas intercambiaron sus nombres al comienzo de sus vidas, ahora en la mitad de la vida han intercambiado su apariencia, y Filomena ha pasado a ser la atractiva de las dos.

Se viste con su ropa dominguera para la visita. Lupita le lava el pelo y la peina, preguntando si será que su vecina tiene un novio.

—¡Qué buenamoza! —le dice su sobrino—. Va a volver locos a los guardias.

En la entrada de la cárcel, los guardias inspeccionan la bolsa de comestibles y artículos de aseo personal que Filomena lleva, con intención de poner objeciones, pero la dejan pasar cuando ella les pasa unos pesos. La sala de visitas es un salón caluroso con mucho ruido y una hilera de mesas alrededor, y guardias apostados en las puertas. Cuando Perla llega, escoltada, Filomena sufre un shock. El rostro de su hermana se ve sin vida, no hay chispa en su mirada, se mueve con lentitud, como si su cuerpo fuera una carga demasiado pesada y no tuviera la fuerza para llevarlo. Tal vez ya está muerta, uno de esos zombis que regresan del otro lado en busca de venganza. Filomena siente que el alma se le va a los pies. No puede pensar en nada qué decirle. Toma la mano de su hermana y no hace más que repetir su nombre.

Alma

Los últimos días con sus hermanas están teñidos de afecto. Las peleas se mantienen al mínimo. Ya iba siendo hora, cuando todas están en los sesenta y tantos o entrando en los setenta. Verse ante el misterio de otra persona —Papi, esta Tatica, la misma Mami— les ha impuesto una pausa.

En el aeropuerto se demoran, bloqueando la entrada a migración.

—Señoras ¿serían tan amables de hacerse a un lado? —les dice un joven agente, una orden en forma de cortés petición. Le llevan por lo menos medio siglo de edad.

—Somos hermanas —explica Piedad, como si eso les diera derecho. En este país se los da. El guardia señala unos asientos que hay a un lado de su puesto, donde pueden tomarse todo el tiempo que quieran. Esa es otra de las cosas que Alma adora de la isla: la familia y la edad son excusas válidas, como lo son también, en forma negativa, los crímenes pasionales. Si el vuelo fuera en Dominicana Airlines, los controladores aéreos bien podrían retrasar el despegue hasta que las cuatro hubieran terminado de despedirse.

Pero viajan en American Airlines, en un vuelo a Miami, que está abordando y no hay peros que valgan. Es hora de irse. Las hermanas se mecen unas en brazos de otras. Amparo, Alma, Consuelo, Piedad… bellos nombres de virtudes, había dicho sor Corita. Todas quieren a las demás todavía más. No hay necesidad de sacar la vara de medir.

De vuelta en su casita, Alma se recuesta para dormir una siesta, pues se levantó temprano una vez más para llevar a sus hermanas al aeropuerto. Por primera vez desde que dejó los Estados Unidos, sueña con su amiga escritora: «¿Vas a traicionarlas también?». Alma está a punto de preguntar: «¿A quiénes?», pero un pájaro canta sin parar, a mediodía, cuando la mayoría de las criaturas que se respeten está durmiendo una siesta. Un cantor que no se da por vencido. Alma busca en su guía de aves un nombre para ese pájaro que canta a cualquier hora del día; un nombre puede saltarle a la vista, o al menos darle la ilusión de que tiene el control.

¿Cigüita? ¿Ruiseñor? ¿Martinete?

El largo día se extiende ante ella sin interrupciones. Para garantizar su soledad, Alma sigue utilizando la excusa de que está escribiendo. Las puertas, que permanecían abiertas durante la etapa de construcción de la casita para facilitar el acceso de los trabajadores, están cerradas de nuevo; el intercomunicador de los cuentos, reactivado y funcionando en un horario restringido, cuando Alma o, más a menudo, Filomena tienen tiempo para escucharlo.

Su proyecto ha concluido al fin: los manuscritos abandonados han sido enterrados en paz, como semillas dormidas que nunca germinarán, a menos que un escritor llegue y saque a la luz a una figura histórica, como Bienvenida, y termine escribiendo la novela que Sherezada nunca logró terminar.

Pero la historia de Papi definitivamente permanecerá sin contar. Al visitar a Tatica, Alma se dio cuenta de lo poco que conocía a su padre. Solo el pequeño territorio de Papi en el enorme continente que era Manuel Cruz. Las historias bien guardadas, convenientemente maquilladas para sus hijas, que les ofreció a lo largo de los años resultaron ser los obstáculos para penetrar en el corazón de esa otra persona que era su padre.

Entonces sí, esa es la respuesta para su amiga escritora en el sueño que la inquietó: Alma está preparada para seguir adelante hacia lo que exista más allá de los cuidados prados del había una vez. Si eso es una traición, pues que así sea. Con todo, le incomoda esa insinuación de su amiga, de que Alma está también traicionando a algo o a alguien. ¿A quién más se referiría su amiga, aparte de ella misma? Alma recuerda la última línea de su primera novela: «Una cosa negra y peluda (…) gime debido a alguna violación que yace en el corazón de mi arte». Cuando la escribió, hace tiempo, no tenía idea de lo que significaba. Los lectores le preguntaban por el significado de ese final pavoroso, y lo único que Sherezada podía contestar era: «No tengo la menor idea». Todavía no lo sabe.

El pájaro insiste, las hojas del laurel se unen al canto, haciendo un ruido al rozarse entre sí como cuentos que se susurraran tras manos que los ocultan. El diminuto resplandor de un avión en el cual van sus hermanas dormitando, hacia el norte, añade un sordo rugido. La grama que crece de manera imperceptible, las raíces que tantean, las piedritas con anillos que las rodean, todas murmuran sus historias. Hasta que al fin guarda silencio, Alma no tenía la menor idea de que la propia tierra estaba contando historias.

De manera muy tenue al principio, y luego más fuerte a medida que su oído se amolda a las sutilezas, va percibiendo que los sonidos se convierten en significado. Abre una gaveta en busca de una cuchara para revolver la leche de su café, y los utensilios están relatando su viaje desde las minas de bauxita cerca de Pedernales, y cómo el rojo material fue extraído de la tierra, transportado a barcos que navegaron hacia el norte para convertirse en aluminio y que lo moldearan en formas artificiales, filosas, y de los trabajadores que los manipularon, las cajas en las que los empacaron, las bocas que han llenado con comida apetitosa, la carne que han cortado, los sancochos en los que se han sumergido...

Alma cierra la gaveta de golpe, enjuagando la cuchara para arrastrar el cuento, pero el agua también tiene su propia historia, de cómo brotó fuera del suelo en las montañas de la cordillera Central, un hilo que se transformó en arroyo, que fluyó corriente abajo y se unió a otros arroyos hasta volverse un río, de los pútridos químicos y la basura arrojada en su cauce, de las lluvias que lo reabastecían, las orillas que se abrían para inundar los valles, el insistente empuje para alimentar el mar, para alimentar el mar. Las persianas traquetean; el viento se levanta, soplando desde el mar con la historia de dónde ha estado, de las velas que ha hinchado, los viajeros desesperados a bordo de las yolas, rezándole a Huracán, el dios de las tormentas, y a Nuestra Señora de la Altagracia para la buena suerte, y que ojalá lleguemos a Puerto Rico antes de que los guardacostas nos detecten. Cada uno de los que van a bordo tiene una historia que el viento lleva.

—¡Filo! —grita Alma.

Filomena oye la desesperación de la doña y llega corriendo.

—¿Qué? ¿Qué le pasa, doña?

Alma no sabe qué decir.

—¿Los oyes?

Filomena ladea la cabeza, como si no supiera bien a qué se refiere la doña.

—¿El globo de nieve? ¿La mujer de los labios cosidos con palabras? Usted me dijo que escuchara con atención.

El reporte de Filomena le produce alivio, al saber que ella no es la única.

Alma se queja con Brava. Las historias siguen hablándole, pero ahora se les han unido otras historias, más y más. No está bien.

—¿Tal vez me estaré volviendo loca?

No muy lejos de los pensamientos de Alma están los espectros de sus antepasados, encallados cada uno en su propia imaginación. Papi, por ejemplo, atrapado en Alfa Calenda, poco comunicativo hasta los últimos días. Esa misma sangre corre por las venas de Alma, al fin y al cabo.

Brava suspira con frustración:

—¡Mujer! Deja de pensar que todo es una señal de algún mal.

—¡Pero es que son tantas! ¡Y aquí ya no hay más espacio! —Alma se da golpecitos en la frente.

—Entonces, escríbelas —aconseja Brava—. El papel lo aguanta todo —agrega.

El papel lo aguanta todo, aunque no suceda lo mismo con Alma.

Pero las páginas en blanco de la libreta de Alma tienen sus propias historias por contar. Las semillas plantadas en los bosques, las décadas de crecimiento, la tala, el desmenuzado para convertir la madera en pulpa, la trituración y el aplanado, el corte y la encuadernación de los pliegos.

Alma no puede hacer otra cosa que escuchar. ¿La atraen esas historias? ¿La atrapan? ¿La absorben? ¿La poseen? Busca el término exacto para describir lo que siente, todavía desesperada e irremediablemente enamorada del acto de nombrar las cosas.

Filomena

Con el pasar de las semanas desde que se fueron las hermanas de doña Alma, Filomena nota un cambio en su patrona. Un buen día la llama a gritos, como si la casita estuviera en llamas. Ella deja todo de inmediato y llega a encontrarse con que la doña nada más quiere preguntarle por las voces.

Filomena sopesa la idea de contarle todo lo que ha averiguado sobre don Manuel y doña Bienvenida. Pero si una persona decide llevarse sus historias a la tumba, ¿acaso ella puede traicionarla? ¿Acaso alguien en la nueva vida que su madre se labró luego de dejar el campo conoce su historia? Cada vez que don Manuel menciona a su Tatica, Filomena no puede evitar pensar en su madre. ¿Pasaría tal vez por una situación semejante? Ella jamás sabrá por qué su madre hizo lo que hizo. O Perla. ¿Por qué asesinaría a un niño? Filomena comprende al doctor, con los recuerdos que lo perseguían, o a la despechada exesposa del dictador, mejor de lo que comprende a las personas que han pasado por su vida. ¿Cómo puede ser posible?

Tampoco piensa mencionar las otras voces que oye a veces, que provienen del monumento con forma de machete grande, manchado con algo que parecería sangre; voces que gritan en una lengua que ella no entiende, aunque el sufrimiento no requiera traducción. Doña Alma no necesita más nubes en su horizonte.

Los vaivenes de ánimo de la doña podrían tener que ver con sus hermanas. A lo mejor tuvo una ruptura con ellas, como le sucedió a Filomena con Perla. Pero el pequeño teléfono timbra con frecuencia, son las hermanas, y aunque ella no habla inglés, no oye que haya tono de contrariedad en la voz de doña Alma.

El caso de la hermana de Filomena aún está por juzgarse. Ella hace su viaje a la cárcel todas las semanas, religiosamente. ¡Qué dicha estar juntas de nuevo! Como cuando eran niñas en el campo, la tristeza por la ausencia de su madre y la aspereza de su padre que se hacía más llevadera con la cercanía de la otra. En cada visita a la cárcel, Filomena recurre a los recuerdos con la callada Perla, con la esperanza de despertar una reacción: los sancochos y los dulces que preparaban, las hierbas aromáticas atadas en manojos y puestas a secar colgando del techo, la hamaca y cómo se mecían juntas en ella contándose historias, el canto de los gallos, los olores del sofrito, los plátanos hirviendo en el fogón, la neblina como una tapa que cubriera el valle entre las montañas, que se despejaba con el sol de la mañana. Filomena le cuenta de su trabajo, de cómo la tratan de bien y lo bien que le pagan. ¿A lo mejor Perla querrá trabajar allá también una vez que salga? A menudo le habla de Pepito, que se ha transformado en un hombre listo y bondadoso. Unas cuantas veces se ha atrevido a traer a su madre a colación, observando con cuidado el rostro de su hermana para ver qué emociones afloran.

—Ya me di por vencida en eso de buscarla —le cuenta a Perla, para no incomodarla aún más.

A pesar de eso, Filomena no puede evitar que su mente divague, como hizo durante todos esos años de separación de Perla. ¿Qué estará haciendo Mamá en este preciso momento? ¿Estará bien? ¿Contenta? ¿Se acordará de mí?

¿Cómo hace Dios para tener en su mente a todo el mundo? ¿Por qué permite que existan las penas? ¿Para mantener a su creación interesada en lo que vendrá después?

—Ay, Filo —se ríe el padre Regino—, te estás poniendo muy filosófica ahora que trabajas para esa escritora. —Hace unos meses, el padre leyó un artículo en el periódico sobre el regreso de la escritora a su país y su jardín de esculturas. Ahí fue cuando sumó dos y dos: esta Sherezada era la misma doña Alma que Filomena nombraba tanto.

—Muchos santos han planteado esas mismas preguntas, Filomena, y también muchos pecadores, y ninguno ha dado una respuesta satisfactoria.

Ella se siente orgullosa de compartir algo con los santos, aunque no tanto de compartirlo con los pecadores, espera que no. Pero ha descuidado la confesión. Todavía le falta divulgar todos sus secretos: la caja que enterró sin permiso, las voces que oye, las historias que le cuentan. ¿Y qué hay de esas otras voces, las ininteligibles que gritan y aúllan? ¿Serán demonios? No se atreve a mencionarle nada de eso al cura porque podría decirle que tiene que quemar su caja de amuletos y renunciar a su trabajo en ese lugar embrujado. Pero allí es donde se siente más feliz. Todos necesitamos algo de felicidad. Hasta doña Bienvenida y el doctor Cruz encontraron maneras de llevar un rayito de sol a sus vidas: el doctor Cruz con su madre y su mundo inventado, y más adelante con su guapa esposa y sus hijas, y por un tiempo con su Tatica; Bienvenida con su hija, Odette, y fugazmente con don Arístides. A veces no nos tocan más que trozos pequeños.

Luego de sus rondas diarias afuera, quitando las malezas, barriendo, limpiando las esculturas, alimentando a los pájaros, regando lo que ha plantado, escuchando, escuchando, Filomena entra en la casita de la doña, por la puerta trasera. Sabe que es preferible no empezar una conversación ni encender la radio hasta no ver de qué ánimo está la doña. Una simple mirada, el tono de voz, una arruga entre las cejas, dicen mucho. Barre la casa sin hacer ruido, saca la basura, prepara el almuerzo, que después se encontrará intacto en el refrigerador. Su cocina siempre ha sido celebrada. De hecho, doña Lena se quejaba de que durante esos días en que Filomena se encontraba de vacaciones forzosas, todos en su casa perdían peso.

Le pregunta a doña Alma:

—¿Es que no le gusta? —A lo mejor su sazón no le parece bueno.

—No es eso, sino que se me olvida.

La doña tiene una expresión cansada. La ropa le cuelga.

—Va a desaparecer de lo flaca que está —le advierte.

Para asegurarse de que coma, Filomena decide estar presente a las horas de las comidas. Le sirve el almuerzo y se queda por ahí, por si la necesitara. Pero eso no servirá de nada.

—Trae un plato y siéntate a comer —le insiste doña Alma. Dice que ella no es comesola, y que no quiere comer sin compañía.

A lo largo de toda su vida trabajando, Filomena ha alimentado primero a sus patrones y entonces sí, mientras ellos duermen su siesta o disfrutan de la sobremesa, tranquilita, se sirve ella, apilando todo en un tazón grande, para comerse el arroz con habichuelas con una cuchara, y la carne a dentelladas, arrancándola del hueso que sostiene entre sus dedos. Todos esos cubiertos y platos no sirven sino para estorbar. Tener que utilizar todos esos implementos le quitaría el apetito.

Pero hace una excepción, se traga su timidez y se sienta a la mesa con su patrona, pues parece ser la única manera de asegurarse de que coma. Su propio apetito desaparece como si escapara por la ventana, aunque más tarde, en su casa, sienta un hambre feroz y acabe en dos bocados con la comida restante que doña Alma le insistió en que se llevara.

A pesar de tanta indulgencia, Filomena no logra que doña Alma deje el plato limpio porque está demasiado ocupada haciendo preguntas y contándole cosas. ¿Acaso sabía que su nombre proviene de una historia muy antigua sobre una muchacha que se convirtió en pájaro luego de que su cuñado le cortara la lengua para que no pudiera decirle a nadie que la había violado? Filomena deja caer la cuchara, espantada.

—¿Es verdad?

Doña Alma ríe. Sus lectores siempre estaban haciendo esa misma pregunta: «¿Es verdad? ¿O se lo inventó?».

—Ya sabes lo que decimos: cuando el río suena es porque piedras trae.

Filomena se sorprende.

—¿Eso también lo dicen allá?

—En todas partes se cuecen habas —contesta, citando otro refrán popular. Son dichos que Filomena ha oído desde niña—. En inglés también decimos esas cosas, aunque de otra manera: *Where there's smoke, there's fire*, donde se ve humo es porque hay fuego. Y sucede así en el resto del mundo.

¿Y acaso sabe Filomena que los cubiertos que están usando para comer antes fueron tierra rojiza en la zona de Pedernales? ¿O que los monos son nuestros primos? ¿O que los seres humanos han puesto pie en la Luna? ¿O que el clima está cambiando y que un día no muy lejano su islita estará bajo el agua, cuando se derrita el hielo de los casquetes polares?

«¿Qué casquetes polares?», quisiera preguntar Filomena, pero eso no servirá sino para que la doña se demore más en terminar de comer.

«Se comió una cotorra», dirían los vecinos cuando alguien no para de hablar. Si fuera cierto, ¡la doña habría tenido que comerse la bandada entera! Para conseguir que la señora se llene la boca de comida en lugar de hablar, Filomena empieza a contarle historias como las que solía relatarle a la caja negra del intercomunicador; historias del campo, de la viejita para la cual trabajó, de sus vecinos en el barrio. Y cuando ya se le acaban las historias que conoce, empieza a inventarlas.

Pepito

Pepito se está quedando con su tía, que no hace más que disculparse por la falta de comodidades para ofrecerle.

—¿A qué se refiere? —le dice, para tranquilizarla. Le encanta estar allí y despertarse con el canto de los gallos, con el sol que se cuela por entre las persianas, el olor del café que su tía cuela a primera hora de la mañana en una media, en el fogón que tiene afuera, como si el siglo XXI todavía estuviera lejos. Todo esto lo hace sentir añoranzas de cosas que nunca supo que le hacían falta.

Bueno, para ser francos, sí echa de menos el acceso a internet, un baño decente con toda el agua caliente que quiera y su licuadora para preparar *smoothies*… es curioso pensar que esas son las comodidades del primer mundo, entre comillas, de las cuales se siente privado. Cuando Richard llega a visitarlo por unos cuantos días, Pepito le reserva habitación en un resort cercano, ya que sabe que él necesita una playa, una buena cama, saunas, masajes, pescado fresco. No ve la hora de que el año sabático de Pepito acabe. Incluso en Grecia, su tiempo de estar juntos se vio interrumpido por la visita de Perla a su hijo y las excursiones a las ruinas.

—Me haces falta —se queja Richard, y eso complace a Pepito pues, en la escala de su relación, su pareja es el menos enamorado de los dos.

Y él necesita ponerse a trabajar de nuevo. Su manuscrito ha estado abandonado en los últimos meses, pues ha tenido que dedicarse a las pruebas y tribulaciones que ha enfrentado su madre. Y no es que no lo haya intentado, pero cada vez que se sienta a escribir, no logra concentrarse. En lugar de eso, se pregunta una y otra vez cómo fue que se le ocurrió escoger ese tema: «La influencia de los textos clásicos y canónicos en la literatura latinx en los Estados Unidos»… ¡Por favor!

En su defensa, hay que reconocer que, en el proceso de que le aprobaran ese tema para el libro, tuvo que encontrar vínculos entre autores considerados marginales y los textos canónicos para que así fueran dignos de interés. «¡Hay que leer esto! Podría ser Homero». «Leamos un poco de esto. Suena como Shakespeare». Ahora ya va demasiado avanzado en la investigación y la escritura como para cambiar de tema. A estas alturas, lo que quiere es terminar la maldita vaina esa y mandarla a la editorial de la universidad para poder pasar al siguiente proyecto. Le encantaría escribir una novela: una novela histórica, ya que esas suelen dar mejor reputación entre sus colegas de la universidad.

Ahí vamos de nuevo… ¡Otra vez maniatándose con esposas de oro!

Pero necesita ganarse la vida. Su cuenta bancaria está casi agotada, más que nada por los costos de los abogados de Perla y los gastos legales. Para cuando todo termine, sus ahorros se habrán evaporado del todo. Y no es que Pepito haya recibido con regularidad un sueldo muy alto, pero tampoco es que sea particularmente cuidadoso con su dinero para vivir de manera frugal.

En cambio, su hermano, que nada en dinero, no es tan magnánimo como para ayudar con los costos relacionados con Mamita En todo este fiasco, GW se puso de parte de su padre, que desaprueba los esfuerzos de Pepito por reducir la pena de Perla. De hecho, Tesoro ha dejado de hablarle. Él sospecha que hay otro montón de antagonismos que han alimentado ese distanciamiento, entre ellos, el tema de la orientación sexual de Pepito. Aunque Tesoro jamás lo admitiría abiertamente. Más bien prefiere verse virtuoso, indignado e implacable.

El sostén en medio de todas estas dificultades ha sido su tía Filomena, que incluso ha llegado a considerar la idea de renunciar a su puesto actual para irse a trabajar a la cárcel y así poder cuidar a su hermana. Pero Pepito la alienta a seguir en lo que está. La paga es mucho mejor que lo que podría llegar a ganar en la prisión. Si todo sale bien, Perla recibirá una sentencia reducida y antes de lo esperado, saldrá con libertad condicional. Mientras tanto, Filomena siempre puede disponer de algo de tiempo para irla a visitar. Doña Alma ha sido muy comprensiva.

Hay que agregar, además, que a Pepito le encantaría que su tía le pidiera a doña Alma que le concediera una entrevista.

Filomena no se atreve a hacerlo. La doña se ha ido recluyendo cada vez más. No recibe visitas. «Dile que estoy escribiendo», le instruye a Filomena cada vez que alguien se presenta a su puerta.

—A lo mejor está trabajando en un nuevo libro. ¿Será?

Ella no lo sabe. La única evidencia que Filomena tiene de que la doña está escribiendo son garabatos en un cuadernito. A veces, el cuaderno se mantiene cerrado de un día para otro. Doña Alma se sienta en su pequeño escritorio a mirar por la ventana como si estuviera escuchando sus voces. Solo sale de ese ensimismamiento para darle a Filomena sus clases, y esa es otra de las razones por las cuales ella se está esforzando en aprender a leer.

Ese comportamiento tan excéntrico de la escritora no hace más que incitar la curiosidad de Pepito. ¿Qué le sucede a un escritor cuando deja el entorno protegido de su oficio y se lanza a lo desconocido? Tal vez él podría tentar a Sherezada para que escriba un nuevo libro, sobre eso precisamente.

Manuel

La voz de Bienvenida me saca del estupor que me ha producido el remordimiento.

—Nos dejó esperando su visita en Canadá —me reprende con gentileza—. Odette hablaba con frecuencia de aquel apuesto doctor que conoció en Nueva York. Me parece que sentía cierta fascinación por usted.

—A lo mejor fui demasiado cauteloso, lo reconozco. Pero no me atreví a registrarme en el consulado por miedo de que la policía secreta del Jefe pudiera rastrearme. Me mantuve distanciado de los dominicanos de Montreal.

—No tenía idea de ser la causa de tanta preocupación para usted.

—No era usted la que me preocupaba, sino los demás dominicanos.

—Le sorprenderá saber que muchos eran bastante críticos del régimen. Al principio, no decían mayor cosa frente a mí, dado mi papel en otros tiempos. Pero pronto se dieron cuenta de que yo no tenía la menor intención de traicionarlos. Fueron muy buenos, y me cuidaron a Odette durante mis múltiples hospitalizaciones.

—Supe que le habían amputado una pierna y que estuvo muy mal.

—Mi diabetes se agravó. Joaquín me contó más adelante que el Jefe tenía una tumba preparada para mí. ¡Gracias a Dios no la tuve que usar! Cuando me recuperé, la nieve y el hielo y el frío eran un peligro. Andaba siempre con miedo de caer y romperme la otra pierna, así que nos mudamos a Miami.

—Tuvo usted una vida azarosa, doña Bienvenida. —Repito una cosa que mi hija, la escritora, me dijo alguna vez, un maleficio chino semejante a nuestro fukú—: «Ojalá le toque vivir en tiempos interesantes». Una vida así sirve para una buena historia.

—Sea como sea, fue mi vida. Con el paso del tiempo, aprendí a aceptar lo que no podía cambiar, pero era difícil para Odette y para mí. Creo que fue ahí que empezaron todos sus problemas... nunca pudo sentar cabeza. Dejé de llevar la cuenta de sus divorcios.

Nuestras historias van fluyendo cada vez más despacio. Entramos a la fase de hablar en tiempo pasado. Me demoro, tal como hacía en Alfa Calenda, porque no quiero que la historia de mi vida termine.

—Entonces, ¿jamás nos volvimos a ver? —pregunta doña Bienvenida, sin estar segura.

—Jamás, a excepción de la historia que mi hija empezó a escribir sobre nosotros.

—¿Su hija? ¿Sherezada, nuestra narradora, es su hija?

—Sí, señora. Nuestra potencial narradora. Para usted, Sherezada, y para mí, Alma. Confieso que al principio sentí cierta decepción porque ella no escribiera ese libro sobre mí que siempre decía que publicaría. Pero al final, estuve de acuerdo con su madre: ¿de verdad quería yo que nuestra vida privada quedara expuesta ante el mundo entero, para ser vista y juzgada? ¿Acaso eso de que alguien nos haga de nuevo, ajustándonos a la imagen que tienen de nosotros, no es como otra forma de muerte? Y como usted misma ha oído, hay partes de mi vida que yo prefería mantener en secreto. Eran partes de mí que no me había atrevido a encarar hasta ahora.

Percibo que una pregunta se va materializando en la mente de Bienvenida. La intercepto con mi propia pregunta. Incluso aquí, en borrador, funciono a partir de evasivas.

—Siempre me he preguntado, doña Bienvenida, ¿qué fue lo que la hizo seguir viviendo? Además de Odette —agrego, anticipando su respuesta.

—Ay, Manuel —ella suspira, y su voz se oye tan bajita que podría estármela imaginando—. ¿Qué le puedo decir? Esos largos días en el hospital, el extraño dolor en mi pierna amputada, la prótesis que nunca me quedó bien y que era varios tonos más clara que mi piel. Los inviernos tan largos, la nieve que caía y caía. Incluso ahora que todo eso ha terminado, siento la pesadumbre de esos años. Los momentos más felices de mi vida habían quedado todos en el pasado. Yo fui un fantasma antes de que me llegara el momento de serlo de verdad. —Se ríe, tratando de tomarse a la ligera esos pensamientos tan dolorosos—. ¿Y para usted? —pregunta ella—. ¿Cuál fue la época más feliz de su vida?

—Siempre pensé que había sido ese mes en Nueva York en que estaba locamente enamorado de Lucía. Pero ese amor me trajo tanta infelicidad. Busqué la felicidad una vez más con Tatica, pero también me trajo tristezas. Terminó por ser el final de Alfa Calenda tal como siempre la había conocido. Las historias que habían sido su aire, su luz, su sustento, se esfumaron. Mientras permanecía sentado en ese hogar geriátrico, viendo caer la nieve, con esas enfermeras rubias que me atendían, desarrollé toda una teoría: la felicidad no es una condición estática, sino que es circulatoria. ¿Qué pasa cuando uno detiene el flujo sanguíneo?

—¿El paciente muere? —pregunta Bienvenida, vacilante.

—Exacto. Al encerrarme en mí mismo, detuve el flujo. Esos últimos meses entre desconocidos en ese hogar fueron de los más felices de mi vida.

Permanecemos un rato en silencio. Y pienso que esto también es la felicidad.

Bienvenida rompe el hechizo y pronuncia la pregunta que se ha estado reservando:

—¿Y qué fue de Tatica?

—Me ocupé de ella. Hice arreglos en secreto. Nunca nadie le dijo quién la había traicionado, pero estoy seguro de que lo dedujo. Lo curioso es que nunca me denunció ni trató de contactarme a mí o a mi familia. Sufrí mi remordimiento a solas. El recuerdo de mi traición fue como un infierno individual en mi interior, que reemplazó a Alfa Calenda e intensificó mi soledad.

»A través de un contacto en Higüey, donde ella se estableció, me mantuve al tanto de su vida. Cuando supe que padecía demencia, al igual que Lucía, hice los arreglos para que unas monjas la acogieran. Hasta donde supe, no tenía parientes. Me sentí mal de internarla en un hospicio, pero cuando yo mismo fui a parar a un hogar geriátrico, me pareció adecuado y extrañamente tranquilizador que estuviéramos viviendo la misma experiencia, en vidas paralelas.

»De vez en cuando, se me aparece su rostro y la llamo. Dicen que morí de un ataque al corazón. Morí de vergüenza, así de fácil.

—Me pregunto… —cavila Bienvenida—, ¿el Jefe alguna vez sentiría remordimiento por mí? Me acuerdo de que en París me decía que yo era su amuleto de la suerte. ¿Pero acaso eso era amor? ¿Usted qué cree, Manuel? ¿Alguna vez me quiso?

—Esa es una pregunta muy difícil. Para responderle, Bienvenida, tendría que meterme en los sentimientos de mi peor enemigo. —Pero es un pequeño precio que vale la pena pagar con tal de aliviarle el sufrimiento a ella—. ¡Ay, doña Bienvenida! ¿Quién puede saberlo? —Me esfuerzo para superar mi resistencia para entrar en ese círculo del infierno: el corazón de mi opresor—. Sí, supongo que, a su manera, sí la quiso.

Bienvenida

Alcanzo a percibir la renuencia de Manuel. «¿Por qué sigo buscando certezas que me tranquilicen, y que otros participen en este acto de engañarme a mí misma? ¿Acaso no he aprendido ninguna lección en la vida y voy a cometer los mismos errores otra vez?» me pregunto. Toda una vida de giros equivocados y callejones sin salida.

El abismo se abriría ante mí una y otra vez. Al principio, lo primero que hacía era tratar de proteger a Odette, y más adelante a mis nietos, de las terribles historias del régimen que empezamos a oír cada vez más. No quería que ninguno llegara a odiarse por cuenta de la brutalidad contenida en la sangre que les corría por las venas. Cuando asesinaron al Jefe, mi primo Joaquín llamó a avisarme.

—No vayas a hablar con la prensa —me advirtió. En ese momento vivíamos en Texas, y nadie sospechaba que esa dulce abuelita de tres adolescentes revoltosos y de una niña callada y observadora hubiera podido ser una primera dama en otros tiempos, la esposa desechada de un hombre poderoso. Colgué el teléfono y fue como si la puerta de la jaula en la que me encontraba se hubiera abierto de repente, pero yo no sabía adónde ir. Era demasiado tarde para empezar de nuevo en la vida. Lo único que podía hacer era seguir adelante, sin mirar atrás, a riesgo de convertirme en una estatua de sal, como aquella mujer sobre la que cuenta la Biblia. Sal de todas las lágrimas que había llorado, y no solo por mí sino por todos nosotros, por las muchas vidas perdidas, los sufridos supervivientes, los colaboradores acosados por el pasado. «¡Atrás, Satanás!», como el Señor le dijo al maligno.

Pero el pasado me alcanzó, a pesar de todo. Un día, mi nieta, nacida y criada en los Estados Unidos, volvió a casa después de su clase de Historia con preguntas sobre aquel «dictador implacable» de la isla.

—¡Qué cosas hizo! Mandar a matar a todos los que no estaban de acuerdo con él, asesinar a las hermanas Mirabal y a tantos haitianos con machetes para así poder culpar a los campesinos del lugar. ¡Wow, abuela, con razón te divorciaste de él!

Ojalá hubiera podido decirle que, por mis principios y convicciones, me daba cuenta con claridad de lo que estaba pasando, y por eso había decidido irme con su madre. En lugar de eso, le confesé la verdad lo mejor que pude. Que me había enamorado de la historia de mi Jefe que quise creer.

—No se torture así, Bienvenida —dice Manuel con suavidad—. Tenemos que vivir según lo que dicta nuestra naturaleza, para bien o para mal. El arrepentimiento es apenas una manera de cometer los mismos errores una y otra vez.

—Supongo que ya es demasiado tarde incluso para los remordimientos. Era demasiado tarde la noche en que caí rendida ante los encantos del Jefe. Tal vez por eso abandoné la novela que su hija estaba escribiendo sobre mí. Hubiera tenido que revivir mis errores de nuevo. Me fui a la tumba con la misma pregunta que había visto en la mirada de sor Odette, aún sin respuesta: ¿cómo fue que me atrajo semejante hombre tan cruel y despiadado? Sigo sin entenderlo.

Oímos pisadas que se aproximan: es la encargada de cuidar el cementerio que ya se va para su casa. Hoy, como la mayoría de los días, se para un momento frente al globo de vidrio del Barón, le da un empujoncito y luego contempla cómo cae la única nieve que llegará a ver en su vida, hasta posarse en el fondo.

—Tía —la llaman desde el otro lado del muro—. ¡Ábreme, tía!

La encargada se apresura a llegar a la puerta de atrás, y la entreabre.

—¡Pepito! ¿Qué pasa?

El sobrino se regresa a Nueva York en unos días y quisiera conocer a la escritora.

—Vamos, tía —insiste—. Es que yo enseño sus libros. Los he estudiado durante años. ¿Qué de malo tiene eso?

—Podría perder mi trabajo, eso tiene de malo. Tú mismo dijiste que tal vez es el mejor trabajo que podría tener. Además, como ya te dije, la doña ha estado muy rara últimamente.

—Okey —accede el sobrino—. Entonces, muéstreme un poco el sitio.

Su tía no puede rehusarse a cumplirle ese favor más pequeño si le niega el grande. Visitan los distintos monumentos y el sobrino silba maravillado.

—¿Y de quién fue la idea? —quiere saber.

—De la doña, con ayuda de su amiga doña Brava.

Están frente a mi tumba.

—Así que es cierto —dice el sobrino—. Había leído que Sherezada estaba escribiendo una novela sobre la ex de Trujillo. ¿Por qué iba a escoger a una mujer tan corriente? Una masa de pan.

«Una masa de pan». Eso era lo que la gente siempre decía de mí. Tan dócil que tomaba la forma de la mano que me amasara. Así es como he quedado en la historia que pasa de boca en boca. ¿Quién iba a corregir esa impresión cuando yo jamás levanté la voz para hacerlo? ¿Qué diferencia habría implicado? ¿Quién hubiera estado dispuesto a oír?

La encargada sabe que mi vida habrá sido todo menos monótona. Pero también debe saber que decirlo solo serviría para atizar la curiosidad del sobrino.

—A veces las aguas mansas también tienen profundidad y guardan algo —dice ella como sin querer.

Pero el sobrino no necesita que le cuenten nada más. Esa noche, lo oigo trepar por encima del muro con una escalera que luego jala hacia adentro del cementerio.

Pepito

El vecino de su tía no tiene ningún problema en alquilarle la escalera por unos pesos. «¿Entonces, a qué señorita va a visitar esta noche?», pregunta en tono bromista, como si esto fuera *Romeo y Julieta.*

«Querrá decir a qué señorito», debía responderle Pepito en tono de broma también. Este vecino lo ha estado observando, mientras trata de dilucidar si sus peculiaridades se deben a que ha vivido siempre en los Estados Unidos o a que es «pájaro».

Pepito hubiera podido echarse al bolsillo la llave de su tía y entrar por la puerta de atrás del cementerio. Pero Filomena suele llevar la llave colgada al cuello hasta la hora de acostarse, cuando la pone en el gancho donde también tiene su rosario y el calendario de santos. Si ella se llegara a despertar y no ve la llave, sabrá lo que pasó. ¿Para qué darle otro motivo de disgusto? Ya tiene sus pesares con lo de Mamita y conque Pepito se vaya en dos días. Además, meterse a escondidas al cementerio es parte de la diversión. Como *Romeo y Julieta*, sí. Resulta que Pepito tiene talento para estas cosas de pasar desapercibido, que ha ido perfeccionando con los años; una deformación que se debe a vivir en el mundo de las historias, convirtiéndose en un personaje u otro según la página que esté leyendo, metiéndose en las vidas ajenas y volviendo a salir de ellas. Una vez tuvo un terapista que le sugirió que ya dejara esas estrategias atrás, para averiguar quién era realmente. Pero ¿cómo iba a saber cuál es su verdadero yo sin tener una historia que le pusiera esa idea en la cabeza?

No se ve la luna en el cielo lleno de estrellas. Pepito busca su camino, tanteando despacio las diferentes tumbas, y se dirige hacia la ventana iluminada de la casita donde se encuentra la escritora, despierta y vigilante, aunque no resulta claro qué o a quién está esperando.

Pepito toca a la puerta, con suavidad para no perturbar a Sherezada si en realidad está escribiendo. ¿Quién quiere pasar a la historia literaria, el medio en el cual él se mueve, como una especie del vecino de Porlock que interrumpió a Coleridge en medio de su escritura del poema «Kubla Khan»? Aunque esté inconcluso, es un poema bastante bueno. ¿Así que tal vez el intruso de Porlock le hizo un favor al poeta? A lo mejor Pepito va a escribir una monografía sobre eso. Su año sabático ha resultado ser muy diferente de lo que esperaba, con todo lo sucedido. Más vale que se ponga a publicar algo para así ascender a los rangos más altos de la jerarquía académica.

—¿Sí? —responde una voz fatigada, desde adentro. Un «sí» tan teñido de «no» que bien podría ser una negativa—. ¿Quién es? —pregunta de nuevo, y esta vez se oye más molesta que prevenida.

Una silla se arrastra sobre el piso, pasos se acercan a la puerta. Pepito piensa si será mejor esconderse detrás de uno de los monumentos más grandes: la tinaja o el globo de vidrio, u otra que recuerda de cuando estuvo visitando el lugar por la tarde, de una mujer que tiende su mano derecha como si quisiera que alguien le leyera la suerte.

Pero esta podría ser su última oportunidad de conocer a Sherezada en este viaje. No será sino hasta las vacaciones de Navidad o tal vez las de primavera cuando pueda volver. Richard se fue hace una semana, quejándose por tener que seguir con esa viudez de sabático. Y es el momento de volver y prepararse para el semestre de otoño. Ha hecho todo lo que ha podido. A su madre la han condenado por homicidio atenuado por trastorno mental, y no por homicidio pasional. Ahora está en una cárcel de mujeres cerca de Higüey, una de las mejores. El abogado seguirá insistiendo para que le concedan libertad anticipada, gracias al flujo constante de dinero que le envía desde el Norte ese hijo tan considerado. Su clienta necesita tratamiento; lo que requiere es rehabilitación y no castigo.

Al día siguiente, el último en la isla, irá a visitar a Mamita con su tía. Su familia paterna no está nada complacida con el hecho de que él siga frecuentando a «esa asesina». «Mamita», las corrige él. Señalan que mató a dos personas. Él podría decirles que, para él, «madre» pesa más que «asesina», pero no querrán oírlo. La trágica historia las ha atrapado.

Cuando se abre la puerta, Pepito queda perplejo. Su tía tiene razón: Sherezada se ve muy desmejorada… «un gastado abrigo apoyado en un bastón», del poema de Yeats le viene a la memoria. Es cierto que la única vez que la había visto fue en una lectura años atrás. Las fotos de las cubiertas de sus libros, como las de cualquier autora publicada, muestran a una mujer atractiva, retocada con trucos de imagen, como si, para vender sus libros, una escritora necesitara ser atractiva, además de talentosa.

—¿Quién es usted? ¿Qué busca? ¿Cómo llegó aquí? —Una pregunta seguida de la otra, como un modo de hacerle entender que se está interponiendo en su camino. Se detiene, esperando que él explique su presencia.

Con buen criterio, Pepito no empieza con: «Soy un gran admirador, el profesor que ha estado insistiéndole a su agente para que le conceda una entrevista». En lugar de eso, opta por una veta que sospecha tiene mucho mineral:

—Soy el sobrino de Filomena, vine a verla desde Nueva York. —Frunce los labios para apuntar hacia el Norte. En algún foro de internet de la diáspora había leído que esa era la manera dominicana de señalar—. Mi tía me ha contado muchas cosas sobre usted y que le está enseñando a leer. ¡Le estoy tan agradecido!

La expresión en el rostro de Sherezada se suaviza. Mira hacia la oscuridad que hay tras él.

—¿Ella te dejó entrar? ¡Filo! —llama la escritora en medio de la noche.

—La tía se fue a su casa. Quería acostarse temprano, porque mañana tenemos un largo día por delante.

¿Debería mencionar que su Mamá está en la cárcel en Higüey? Mejor no.

Sherezada ladea la cabeza, sin saber qué pensar.

—Entonces, ¿cómo entró?

Pepito se acuerda de que su tía le contó del intercomunicador de la puerta, al cual los visitantes le tienen que contar una historia para poder entrar.

—Conté un cuento y las puertas se abrieron.

—¡Qué raro! —Alma creía haber apagado el intercomunicador. Tendrá que recordarle a Filomena que lo desconecte al irse todos los días. Últimamente, parece que el aparato tiene su propia voluntad y deja entrar a cualquiera. ¡Tal vez los fantasmas de sus personajes se están tomando el cementerio! Eso sería justicia poética, o algo así. Lo más probable es que el sobrino esté mintiendo y que su tía le haya dado la llave para entrar por la puerta de atrás. Hay algo curioso aquí, que lo convierte en una historia interesante—. Siga. —Alma se hace a un lado, como una puerta que se abriera. Le indica a Pepito con un ademán que se siente, antes de que ella ocupe su silla frente al escritorio y la gire para quedar frente a frente—. Entonces, cuénteme el cuento.

—¿Qué cuento?

Ella lo mira con reproche, intuyendo que lo del cuento que contó es puro cuento.

Sobre el escritorio de ella, Pepito alcanza a ver un cuaderno abierto, la página llena de trazos caóticos, palabras tachadas. «¿En qué está trabajando?», quisiera preguntarle. Pero si tiene intenciones de llegar a alguna parte, más vale que le dé gusto contándole el cuento que supuestamente contó en la puerta.

Lo único que se le viene a la mente es todo lo que ha estado sucediendo en su vida, su madre, su padre, el descubrimiento de la aventura. ¿Por qué no empezar por ahí?

Sherezada está tan inmóvil como una de las estatuas de Brava. Es difícil describir la expresión de su cara. Está fascinada, atrapada, como una esponja que absorbiera todas y cada una de sus palabras, los ojos le brillan, vuelve a la vida.

—Debería escribir eso —le dice cuando llega al final.

Filomena

Se despierta con el estruendo de platos rotos. Un ladrón se le metió a la casa.

—¡Coño! —exclama una voz de hombre. No es un ladrón, porque esos no sueltan insultos en voz alta.

—¿Pepito? —lo llama.

La casa está a oscuras. No hay luz, otra vez. Filomena enciende la linterna de los huracanes y se apura a llegar al cuarto del frente. Su sobrino está de rodillas, recogiendo pedazos de platos a la luz de su celular. La mesa que ella había dejado puesta para desayunar temprano a la mañana siguiente antes de salir para Higüey está volcada. En el piso hay platos, cubiertos y azúcar del frasco volteado.

—¿Qué pasó? —Filomena quiere saber.

—Nada, tía, nada. Perdóneme por todo esto. —Señala los platos rotos, los cubiertos tirados—. Salí a caminar. Necesitaba despejarme la mente.

«Pobrecito, preocupado por su Mamá».

—Son solo unos platos —lo tranquiliza, arrodillándose para ayudarlo a recoger los pedazos.

Ella también está preocupada por Perla. Y por Pepito. Pasado mañana volverá a Nueva York. Le dice que su trabajo no va bien. Que ha desperdiciado el año sabático… «Su vida», agrega, agarrándose la cabeza con las manos. «Ay, mijo», lo consuela ella. «No diga eso», Le duele oírlo hablar así.

De lo que ha entendido en las conversaciones, su padre ha dejado de hablarle. Su hermano, Jorge Washington, se puso de parte de Tesoro. A excepción de su amigo Ricardo, parece que no tuviera a nadie en el mundo. «Me tiene a mí», le recuerda.

Al día siguiente, en el camino a Higüey, Filomena trata de levantarle el ánimo con historias de su niñez junto a Perla en el campo. Le presenta una versión mejorada de Papá, en lugar de que lo vea como un hombre amargado, pues quiere que Pepito tenga una buena impresión del abuelo que nunca llegó a conocer. Un abuelo inventado, a quien ella le habría gustado tener por padre. Y trae a colación a Tatica.

—Su abuela —agrega, porque parece que no supiera que tuvo una—. ¡Todos tenemos abuela! —La risa le gorgotea en la garganta.

—Mamita jamás me habló de ella, fuera de que murió muy joven, cuando ella tenía diez años, creo. ¿Y usted debía tener… cuántos años?

—Ella no murió —dice Filomena sin rodeos—. Dejó el campo para buscarse una mejor vida en la capital. Prometió que volvería por mí y por Perla una vez que se estableciera. Papá estaba furioso con ella por habernos abandonado. «Si llega a aparecerse por acá», amenazaba, «¡la mando a ella y a su par de puticas al infierno!».

Pepito voltea la cabeza de repente hacia su tía. El carro da un bandazo.

—¡Ay, tía! ¿Se está inventando esa parte o qué?

Filomena menea la cabeza con tristeza.

—No, mijo. Esa es la verdad, por Dios.

—Pero me dijo que el abuelo era un buen hombre.

—Me lo inventé —confiesa—. Papá era un tipo duro, especialmente cuando bebía, cosa que sucedía a menudo —continúa—. Yo tenía seis años cuando Mamá se fue.

Esa noche, Filomena se había despertado al sentir que había alguien más en el cuarto, con temor de que fuera Papá llegando de una de sus parrandas y se hubiera equivocado de cuarto, como le sucedía a veces, y las tocaba como si fueran Mamá mientras ellas se hacían las dormidas. Perla siempre salía en su defensa: «Es nuestro padre. Nos está mostrando su cariño, no más». Toda la culpa por su tristeza Perla se la echaba a su madre.

Pero aquella noche Papá no había vuelto todavía, o Filomena lo habría escuchado tropezándose y soltando palabrotas, golpeándose contra las cosas, rompiendo platos y vasos. Y los pasos que oía trataban de pasar desapercibidos. Probablemente eran ciguapas que llegaban a raptar a una niña para su tribu, que vivía bajo el río Yaque. Mamá le había contado esos cuentos.

La cara se inclinó sobre ella y le dio un beso. «¡Mamá!».

Ella prendió en la batica de Filomena la medalla de la virgencita que ella solía llevar en su brasier, y en el dedo de Perla deslizó su anillo, que la jovencita arrojó al río al día siguiente. «Volveré por ustedes». Como las promesas del Jefe a doña Bienvenida, la de Mamá nunca se hizo realidad.

—Nunca más la volvimos a ver. ¿Habrá muerto? ¿Se olvidó de nosotras? ¿No nos quería tanto? —Filomena entiende las razones de su madre con la cabeza, pero su corazón se niega a aceptar las respuestas con las que siempre sale.

—Las personas a veces toman decisiones crueles por pura necesidad —dice Pepito.

A lo mejor su sobrino está pensando en su madre y su padre, que lo dejaron en la isla, pero regresaron por él y le destrozaron el corazón a Filomena. ¿Cómo hace Dios para decidir a quién le toca la pena mayor? Otra pregunta filosófica para hacerle al viejo cura.

—Ustedes sí que han tenido una vida dura —dice Pepito, meneando la cabeza. Y ahora esto: su madre en la cárcel, con la mente atormentada por lo que hizo.

Una vida dura, es verdad. «Pero ¿quién no tiene una vida dura?», piensa Filomena, a juzgar por las historias que ha oído en el cementerio. Parece que todos los que han vivido han tenido que soportar tristezas, y a veces las han enterrado en lo más hondo de su ser hasta olvidarse de que están allí.

Y si uno pudiera oír las historias de las demás personas todo el tiempo, ¿qué pasaría? ¿Entendería mejor a los demás? ¿Acaso podría perdonarlos? ¿Al Jefe? ¿A Tesoro? Manuel Cruz no se portó bien con su querida, pero al conocer su historia, Filomena no puede negar, no señor, que comprende la difícil situación en la que se hallaba.

Oír todas estas historias ha abierto muchas ventanas en la vida de Filomena. Don Manuel, doña Bienvenida. Pero también las otras voces que van y vienen con el viento, cada una ofreciéndole una nueva visión del mundo. Hasta las terribles que le dan miedo y la confunden puede ser que algún día llegue a entenderlas también, y que los angustiosos lamentos de esas voces se transformen en cantos de pájaros. Tanta tristeza, tanta maravilla, tanta dicha. Siente el corazón cargado de sentimientos contradictorios, la mente llena de posibilidades y giros y vueltas. Era más sencillo antes. Y a pesar de eso, no quisiera echarse atrás. Ahora en su corazón caben todos, o casi todos.

—¿Qué te dijo tu Mamita de mí? —pregunta Filomena. Pepito debía haberse sentido abandonado cuando su tía desapareció de su vida.

—Dijo que había tratado de separarlos, de romper su matrimonio. ¿Es verdad, tía? ¿A usted nunca le gustó mucho Papote?

—Nunca lo entendí —contesta Filomena, ahora que ve las cosas de otra manera.

—Bienvenida al club —comenta Pepito.

Pepito

Para cuando regresan de visitar a Mamita, las luces de la calle ya se han encendido. El vecino bombero está sentado en una silla frente a su casa, a la espera.

—¿Dónde está mi escalera? —dice Florián confrontando a Pepito.

Filomena lo mira extrañada.

—¿Cuál escalera? —le pregunta ella, con disgusto.

—No hay problema. Ya se la traigo —Pepito se voltea tímidamente hacia Filomena—. ¿Me deja entrar, tía?

Filomena abre la puerta de atrás del cementerio sin pronunciar palabra.

Esa noche, mientras comen víveres hervidos con queso frito, Pepito se confiesa. Tenía que conocer a Sherezada, le cuenta, e insiste en llamarla con ese nombre tan extraño.

—Tía, usted dijo que ella no se sentía bien, pero no dijo que diera la impresión de andar en las nubes. ¿Lleva mucho así?

—Acuérdese de que la cabeza de la doña está llena de historias —le dice su tía—. Claro, todo el mundo tiene sus recuerdos y noticias y chismes y preocupaciones en la cabeza. Pero además de todo eso, doña Alma ha acogido tantas otras historias en esa cabeza pequeñita que tiene, que se le congestiona, como la nariz cuando uno está resfriado. Y por eso fue que hizo este cementerio. Y a pesar de eso, las historias le siguen hablando. Yo he tratado de ayudarla. Oyendo las historias nada más—agrega Filomena.

Pepito queda intrigado. ¡Entonces su tía es una santera! Algo así se imaginaba.

—¡No, no, no! —Filomena no tiene nada qué ver con esos disparates. El padre Regino le ha dicho que esas brujerías son pecado. Ella no es más que una empleada a la que le dieron una tarea por cumplir, y eso es lo que está haciendo.

—Claro —contesta Pepito, reprimiendo una sonrisa.

Al día siguiente, antes de irse, le pide a su tía que le mande reportes de los avances con Mamita, y también con Sherezada.

—Doña Alma —se corrige.

—Yo las cuidaré a las dos —le promete Filomena.

En los días, meses y años por venir, su tía lo mantiene actualizado de noticias. Doña Alma fue donde unos abogados. Firmó un montón de papeles para indicar qué se hará cuando ella falte. Las hermanas de doña Alma y doña Brava serán nombradas herederas de los bienes de Sherezada. Luego de su muerte, el cementerio se convertirá en un parque que pasará a pertenecer al barrio, y Filomena estará a cargo de administrarlo, y recibirá un salario, lo cual quiere decir que podrá poner las reglas. Ya lo tiene decidido: las puertas se abrirán para que todos puedan entrar, sin importar la historia que cuenten.

—Todos los cuentos son buenos, si uno encuentra a la persona adecuada para contárselos —le explica a Pepito.

—¿Y quién va a administrar el legado de sus obras literarias? —pregunta Pepito. Su tía no sabe nada sobre eso.

Con su ayuda, y por haberlo recomendado, Pepito contacta a Alma y hace uso de todos sus encantos para ganársela, ¡no en balde es hijo de Tesoro! Se presenta como estudioso de la obra de Sherezada. De hecho, está escribiendo un libro sobre su obra y la de otros escritores estadounidenses de origen latinoamericano.

Alma/Sherezada al fin le concede una entrevista, con largos

mensajes de audio llenos de digresiones en respuesta a las preguntas que él le manda por correo electrónico. Obviamente, este es solo un primer paso en el proceso de asomarse a la vida de la escritora. A medida que esa vida se acerca a su final, Alma empieza a aceptar las llamadas de Pepito, y en algún momento se ríe de su entrometida curiosidad:

—¡Podrías ser una de mis hermanas!

También se las arregla para convencerla de nombrarlo albacea de su obra literaria. A diferencia de las tres hermanas Cruz, él puede tomar decisiones desde el punto de vista de un escritor. A diferencia del agente de Alma, él es dominicano.

«Para mí, representar su obra es un asunto del alma», le dice. El juego de palabras es bien recibido. Además, ayuda el hecho de que él sea sobrino de Filomena. Hay un punto que nadie puede cambiar: todos los documentos que Alma llevó a la RD y que no ha destruido deben permanecer no solo en el país, sino en el cementerio. El dinero que se reciba por cuenta de las regalías de Sherezada y derechos conexos se destinará al mantenimiento del parque. A excepción de los pagos mensuales que se envían a un hospicio en Higüey. «Cerca de donde su Mamá estuvo presa», le recuerda su tía.

En cuanto a su mamita, sigue sin hablar, Filomena le reporta con tristeza.

—Hay que aceptarlo —le aconseja a su sobrino. Pero él no quiere darse por vencido. Consulta a una consejera de traumas con amplia experiencia en terapia de sobrevivientes de violación y genocidio, muchas de ellas mujeres que vieron arder sus pueblos en llamas y a sus seres queridos morir asesinados. Estas mujeres se sientan en el consultorio de la terapista y no pronuncian palabra, como si les hubieran cortado la lengua. No quieren ni pueden contar lo que han tenido que soportar.

—¿Y llegan a recuperarse? —pregunta Pepito, buscando aferrarse a un hilito de esperanza.

—Algunas lo logran —le informa la terapista—, pero solo empiezan a superarlo tras haber podido contar la historia de lo que vivieron.

—¿Y cómo va a mejorarse Mamita si se niega a hablar?

—Hay otro camino —dice su tía, disculpándose por su atrevimiento, ya que ella no es ninguna doctora ni ha estudiado—. Hay que escuchar. También hay historias en el silencio. —Eso es lo que ha aprendido en su trabajo con doña Alma.

Filomena y Perla

A medida que doña Alma se deteriora, Filomena debe ocuparse más y más de su cuidado, hasta que contrata a Perla para que la ayude. De hecho, su libertad anticipada se logró, en parte, gracias al argumento de que estaría haciendo trabajo humanitario.

—Aunque siempre puede renunciar más adelante, si quiere —le confió el abogado.

Para Filomena es un alivio tener a su hermana nuevamente bajo el mismo techo. Es una presencia silenciosa pero reconfortante. En el cementerio, le delega la labor de escuchar las voces a Perla, quien parece disfrutar de sentarse junto a cada monumento durante horas, como si ella también pudiera oír lo que cuentan estos personajes abandonados.

Un día, un tiguerito se cuela en el parque. Perla le hace gestos para que se acerque y él va a sentarse callado a su lado. Ella toma la mano del niño y sigue los trazos escritos en las inscripciones de las estatuas, enuncia el nombre de cada una de esas marcas. Al día siguiente, el niño lleva a un amigo y pronto el cementerio se ve lleno de niños callejeros del barrio.

Van de un monumento al otro, aprendiendo las letras al leer las palabras escritas en ellos. Su maestra recompensa los avances con menticas de las que lleva en los bolsillos.

Pepito

Como albacea literario de la obra de Sherezada, Pepito es invitado a escribir o a dar conferencias sobre ella. Habla de su amistad con la escritora, de su decisión de retirarse de la vida pública, de su regreso a su tierra natal. Cuando surgen preguntas sobre sus hábitos, su silencio público hacia el final de su vida, su personalidad, llama a su tía o a las hermanas de Alma. Si ellas no saben la respuesta, Pepito la inventa. ¿Y por qué no hacerlo? Al fin y al cabo, la misma Sherezada fue una invención de Alma Cruz.

A menudo recuerda su único encuentro. Sherezada apenas pronunció palabra. Permaneció sentada, en silencio, atenta a la historia de Pepito. Él miraba una y otra vez lo que había tras ella, como un niño decidido a averiguar un secreto. Al final, lanzó la pregunta que lo obsesionaba:

—¿En qué está trabajando ahora?

Sherezada giró su silla para ver qué era a lo que se refería su visitante.

—Ah, eso. —Se encogió de hombros al ver los apuntes garabateados en la página, y le entregó el cuaderno. Su letra no era fácil de descifrar, con tantas palabras tachadas, alternativas en los márgenes y aquellas tachadas para ser sustituidas por opciones más recientes. Ninguna palabra parecía ser exactamente la que ella buscaba.

Se esforzó por entender lo que estaba escrito: «Todas las cosas de la tierra se paran y cuchichean, y es su historia lo que cuentan».

¿Era eso una descripción de lo que la afligía o una cita tomada de alguna parte? No se atrevió a importunarla con más preguntas y con eso correr el riesgo de que lo echara a patadas. ¿Fue idea suya o de ella salir a caminar por el cementerio?

Aunque no había luna, la noche estaba tachonada de estrellas. Él le ofreció el brazo a Alma, cual si fuera a llevarla hacia la pista de baile.

—Como el Jefe —rio ella.

Él le preguntó a qué se refería.

—Monte Cristi, 1927 —contestó—. Antes de tu época.

—Pero usted tampoco vivía en ese entonces —le recordó él.

—Viví en esos tiempos mientras la escribía a ella.

Debía estar aludiendo al manuscrito inconcluso de Bienvenida. Pepito conocía la historia en partes, por entrevistas anteriores, en las cuales Sherezada hablaba en detalle sobre la novela para la cual estaba investigando, cuyos borradores yacían enterrados en ese cementerio. Alguien debería sacarlos de ahí para tratar de reconstruir la novela abandonada, en serio.

Caminaron despacio, ya que el cementerio no estaba iluminado. Ella estaba descalza, y sobre el suelo había una capa de gravilla filosa, clavos desechados y trozos de alambre que la brigada de obreros había dejado atrás. Él ofreció encender la linterna de su teléfono para poderla guiar.

Ella se rehusó.

—Mis pies se saben de memoria el camino —rio, repitiendo las palabras con cada paso: pies, memoria, pies, memoria… como si fuera una niña aprendiendo las palabras para nombrar partes y funciones del cuerpo.

Anduvieron por entre las hileras de tumbas en silencio.

—Tomó tanto tiempo llegar hasta aquí… —dijo ella por fin—. Toda una vida.

¿Se refería acaso a su regreso a su tierra con sus historias o a este silencio juntos, bajo el cielo estrellado? No preguntó, temeroso de romper el hechizo.

Con todo, había algo inconcluso. Un sueño que había tenido hacía poco que la desconcertaba.

—Una violación que yace justo en el corazón de mi arte.

«¿Acaso se citaba a sí misma?», se preguntó Pepito.

Alma se había detenido frente a una escultura. Pepito agradeció esa distracción. Sacó su teléfono para poder leer las inscripciones. Era el monumento que había visitado unas horas antes con su tía, una cabeza sobre un largo tallo, a modo de cuello, el rostro marcado con letras, palabras garabateadas a través de la boca, como un hilo negro grueso que cosiera los labios. Ladeó la cabeza para poder leer la menuda letra:

—«"¿Bienvenida? ¿Inocencia?", repitió el Jefe en su oído mientras bailaban».

Mientras él leía en voz alta lo que decía el monumento de Bienvenida, Sherezada volvió a inquietarse.

—¿Oyes eso? —murmuró—. ¿Esos lamentos?

Estaba a punto de decir que no, con lo cual ella se alteraría más, pero, afortunadamente, un pájaro empezó a cantar en uno de los árboles.

—¿Se refiere a ese pájaro? ¿Cómo no iba a oírlo? —fue muy raro, un pájaro cantando a esas horas de la noche.

—¿Cómo se llama? —quiso saber ella.

Los pocos nombres de pájaros que Pepito conocía eran todos del norte. Aunque también era cierto que siempre había aves literarias de los libros que enseñaba: el cuervo de Poe, el mirlo de Wallace Stevens y ese petirrojo del poema de Emily Dickinson.

—Ruiseñor —dijo él.

Ella le dio una palmadita en el brazo.

—No digas mentiras de nuevo. ¡El nombre de verdad! ¡Dímelo! —insistió, como una niña frustrada.

—Ya, ya —la consoló él, acariciándole la mano que ella tenía en el pliegue de su codo. Alma se calmó, tranquilizada por el contacto o tal vez por el mismo canto del pájaro.

—Precioso —dijo, cuando el ave calló.

IV

Colorín colorado

Las puertas permanecen abiertas todo el día. Al anochecer, antes de irse a casa, Filomena y Perla las cierran. A pesar de eso, las noches son agitadas en el cementerio. Los tigueritos se ocultan tras las esculturas a la hora del cierre. Con la oscuridad, los enamorados trepan por encima de los muros y van a abrirle la puerta de atrás a sus amadas. ¿Adónde más ir para un encuentro amoroso? Los moteles por hora más baratos implican un viaje hasta la autopista. Es preferible una estera o incluso el puro suelo. En la exaltación del placer, el cuerpo deja de sentir esas cosas.

Los amantes rara vez pasan la noche allí. Los amores ilícitos exigen despertarse entre brazos legítimos en la propia cama. Pero para vagabundos, limosneros y huérfanos y habitantes de la calle, el cementerio hace de hogar. Cada grupo tiene su territorio preferido: los niños se congregan alrededor de los monumentos de los libros infantiles, cuentos tradicionales y leyendas que Sherezada planeaba publicar; los mayores gravitan hacia los borradores incinerados sobre aguerridos revolucionarios que nunca fueron liberados en una historia; los limosneros se quedan con los restos, versos sueltos, ensayos rechazados. Hay zonas del solar donde no hay monumentos y que los pandilleros han sembrado con semillas de marihuana, pero sus esfuerzos de cultivo se frustran por la diligencia de Perla y Filomena para arrancar malas hierbas.

Se encienden fuegos en los meses frescos de invierno, pero también a lo largo del año, por el simple gusto de contemplar las llamas. El olor de la leña. Las mazorcas de maíz asándose; los víveres que se entierran entre las brasas. Se distribuyen pan de agua, tajadas de queso frito, salchichas y bacalao salado: ofertas del final del día en el colmado. Bichán podrá ser un tiguerazo, con el ojo puesto en todo lo que lo beneficie, pero se reblandece al ver a los niños que viven en la calle. Le recuerdan al niño que fue, antes de que los jesuitas lo salvaran de la calle y le dieran suficiente educación como para poder tener un trabajo y terminar montando su propio negocio con sus ahorros. En cuanto a lo de salvar su alma, en eso tuvieron menos éxito.

Con el hambre satisfecha, empiezan los cuentos, y una botella de mamajuana pasa de mano en mano. Los niños y varias niñas vestidas como niños para disimular recapitulan lo que sucedió en el día, lo que lograron robarse, quién tuvo un gesto amable, dónde anduvieron, aunque no se precisan detalles de los lugares, por asuntos de territorialidad y para evitar las rivalidades. Las personas de más edad hablan de huracanes, masacres y dictadores, así como de épocas doradas cuando la vida era buena y había tal abundancia que los perros se amarraban con longaniza. Los jóvenes hacen bulto de sus hazañas, de las muchachas a quienes espiaron mientras se bañaban tras cortinas de plástico transparente, echándose agua con un jarrito sobre esos bellos cuerpos enjabonados. «¡Tantas curvas y yo sin freno!».

Las risas se apagan. Los más jóvenes bostezan. La noche avanza.

Los grupos se dispersan hacia sus zonas, a veces buscando un área nueva, pues se dice que algunos de los monumentos auguran pesadillas. Otros dan pie a sueños maravillosos. Se encienden los conflictos territoriales. A los recién llegados se les advierte que eviten acampar cerca del globo de nieve, pues el Barón sigue alborotado porque su monumento fue movido para hacerle espacio a la casita. Hay rumores que cuentan que los osados que acampan allí se despiertan con un largo rabo colgante o con cuernos que les han brotado en la cabeza. Y nunca vuelven a ser los mismos.

Incluso más que el globo de vidrio, todos evitan el monumento en forma de machete, todos, porque cuando el viento sopla se oyen lamentos, voces que gritan palabras que nadie comprende: «*Ou te trayi nou! Ou te trayi nou!*». Será que el diablo está sembrando la confusión o que Dios habla portugués, francés, creole o lo que sea esa lengua.

Las calles que rodean los muros del cementerio se vacían, el aire se aquieta, el silencio se hace más marcado, interrumpido por algún motor ocasional, o un borracho dando traspiés en su camino a casa; las tiendas y las barras cierran; las luces se apagan cuadra por cuadra de casitas. Los vivos duermen y sus cuentos se convierten en sueños.

El fuego tiene un resplandor suave. Es esa hora en la que la noche es más negra y profunda.

Y en ese momento, desde los márgenes del tiempo, los personajes se levantan y recorren el lugar, reclamando los cuerpos que se les dieron en sus historias abortadas. Algunos nunca fueron retratados en detalle y quedaron solo como «una cascada de pelo negro» o «unos ojos tan azules que serían la envidia del cielo primaveral». Una mujer joven con «la dulce sonrisa de una Madonna medieval» acomoda un saco andrajoso para cubrir a un niño que duerme; un anciano patriarca, «con la piel tan llena de manchitas como un huevo de codorniz» patea una mano rapaz que trata de llegar al bulto de un vagabundo. Una mujer del campo, fuerte como un toro, pero con una expresión fantasmal en su rostro, se dirige a una multitud de creyentes: «Oren. Oren con fe. El enemigo de Dios se ha extendido a todo lo ancho de los Estados Unidos». Una mujer negra y grande escucha atenta a un tipo de pelo muy claro que farfulla con la lengua floja por el licor. Sus «brazos como cuerdas hacen pensar en los aparejos de un barco», la piel abigarrada de tatuajes. Esparce pétalos de girasol al paso de la mujer, enamorándola con los relatos de sus viajes, puntuados por fragmentos de cantos marineros. Ella menea la cabeza con indulgencia. «Una mujer debe contar sus historias para salvar su vida. Me imagino que también les sucede a los hombres». Lleva al del pelo rubio hacia el marcador que todos evitan y calma los lamentos con su presencia atenta. «Con sus huesos se hacen historias», repite una frase de un libro que él no ha leído. Una joven voluntaria le lee a un viejo ciego una novela que jamás llegó a escribirse y de la cual solo queda un breve cuento infructuoso. El viejo arrugado, que a la muchacha le produce lástima, fue en otros tiempos un torturador en su tierra, que borraba las historias de otros. La escena que describe el momento en que ella se entera del pasado del hombre nunca se escribió, y las cenizas de los borradores quemados están sepultadas bajo un enorme par de anteojos apoyados sobre sus patas, como un extraño insecto. La joven guía la mano vacilante sobre cada monumento, describiéndolo.

—¿Los maté a todos? —le pregunta a ella. Los ojos ciegos lloran.

Ella lo tranquiliza.

—Estas no son personas reales.

Nunca son personas de verdad. ¿De qué otra forma hubiera podido él aplicar instrumentos exquisitos sobre esos cuerpos para luego arrojarlos desde los acantilados para alimentar a los tiburones?

Un niño pequeño con manchas verdes alrededor de la boca se aferra a la mano de su madre. Ella le canta con la voz del roce de las hojas y los gorjeos de las golondrinas. Él se suma con su zumbido de grillo. Nadie lo hace callar. ¿A quién le importa que no sepa las palabras?

Esta noche, una entre todos esos personajes sin historia dejará el lugar, pues su relato será publicado bajo la firma de un nuevo autor en ascenso, un profesor convertido en novelista. Cada noche va quedando menos de ella, a medida que el autor redacta un borrador tras otro. Ella quisiera que la historia no se contara y la dejara a ella perdida en la dicha del anonimato. ¿Acaso nadie se acuerda del epitafio más popular de todos: «Descansa en paz»?

Camina tomada de gancho de un hombre mayor con un sombrero panamá, que trata de consolarla.

—Ahora la gente la verá. Ahora entenderán.

Él haría cualquier cosa por intercambiar su lugar por el de ella y que lo liberaran del peso de ese secreto que lleva consigo. Ya se siente algo mejor tras haber compartido el secreto con ella y con la encargada del cementerio.

—Entonces, venga conmigo —le dice la mujer, que se ve cada vez más difuminada—. Encontraremos un lugar para usted en mi historia.

Pero más allá de sus propias narraciones, estos personajes ya no tienen el control de lo que pueda llegar a suceder.

—Tal vez este autor académico, quien quiera que sea, le dé un final feliz —la anima el hombre del sombrero—. Ya no la llamaremos Bienvenida, sino que tendremos que decirle Despedida. —Y se ríe, celebrando su propio chiste, tal como hizo a menudo en su historia inconclusa.

—Hasta luego —le dice él a ella—. Hasta que nos volvamos a encontrar.

Hasta ese momento en que se vuelvan a ver, las turbulentas aguas del olvido los mantendrán apartados, lo conocido separado de lo desconocido. Y para todos los que permanecen en el olvido, sin nombre, sin cara, anónimos, no hay espacios en las estanterías donde se puedan acomodar los libros que les servirían de tumba, no hay ojos que se nublen de lágrimas al verlos acercarse, no hay mentes que se transformen al tomarlos como ejemplo. Nadie echa de menos sus cuentos, y ni siquiera se enteran de que están ahí, a la espera de ser contados.

Pero eso no importa porque ¿cuál de ellos querría volver para verse plasmado en una narración? ¿Quién querría formar parte del torrente de los vivos otra vez y renacer, como un reflejo distorsionado, en la mente de los lectores? Habrá unos cuantos, los más dolidos, que quieran resistirse al olvido aferrándose a esa esperanza de volver. Aquellos que tienen cuentas por ajustar o lastres por descargar. Pero no es un destino deseable eso de quedar encadenados de nuevo, limitados y restringidos en capítulos o versos. Al final, ¿cuánto tiempo dura todo eso? Tarde o temprano, las historias contadas y los cuentos sin contar se reúnen en el misterio. Y es la imaginación, nada más, lo que mantiene todo unido.

Confíen en nosotros, nos dirían si tuvieran las palabras. Nosotros sabemos. Hemos muerto. Estamos enamorados de todo.

Este cuento se ha acabado.

Agradecimientos

Este libro está dedicado a los anónimos, en agradecimiento a todas esas personas que a menudo pasan desapercibidas, sus nombres sin mención, que me han ofrecido su afecto y apoyo a lo largo de mi vida, en las páginas y fuera de ellas, empezando por quienes me contaron cuentos durante mi primera infancia en la República Dominicana, cuyas historias viajaron conmigo a los dominios del inglés; narraciones embebidas en los ritmos del español iluminadas con toques de sol y rebosantes de los excesos desbordados que alientan la generosidad del corazón por encima de todo. La patria que nunca deja de darnos algo.

A mis hermanas, que fueron las primeras en escuchar mis poemas a oscuras, en las habitaciones que compartíamos, y que décadas después, cuando yo me había olvidado de haberlos escrito, me los recitaban de nuevo. Esas hermanas con las que a veces tuve peleas por lo que podía usar como tema de escritura y lo que no, y que con eso me ayudaron a ser sincera, como ellas, y me forzaron (literalmente) a apegarme a la verdad en las cosas por las que quería luchar. ¡Qué manera de dar las gracias, lo sé! Pero les agradezco, manitas, a la que ya se fue y a las dos que quedan, siempre unidas.

A mis maestros, que son tantos, algunos a los que nunca llegué a conocer en persona, escritores que admiro, cuyos libros he acariciado hasta que las cubiertas pierden los colores, y cuyas palabras he entregado a mi memoria. A los vivos y a los que nunca mueren, las señoras Stevenson y los señores Pack, los David Huddle y los William Meredith, y las amigas escritoras, a cuya sombra he crecido y sigo creciendo: la gloriosa Gloria Naylor, la intrépida Sandra Cisneros, la empática y emotiva Helena María Viramontes; y a Edwidge Danticat, Angie Cruz, Manuel Muñoz y Liz Acevedo, más jóvenes pero de alma vieja. Se me están olvidando muchos ahora, pero los recuerdo en los momentos y lugares en que cuenta recordarlos: cada vez que me siento a escribir y sus espíritus guardianes están a mi lado, enderezando mi escritura con sus consejos y con el ejemplo de sus propios libros magníficos.

A mis apasionados y generosos agentes/ángeles, Susan Bergholz y Stuart Bernstein, que me han ayudado a abrir y ampliar el camino, no solo para mi obra sino para la de muchos otros. Sin tus decididas palabras de aliento, Susan, yo no me habría enfrentado a la tremenda tarea de buscarme un espacio entre los estantes de la literatura estadounidense. Y sin tu fe en mi obra, Stuart, desde los ultrasonidos iniciales que son mis borradores, hasta la versión final ya completamente formada (¡que nunca es la final!), no habría podido escribir mis libros más recientes. Tú sabes escuchar mi voz interior mejor que yo misma. ¡Abundante gratitud!

A mis editores, cuyas voces y marcas en mis manuscritos viven en mi corazón, remontándome hacia atrás en el tiempo con Shannon Ravenel, Andrea Cascardi, Erin Clarke, Bobbie Bristol, y ahora con Amy Gash, quien con sus preguntas y comentarios me desafía a entender y aclarar lo que necesitan y exigen las historia y sus personajes. Y a toda mi familia editorial en Algonquin Books, desde tiempos de Peter y Carolan Workman (los abuelos), Elisabeth Scharlatt (la madrina), el increíble Michael McKenzie (el tío divertido), Betsy Gleick (el ama de casa, que nos mantiene a todos marchando al paso), y a tantos otros cuyo trabajo en mis obras pudiera parecer «invisible», incluso a mis ojos, porque a pesar de que se encargan de que todos y cada uno de los aspectos de mis libros se hagan realidad, ellos desaparecen sin dejar huellas, como las hadas que se desvanecen con el primer destello del libro publicado.

Hablando de hadas invisibles, no quiero dejar de mencionar a aquellos que transportan mi novela de regreso a la tierra y a la lengua materna de muchos de mis personajes y a la cuna y el paisaje de mi imaginación: al trabajo entusiasta e inspirado de mis editores en HarperCollins Español, Edward Benitez y Viviana Castiblanco, y en especial a mi formidable traductora Mercedes Guhl (no es una exageración), que ha estado a mi lado a lo largo de toda una vida de escritura, traduciendo cuidadosa y meticulosamente mis novelas para que yo tenga una voz propia que se haga oír con toda claridad en español. En su labor la asiste la editora y asesora en dominicanismos Ruth Herrera, vieja amiga y colega mía. Mercedes conoce mi obra hasta las células que la componen, cada una de sus palabras, y ha enriquecido mis textos, no solo en español sino también en inglés. Un simple «gracias» no basta, así que multipliquemos la intensidad de mi gratitud al expresarla de manera bilingüe: thank-you-gracias. Trabajar con ustedes ha sido alcanzar un estado de gracia.

A mi primo Juan Tomás Tavares, mi Google dominicano, autor, activista, crítico, pensador, gestor cultural, que me mantiene al día en noticias y asuntos de mi país y más allá, y que siempre responde con generosidad a todas mis preguntas y sacia mi curiosidad, incluso si eso implica recorrer cementerios o iluminar con luces la frontera: gracias inconmensurables.

A Papi, que nunca perdió la fe en su hija contadora de historias, a pesar de lo silencioso de su apoyo, quizás por hábitos formados en la clandestinidad, y cuya propia historia no coincide con el relato afligido y atormentado del Papi de ficción en esta novela.

A Bill, que ha hecho posible la vida que alimenta el trabajo (y a la escritora). Mi norte, la estrella que me guía, y cuando las nubes impiden ver el cielo, la mano que acaricia la mía, y me reconforta.

Y a ustedes, lectores y lectoras invisibles y anónimos en su mayoría, sin quienes todas mis historias hubieran ido a parar al cementerio de Alma: gracias por las resurrecciones que les han dado a mis libros y que les siguen dando cada vez que los leen y los aprovechan para fertilizar el suelo donde brotan sus propias creaciones.